BASTEI LÜBBE

PAUL GALLICO

DER UNTERGANG DER ›POSEIDON‹

Aus dem Englischen von Horst Kube

BASTEI
LÜBBE

BASTEI-LÜBBE-TASCHENBUCH
Band 12 141

Die Originalausgabe erschien unter dem Titel
BEYOND THE POSEIDON ADVENTURE bei Heinemann, London

Printed in Hungary 1982
Einbandgestaltung: Roberto Patelli
ISBN 3-404-12141-4

Der Preis dieses Bandes versteht sich einschließlich
der gesetzlichen Mehrwertsteuer

1 Zurück auf die »Poseidon«

Die dicke Decke fühlte sich warm und schwer auf seinen Schultern an, und der heiße Kaffee schmeckte süß und anregend. Rogo wartete darauf, daß ein Gefühl der Erleichterung die ganze Angst und Anspannung wegwischen würde, aber es wollte nicht kommen.

»Sie haben Glück gehabt, Monsieur.«

Die klare Stimme des französischen Offiziers schreckte ihn aus seinen trüben Gedanken auf.

»Was?« grunzte Rogo.

Der Hubschrauber zog eine große Schleife am Himmel, und der Offizier deutete durch das Fenster zu dem unter ihnen treibenden Wrack der ›Poseidon‹. »Ich sagte, Sie haben Glück gehabt«, wiederholte er. »Sechzehnhundert Tote, und nur sechs Menschen gerettet. Ich glaube, wir müssen Gott danken.«

Rogo trank seinen Kaffee im Pappbecher aus. »Sie können ihm danken, Freundchen«, knurrte er. »Mir hat er keine Gunst erwiesen.«

Der Franzose zog ungläubig seine Augenbrauen hoch und lehnte sich auf seinen Sitz auf der Backbordseite der Maschine zurück, wo Manny und Martin sich als aufgeschlossenere Gesprächspartner erwiesen. »Wir müssen wirklich Gott danken«, sagte Martin. »Mr. Rogo ist ziemlich erschöpft.« Er blickte Rogo an und rief ihm zu: »Aber wir haben es geschafft, Mr. Rogo, nicht wahr? Wir sind schließlich herausgekommen.«

Rogo achtete nicht auf die Worte des kleinen Krämers. Andere, wichtigere Dinge nahmen seine Gedanken in Anspruch. Er preßte sein grimmiges Gesicht gegen das kalte Fensterglas und blickte nach unten.

Das Schiff lag auf der glitzernden Wasserfläche des Mittelmeers wie ein auftauchender Wal. Die Flutwelle hatte es zum Kentern gebracht, so daß es kieloben schwamm, zwei Drittel des Rumpfes unter Wasser. Er konnte die großen Schrauben erkennen, die sich wie Ohren emporreckten, und den viereckigen Einschnitt, den die französische Rettungsmannschaft in den Schraubenschacht gebohrt hatte, um die Überlebenden zu bergen.

Er konnte sich kaum vorstellen, daß noch acht Stunden zuvor das Schiff voll fröhlicher Menschen gewesen war, die Silvester feierten. Nun waren sie alle tot. Seine Frau Linda. Manny Rosens Frau Belle, und Scott, der tapfere Geistliche, der sie in Sicherheit geführt hatte. Alle waren tot. In mancher Hinsicht wäre es besser, dachte er, wenn er mit ihnen dort unten liegen würde.

Acht Stunden lang hatten sie sich durch das gespenstische Wrack hindurchgekämpft, über Leichen und strudelndes Wasser hinweg, und in dieser auf den Kopf gestellten Hölle war es schwer, an eine normale Außenwelt zu glauben. Und jetzt, in der Wärme und Sicherheit des Hubschraubers, hatte er den Wunsch, wieder auf der ›Poseidon‹ zu sein.

Der Offizier prüfte die Namen der Überlebenden nach. »Ich hoffe, alles richtig notiert zu haben«, sagte er. »Susan und Robin Shelby, das sind die beiden Kinder, die im Heck schlafen, ja?« Er deutete mit dem Stift in den rückwärtigen Teil des Helikopters, wo man sie gebettet hatte.

Der selbsternannte Sprecher, James Martin, nickte. »Und das Mädchen bei ihnen heißt Nonnie Parry. Aus Lancaster, Pennsylvania.« Er sprach lebhaft weiter, während der Offizier die Namen an Hand seiner Liste nachprüfte. »Ich bin James Martin, aus Anaheim, Kalifornien, und dies ist Mr. Emmanuel Rosen aus New York.«

Der Offizier murmelte seinen Dank und hakte die Namen ab. »Und dies«, flüsterte Martin, »ist Detective Lieutenant Mike Rogo – auch aus New York. Er ist sehr bekannt. Er hat einmal eine Gefangenenmeuterei unterdrückt.«

Der Franzose warf Rogo einen Blick zu, der besagte, daß es ihn auch nicht beeindruckt hätte, wenn der andere der erste Mensch auf dem Mond gewesen wäre. Martin wagte noch etwas lauter zu sprechen. »Wirklich. Es stand in allen Zeitungen.«

»Hören Sie auf!« Rogos knurrende Stimme scheuchte den kleinen rothaarigen Mann auf seinen Sitz zurück.
»Ich wollte nur . . .«
Rogo äffte mit grausamer Genauigkeit Martins quiekende Stimme nach: »Ich wollte nur versuchen zu helfen, Mr. Rogo . . .« Dann brummte er mit seiner eigenen kratzenden Stimme: »Lassen Sie das.«
Abrupt wandte er sich von seinen schockierten Zuhörern ab und spähte erneut durch das Fenster. Rings um den Stahlrumpf der ›Poseidon‹ trieben die Überbleibsel des Schiffsunglücks, Zeugen vom Leben an Bord eines Passagierschiffes, schon fast nicht mehr erkennbar. Einige Gegenstände konnte er noch ausmachen: Kleidungsstücke, eine leere Schwimmweste, Kisten und seltsamerweise einen Konzertflügel.
Plötzlich brach Manny Rosen in Tränen aus und bedeckte sein verzerrtes Gesicht mit den Händen. »Belle, meine liebe Belle, ich hätte dich nicht dort unten lassen dürfen.«
Der Franzose war überrascht, wie mitfühlend Rogo reagierte: »Nehmen Sie es nicht so schwer, Manny. Sie war eine großartige Frau. Sie hat uns alle gerettet. Und das war's, was sie wollte.«
Der Hubschrauber kreiste noch einmal über dem Schauplatz. Rogo deutete auf die Kabine, in der Pilot, Kopilot und Funker arbeiteten. »Warum machen wir uns nicht endlich aus dem Staube?« fuhr er den Offizier an.
Der Franzose ließ sich nicht aus der Ruhe bringen. »Wir müssen erst einen Überblick gewinnen, um einen vollständigen Bericht zu erstatten«, antwortete er. »Sie wollen wissen, welche weiteren Schiffe sich in diesem Gebiet befinden, und ob und wann mit dem Sinken der ›Poseidon‹ zu rechnen ist. Dann bringen wir Sie zu unserem Stützpunkt zurück, und Sie werden von dort nach Athen geflogen.«
Und dann, dachte Rogo, nach New York zurück. Und die Fragen: Warum hatte er seine Aufgabe nicht erfüllt? Was war mit der Lieferung geschehen? Zum Teufel, knurrte er innerlich, alle diese

verdammten Fragen. Dann fiel ihm O'Hagan ein, und das machte es noch schlimmer. Rogo malte sich die bissigen Bemerkungen aus, die O'Hagan machen würde: »Bei der Arbeit versagt, ja, Rogo? Einfach aufgehört und weggelaufen. Einen Fettwanst hat er, und feige ist er auch, dieser Rogo.« Er ballte die Fäuste, als er darüber nachdachte.

Der Hubschrauber drehte weiterhin seine Kreise, und Rogo hörte mit halbem Ohr zu, wie Martin dem Offizier von ihrem schrekkensvollen Aufstieg durch das Innere des Schiffes erzählte.

»Also, Reverend Scott übernahm die Führung. Er war Geistlicher, wissen Sie, ein Priester. Welch großartiger Mann! Es war seine Idee, sich zum Heck durchzukämpfen. Er sagte, wir hätten dort die besten Rettungschancen. Er versuchte auch, es allen anderen klarzumachen, aber sie wollten es nicht glauben . . .«

Rogo fluchte still vor sich hin. In Martins Worten hörte es sich an wie ein abenteuerlicher, aber harmloser Ausflug. Keiner der anderen kannte die schmachvolle Verantwortung, die der Polizist tragen mußte.

». . . aber ich nehme an, Scott drehte schließlich selbst durch und stürzte sich in das schäumende Wasserloch. Er wollte sein Leben für das unsere opfern, sagte er. Er war sehr religiös.«

Er blickte nervös zu Rogo hinüber und senkte seine Stimme. »Das war, als Mr. Rogos Frau starb. Sie stürzte ab. Und Mrs. Rosen war eine wirkliche Heldin. Sie tauchte unter Wasser, um einen Weg für uns zu finden.«

Ob Manny ihn gehört hatte, war nicht zu erkennen. Er hielt noch immer sein Gesicht bedeckt und weinte leise vor sich hin.

Die Decke rutschte von Rogos Schultern, während er angestrengt durch das Fenster spähte. Das Meer war nicht länger leer. Nach Süden hin sah er etwa zehn Meilen von der ›Poseidon‹ entfernt eine weiße Jacht mit einem gelben Schornstein. Am nördlichen Horizont deutete eine schwarze Rauchfahne das Nahen eines weiteren Fahrzeugs an. Und fast unter ihnen war ein Schiff zu erkennen, das wie ein altersschwaches Bergungsfahrzeug aussah. Alle Schiffe steuerten auf die ›Poseidon‹ zu.

»Hören Sie mal!« schnarrte Rogo im Befehlston. Der Franzose blickte unwillig auf. Rogo fuhr fort: »Was zum Teufel ist dort unten los?«
Der Offizier setzte sein Fernglas an, um den Schauplatz zu beobachten. Er blickte von einem Fahrzeug zum anderen. »Bergung«, sagte er. »Das ist so üblich.«
»Üblich!« Rogo sprach das Wort so aus, als ob es sich um die achte Todsünde handelte. »Was zum Kuckuck soll das heißen? Dieser Kahn hat mit all diesen Burschen nichts zu tun.«
Der Offizier erklärte die Sachlage mit größter Geduld. »Der hier unten sieht wie ein Küstendampfer aus. Er wird versuchen, als erster eine Leine an Bord zu bekommen, damit er Bergungsrechte geltend machen kann. Das am weitesten entfernte Schiff ist vermutlich die ›Komarevo‹ – ein professioneller Aasgeier auf See. Unter anderem. Und die Jacht unternimmt wohl eine kleine makabre Besichtigungsfahrt.«
Rogo warf der Jacht einen finsteren Blick zu. »Reiche junge Leute, die herumgaffen. Diese Typen kenne ich.« Dann sprach er wieder den Offizier an und jetzt schien er sehr beunruhigt. »Warum ist das Schiff noch nicht gesunken? Beim Himmel, wir dachten, es würde jede Minute untergehen.«
»Luft«, erwiderte der Offizier knapp. »Lufttaschen. Viel Luft muß in Bug und Heck festgehalten worden sein, und eine große Luftblase hält das Schiff jetzt noch oben. Die meisten Maschinen und Kessel werden herausgestürzt sein. Haben Sie etwas davon gesehen?«
Rogo ging nicht darauf ein. »Wie lange kann es sich noch halten?«
Der Offizier blickte wieder aus dem Fenster; die Schiffe wirkten klein wie Spielzeuge. Er zuckte die Schultern. »Fünf Minuten, fünf Stunden, fünf Tage, fünf Wochen. Bedenken Sie, ein Drittel des Schiffes liegt über dem Wasser. Es gab einmal ein Eisenerzschiff, die ›Yacob Verolm‹, vierzigtausend Tonnen. Sie kenterte in einem Sturm, die Mannschaft rettete sich, Ladung und Maschinen stürzten heraus. Sie trieb vierzig Tage lang kieloben.«

Der Polizist ließ sich verblüfft in seinen Sitz fallen. Sein Blick wurde starr. Er schien gar nicht zuzuhören, als der Offizier sagte: »Schließlich mußten sie das Wrack zusammenschießen, damit es sank.«
Mit heiserer Flüsterstimme fragte Rogo: »Was geschieht, wenn das Schiff nicht sinkt?«
Der junge Franzose runzelte die Stirn. Er verstand Rogos offenkundige Betroffenheit nicht. »Nun«, sagte er, »sie werden versuchen, es in seichtes Gewässer zu schleppen. Dann werden sie bergen, was sie nur können. Ladung, Maschinen, alles, was Wert hat.«
Alles, was Wert hat. Rogo wußte plötzlich, was er zu tun hatte. Als auf der wahnsinnigen Flucht vor dem Tod das Schiff zu sinken drohte, hatte er seine Mission aus dem Auge verloren. Er hatte seine Aufgabe als Polizist vergessen. Die Ladung konnte noch geborgen und von irgendwem beansprucht werden. Das wäre das Ende für Rogo. Er glaubte, O'Hagans höhnische Stimme zu hören. Pflichtgefühl und Stolz bäumten sich in ihm auf.
Er ließ seine Hand in die Hosentasche gleiten. Er war noch da, der kleine Colt, nicht größer als ein Schlüsselbund. Die Waffe hatte ihm nicht gefallen, als man sie ihm aushändigte. Eine Handtaschenpistole, hatte er gesagt, kaum zum Lochen von Papier geeignet. Er hätte einer 38er Polizeiwaffe den Vorzug gegeben, doch sie hatten auf einer leichtgewichtigen Pistole bestanden, die er bei seiner Sicherungsaufgabe immer bei sich tragen konnte. Er mußte daran denken, was Linda am Abend zuvor gesagt hatte, als er die Waffe in die Tasche steckte: ›Mit wem essen wir heute – Frankie Costello?‹ Doch es war eine Pistole mit einem Magazin von sechs Schuß, und darauf kam es an.
Er stand langsam auf und richtete den zierlichen Lauf auf den französischen Offizier.
»Okay, Freund. Sagen Sie dem Piloten, er soll wenden. Ich will wieder zurück.«

Die Flutwelle, die acht Stunden zuvor durch ein Unterwasser-Erdbeben hervorgerufen worden war, hatte die ›Poseidon‹ wie ein Blatt zum Kentern gebracht. Die Woge schob sich über das Mittelmeer vor; Fischerboote und Millionärsjachten, Motorkreuzer und einfache Wochenendboote wurden von der vernichtenden Flut verschlungen. Noch an der Nordküste Afrikas lief die riesige Welle gewaltig auf.

Obwohl nach Süden hin die schlimmsten Verwüstungen herrschten, waren doch im ganzen Bereich des Mittelmeers die Auswirkungen spürbar. Große Jachten in sicheren Häfen bockten wie Vollblütler in ihren Ställen, Steuerflüchtlinge eilten an die Fensterläden ihrer Meeresvillen, als sie hörten, wie die Strände plötzlich überspült wurden.

In der Kajüte des holländischen Frachters ›Magt van Leiden‹ wurden der Kapitän Klaas van Zeevogel und seine sechzehnjährige Tochter Coby aus ihren Sitzen und gegen die Wand geschleudert.

In einigen Meilen Entfernung spürte der junge Amerikaner am Steuer seines dreißig Fuß langen Bootes ›Das Goldene Vlies‹, wie ihm sein Fahrzeug entglitt und innerhalb einer Minute zu Kleinholz zertrümmert wurde.

Dann verebbte die große, einzelne Welle. Das Meer beruhigte sich, und eine fast unnatürliche nächtliche Stille kehrte unter dem silbernen Mond ein.

In diesen Augenblicken größter Gefahr nützten ihm seine ganze Ausbildung und Praxis nichts, und er mußte sich auf seinen reinen Instinkt verlassen. Reflexe können durch ein gefährliches Leben geschärft sein, soviel man will, doch es ist der Instinkt, der um den Bruchteil einer Sekunde über eine Handlung entscheidet, wenn keine Zeit für rationale Überlegungen ist.

Bevor die Welle kam, war er in friedvoller Stimmung gewesen; die Stunden, die er auf der ›Goldenen Vlies‹ verbracht hatte, schienen ihm eine Zeit tiefster Zufriedenheit. Jeden Tag hatte er den klaren Himmel genossen. Das fünfundzwanzig Jahre alte Fahrzeug war mit langen Schlägen, Hauptsegel und Genua voll Wind mit gut sechs Knoten über das Meer geglitten. Unter der hellen Sonne ließ sich der abblätternde Lack nicht verheimlichen; doch die Tatsache blieb, daß es ein klassisches Boot war, das zu einem Mann mit gutem Geschmack paßte. Natürlich sollte ein solcher Mann sein Schlauchboot nicht aufgepumpt hinter sich herziehen. Aber es war so ein fauler Tag gewesen. Und der Umstand, daß er sein Schlauchboot nicht ordnungsgemäß an Bord gezogen hatte, sollte ihm schließlich das Leben retten.

Dann hatte die Welle zugeschlagen, und in diesem Augenblick des atavistischen Instinkts konnte er nur hoffen, daß sein Körper die richtigen Dinge tun würde. Genauso war es gewesen, als er auf dem College geboxt hatte. Da sah er die Rechte seines Gegners herüberkommen und fragte sich, fast wie in einer theoretischen Übung, ob sein linker Arm sich zur Verteidigung erheben und seine eigene Rechte zustoßen würde. So war es auch im Dschungel gewesen. Schwarze Blätter hoben sich gegen das Blau des Himmels ab, und eine Stelle war zu schwarz, zu undurchsichtig, und er fiel auf die Knie und fühlte den Rückschlag des Revolvers und wußte, da würde eins dieser Gesichter sein, braun und ausdruckslos wie das Gesicht auf einer Münze.

Er kreuzte gegen den Wind unter dem klaren Nachthimmel und beobachtete den Bug. In diesem gezeitenlosen Meer verbündeten sich Wind und Wetter. Da hörte er den Lärm, wandte sich um und erblickte die weiße Krone der wie eine Lawine heranrollenden Welle. Blitzartig warf er das Ruder nach Steuerbord, so daß das Boot die Welle über den Bug nehmen konnte. Während er dies tat, spürte er, daß es keinen Zweck hatte, denn das Boot schlingerte wie ein Blatt Papier. Diese Woge war zu ungeheuer, zu groß, selbst für seine Jacht. Dann flog er im hohen Bogen ins Wasser, schnappte noch einmal nach Luft und spürte, wie er machtlos in den wild schäumenden Wellen umhertaumelte. Er kämpfte sich durch den Tumult nach oben in der verzweifelten Anstrengung, noch einmal den Himmel zu sehen. Dann war, auf unerklärliche

Weise, alles vorüber. Er schwamm auf der sofort wieder ruhig gewordenen Meeresoberfläche. Das Schlauchboot war noch da und wartete auf ihn wie ein wohlerzogener Hund.
Er lebte noch. Er hatte ein Boot unter sich. Doch ›Das Goldene Vlies‹, sein Heim, sein Kontor, seine Liebe, war verschwunden. Mit ihr untergegangen waren die perfekte Funkausrüstung, die Papiere, die ihn zur Abholung einer Sendung Orangen ermächtigten, und die 45er Marine-Automatik-Pistole.
Die hölzernen Ruder knarrten in den Plastik-Halterungen. Bis Athen war ein weiter Weg. Bei dieser Geschwindigkeit, sagte er sich, konnte es noch bis zum nächsten Neujahrstag dauern. Inzwischen würde jeder Dockarbeiter, der eine Orange stehlen wollte, eine beachtliche Überraschung erleben.
Über dem dunklen Wasser glaubte er, einen schwachen Lichtschein zu erkennen. Er griff zur Leuchtpistole und flüsterte sich selbst drei aufmunternde Worte zu:
»Glückliches neues Jahr.«

Der Fünfzehnhunderttonnen-Frachter ›Magt van Leiden‹ aus Amsterdam fuhr auf nord-nordwestlichem Kurs Richtung Athen. Mit tuckernden, gleichmäßigen Geräuschen durchschnitt er die spiegelglatte Oberfläche des Mittelmeers.
Er war ein typischer kleiner Küstendampfer mit kurzem, unscheinbarem Schornstein, Kränen an Bug und Heck, einem vorderen Laderaum, der zu den Quartieren der Mannschaft führte, und einem einzigen Deck, das den Brückenaufbau einschloß.
Er war zwar ein Frachter, doch nur dem Namen nach, denn er war sauber wie ein Passagierschiff, mit schwarz angestrichenem Rumpf, hellen Aufbauten und der Brücke in makellosem Weiß. Am Heck wehte die rot, weiß und blau gestreifte Flagge der Niederlande.
Alles auf der ›Magt‹ deutete auf Anstand und Rechtschaffenheit hin. Das traf auch auf den untersetzten Mittfünfziger zu, der an der Reling seines Schiffes lehnte und die glatte Meeresoberfläche

mit Besorgnis beobachtete. Er war ein solider Mann, sowohl äußerlich als auch seinem Temperament nach. Er war nicht groß, aber sein Oberkörper und seine Arme wirkten muskulös. Auf seinem ergrauten Haar trug er eine weiße Mütze, deren geflochtene goldene Insignien ihn als Kapitän auswiesen.
Ein kleines Heftpflaster am Kinn bedeckte den Schnitt, den er sich zugezogen hatte, als er durch die Kabine geschleudert wurde.
Er hob den Kopf und schien nach verschiedenen Richtungen zu schnüffeln – wie ein Hund, der sich zurechtzufinden suchte.
»Mir gefällt das nicht, Coby«, sagte er schließlich. »Mir gefällt das gar nicht.«
»Weshalb nicht, Papa?«
Er warf einen Blick auf seine Tochter, die die gleichen dunkelblauen Augen wie er hatte. Ihr blau-schwarzes Haar war über den Ohren geflochten. Sie trug eine Mütze wie ihr Vater, doch mit einer einfachen vergoldeten Darstellung ihrer heimatlichen Windmühlen als Schmuck.
»Es riecht nach Erdbebenwetter«, antwortete er.
»Riecht es wirklich danach?«
Er deutete ein Lächeln an. »Nein, es ist kein wirklicher Geruch. Es ist mehr ein Gefühl. Diese Flutwelle, die uns fast zum Kentern gebracht hat, muß auf einer Erschütterung des Meeresboden beruhen. Das ist die einzig mögliche Erklärung.«
»Aber es ist jetzt ruhig«, sagte sie.
»Zu ruhig. Es geschieht nicht oft, daß die Erde so erschüttert wird. Ich weiß wenig über Erdbeben, aber ich werde froh sein, wenn wir Athen erreichen. Wer weiß, wie viele kleinere Schiffe inzwischen gekentert sind. Ich werde Wache halten. Geh du schlafen, Coby. Es ist schon lange nach Mitternacht.«
»Gleich«, sagte sie. Sie sprachen eine Weile nichts und hörten auf das Tuckern der alten Maschinen. Von Zeit zu Zeit wandte er sich um und betrachtete die ungeteilte schwarze Masse aus Meer und Himmel.
Doch Coby sah es zuerst. »Dort, Papa!«, schrie sie auf und deutete

auf eine aufschießende Flamme, eine Raketenbahn und eine blendende Explosion von weißem Licht. Zwei Minuten lang war eine halbe Quadratmeile des Meeres hell erleuchtet, und in der Mitte des schimmernden Lichts erkannten sie deutlich ein kleines dunkles Boot.

Im gleichen Moment rief Klaas zur Brücke empor: »Halten Sie sechs Striche nach Steuerbord, Piet. Dort ist ein Boot. Halten Sie drauf zu.«

Das Licht verlosch, und in der Dunkelheit stieß die ›Magt‹ eine Spur zu schnell auf das Schlauchboot zu.

»Was zum Teufel haben Sie vor? Wollen Sie mich retten oder versenken?« Der Akzent war unverwechselbar amerikanisch, und der Ton für einen Schiffbrüchigen erstaunlich unbekümmert.

Klaas rief wieder die Brücke: »Etwas nach rückwärts und dann stoppen.« Er schaltete seine Laterne an, und dann sahen sie den schiffbrüchigen Seemann. Er wirkte ungefähr so erschrocken, als hätte er gerade seinen Hund im Park spazierengeführt. Er trug ein einfaches Hemd und abgetragene Jeans, wie es bei den Hafenarbeitern am Mittelmeer die Regel ist. Doch es war etwas an ihm, was darauf hindeutete, daß sein zerzaustes Blondhaar lediglich auf einem Mangel an Eitelkeit beruhte. Sein Gesicht war im Schein der Laterne von einem Gewirr von Lachfalten überzogen, und mit den hohen Wangenknochen und einem kantigen Kinn wirkte sein Profil äußerst markant.

»Es tut mir leid ...« Klaas drehte die Laterne so, daß sie den Geretteten nicht mehr blendete.

»So ist es schon besser«, sagte dieser. »Ich bin Kapitän Jason.«

Ein wenig pikiert über die ironische Vorstellung des Ruderers rief Klaas nach unten: »Wenn Sie das Goldene Vlies suchen, Kapitän Jason, dann forschen Sie in der falschen Richtung. Es befindet sich auf der anderen Seite, nach Westen zu, nicht wahr, Coby?«

»Ja, Kolchis liegt an der Ostküste der Türkei«, sagte sie eifrig.

Der Mann band seine Ruder fest. »Falsch«, erwiderte er. »Dort war das Vlies, ehe Jason und die Argonauten es mitnahmen. Schließlich gelangte es nach Thessalien.«

Dann wandte er sich um und stand breitbeinig vor ihnen. »Ich bin der Jason, der ›Das Goldene Vlies‹ verloren hat. Mein Boot.« Er deutete nach hinten. »Die große Welle hat es verschlungen.«
»Auch wir sind fast gekentert«, sagte Coby. Sie konnte es kaum glauben. Selbst in ihren kühnsten Mädchenträumen hatte sie sich kaum vorstellen können, nachts mitten auf dem Meer einem gut aussehenden Fremden zu begegnen. Und hier stand er vor ihr, unbekümmert plaudernd und offenbar unbeeindruckt von den Ereignissen. Sie war hingerissen.
Der Amerikaner steckte die Daumen in die Taschen seiner Jeans und sagte mit einem Kopfnicken in Richtung Heck: »Wenn ich mich mit Flaggen richtig auskenne, dann sieht das so aus, als ob man hier einen Genever bekommen könnte. Stimmt's?«

2 Die erschreckten Manager

Das neue Jahr war kaum zwei Stunden alt, als Fernschreiber in allen großen Städten die ersten Nachrichten über »das größte Unglück in der Geschichte der Schiffahrt« verbreiteten. Die Welle des Schreckens und Entsetzens, die diese Nachricht hervorrief, war an keiner Stelle so spürbar wie in zwei Sitzungsälen, die Tausende von Meilen und sechs internationale Zeitzonen voneinander entfernt lagen: in den Geschäftsräumen des *Ionian International Shipping and Finance Consortium* in Athen und der *International Conglomerate and Worldwide Trust Company* in New York.
Die Schauplätze waren fast auswechselbar, mit Ausnahme der Uhren. Die gedämpften Töne des Dekors, das Spiegeln der polierten Tische, die langweiligen Fotos an den Wänden, die Industriewerke verschiedener Art zeigten und das Ausmaß der kommerziellen Verflechtungen andeuteten. Sogar die Direktoren hatten das gleiche plumpe Aussehen wohlgenährter Handelsherren, de-

ren Erwartungen, daß ihnen alle Türen offenstehen und daß man ihnen einen Wein stets richtig temperiert serviert, selten enttäuscht werden. Sie gehörten zu den einflußreichsten Männern der Welt – und jetzt auch zu den meist entsetzten.
In Athen stand Stephanos Stasiris neben einem Modell des Passagierschiffes ›Poseidon‹, das auf einem Ecktisch montiert war. Das riesige Schiff war die neueste Erwerbung des Konsortiums, und Stasiris selbst hatte etwas Einzigartiges im Rahmen großer Schiffahrtsoperationen organisiert. Sein Schiff legte an Häfen an, in denen erhebliche Frachtverladungen vorgenommen werden konnten, ohne daß die Passagiere etwas davon bemerkten. Dies hatte Bedenken hervorgerufen, daß es den makellosen Ruf, den das Schiff im Passagierdienst genoß, schädigen könnte. Aber es war ein lukratives Geschäft, um so mehr, als die Firma durchaus nicht darauf bestand, daß die Angaben auf den Frachtlisten genau mit der eigentlichen Fracht übereinstimmten. Die Revisoren störte es nicht, und das war, wie Stasiris gern sagte, im Geschäftsleben die Hauptsache.
Nach einem kurzen Telefonanruf war er von einer Neujahrsparty fortgeeilt in den in der obersten Etage des siebenstöckigen Bürogebäudes gelegenen Sitzungssaal; es war eine kalte Nacht, und er fröstelte noch immer in seinem dünnen Dinnerjackett. Er beobachtete die anderen Herren, die nacheinander hereinkamen. Manche hatten glänzende Augen vom Trinken, einer war, wie er mit Mißvergnügen bemerkte, sogar unsicher auf den Beinen. Alle waren im Smoking erschienen. Dies galt auch für die beiden speziell zu dieser Sondersitzung des Vorstands eingeladenen Gäste, den finster blickenden Verteidigungsminister Pularnos und für General Dravos, dessen Brust im Ordensschmuck prangte.
Stasiris nahm seinen Platz an der Schmalseite des Tisches ein und stützte sein feistes Kinn auf seine breite Handfläche. »Meine Herren«, sagte er, »ich glaube, Sie alle wissen, was geschehen ist.« Seine Stimme war fest, aber das Knistern des Blattes Papier in seiner Hand verriet seine Unsicherheit.

Er fuhr fort: »Wir haben bisher nur ganz knappe Meldungen, aber es hat den Anschein, daß um Mitternacht die ›Poseidon‹ durch eine ungewöhnlich hohe Welle zum Kentern gebracht wurde. Wenn die neueste Information zutrifft, treibt sie jetzt kieloben.«
Der Mann, der so unsicher durch die Tür gekommen war, runzelte die Stirn und versuchte sich die Bedeutung der Feststellung klarzumachen. Er rülpste. Stasiris blinzelte ihn müde an. Ein älterer Mann zu seiner Rechten stellte dann die Frage, die sie alle bewegte. »Gibt es . . .« Er hüstelte und setzte von neuem an. »Ich meine, wie viele Überlebende gibt es? Und wie lange kann das Schiff noch treiben?«
Stasiris nickte, fast dankbar dafür, daß jemand taktlos genug war, um die beiden entscheidenden Angelegenheiten zur Sprache zu bringen. Sechzehnhundert Menschenleben standen auf dem Spiel, zwölfhundert Passagiere und vierhundert Mann Besatzung. Viele heikle Angelegenheiten spielten außerdem eine Rolle, Fragen der internationalen Machtpolitik, ganz abgesehen von der Zukunft jedes einzelnen Herrn in diesem Saal und vieler, die nicht da waren. Stasiris war für den Interessenausgleich zwischen diesen beiden Gruppen zuständig, und es gab gar keinen Zweifel, auf wessen Seite das Gewicht schwerer war. Deshalb beschloß er, dies gleich zu Anfang klarzustellen.
»Insgesamt gesehen«, begann er, »müssen wir uns natürlich Gedanken um das Wohlergehen der Passagiere und Besatzung machen, und insbesondere muß die Öffentlichkeit diesen Eindruck von uns bekommen. Doch der Grund, weshalb wir hier versammelt sind, meine Herren, ist, welche Konsequenzen die Entdekkung der ungewöhnlichen Ladung der ›Poseidon‹ nach sich ziehen würde. Ich bin sicher, Sie alle verstehen mich.« Er blickte in die Runde. Auch die Angeheiterten schienen jetzt ernüchtert zu sein. In den Gesichtern war zu lesen, daß die Männer ihre Panik bekämpften.
Stasiris kam auf den Kern der Sache. »Ich hoffe, daß Sie mit zwei Schritten einverstanden sind, die ich gegen die Möglichkeit unter-

nommen habe, daß die ›Poseidon‹ weiter auf dem Wasser treibt. Unser Büro läßt ein Ersuchen an alle Schiffe in der Nähe herausgehen, die ›Poseidon‹ unbehelligt zu lassen, zusammen mit der Versicherung, daß eine umfassende Rettungs- und Bergungsoperation bereits eingeleitet ist. Wir müssen hoffen, auf diese Art alle Beutesucher fernzuhalten.«

Er bemerkte, daß Pularnos ihm zunickte. »Und haben Sie schon«, fragte der Minister, »diese . . . Operation eingeleitet?«

»Allerdings.« Stasiris wählte seine Worte sorgfältig. »Ich habe Kapitän Ilich Bela angewiesen, sich zum Schauplatz zu begeben.«

»Bela!« Der ältere Mann, der zuvor gesprochen hatte, ergriff wieder das Wort. Der Alkohol hatte seine Zunge gelöst. »Du lieber Himmel, Sie wissen doch, was das für ein Mann ist!«

Stasiris wies ihn sofort zurecht. »Natürlich weiß ich das. Wir alle wissen es. Was glauben Sie, wofür wir hier sind, Sie Narr? Wir können nicht vorsichtig genug sein.«

Der Betrunkene lehnte sich zurück und bemühte sich um eine würdige Haltung. »Das hat man davon, wenn man sich mit der Politik einläßt«, murmelte er trotzig.

Stasiris ging nicht darauf ein. »Kapitän Bela ist dafür bekannt, daß er schwierige Aufgaben meistert. Ich glaube, wir müssen alle darauf gefaßt sein, daß diese Operation jetzt eine schwierige Aufgabe geworden ist. Wir müssen also Leute einsetzen mit entsprechender Erfahrung und Diskretion.«

Keiner sagte etwas. Niemand schien weitere Vorschläge zum Thema vorbringen zu wollen. Dann strich sich General Dravos voller Autorität den Schnurrbart und dröhnte: »Keine Sorge! Ich schicke sechs Bomber hinüber und lasse das Wrack versenken.«

Stasiris warf seinen Kopf zurück und lachte höhnisch. »Ausgezeichnet, General, ausgezeichnet. Vielleicht benachrichtigen Sie auch die Fotografen und die Kameramänner vom Fernsehen, damit alle Welt weiß, was wir tun?«

Das Gesicht des Generals verfärbte sich dunkelrot.

Stasiris fuhr fort: »Wir können im Augenblick nur abwarten. Ich

schlage vor, daß Sie das Gebäude nicht verlassen. Essen und Kaffee stehen bereit. Und ich muß Ihnen danken, Herr Minister Pularnos, daß Sie heute zu uns gekommen sind.«
Pularnos heftete seinen klugen Blick auf Stasiris. »Sie sind sich natürlich klar darüber, daß die Regierung im Fall einer Indiskretion bei diesem Unternehmen jegliche Form von Beteiligung leugnen wird.«
Stasiris gab einige Sekunden lang keine Antwort. Doch dann erwiderte er mit sanfter Stimme: »Ich weiß das, Herr Minister. Ich weiß auch, daß niemand Ihnen Glauben schenken wird.«

Die Szene in New York, die sich im achtundvierzigsten Stock des *Conglomerate*-Gebäudes abspielte, war erheblich nüchterner und weniger verworren. Der Abend hatte hier erst begonnen. Wie in Athen trugen die anwesenden Herren Smoking, Fliege und Kummerbund, doch waren sie zusammengerufen worden, bevor ihre Parties begonnen hatten.
Unter den Teilnehmern befanden sich zwei Nichtmitglieder des *Conglomerate*, nämlich der Verteidigungsminister und ein Admiral.
Sie hörten sich aufmerksam und unter gelegentlichen Schrekkensbekundungen an, was der Präsident des Unternehmens, Arthur Haven, zur Situation zu sagen hatte. Er schloß seine Rede mit den Worten: »Sie sehen also, wir können nur abwarten.«
»Abwarten!« Der Admiral suchte in den ernsten Gesichtern der anderen nach Zustimmung. »Dies ist ein nationales, ja globales Sicherheitsproblem. Überlassen Sie das dem Militär. Wir können den alten Kahn zum Sinken bringen, und niemand wird es je erfahren.«
Der Verteidigungsminister forderte Haven mit einem Kopfnicken zur Antwort auf. Haven straffte sich und erwiderte: »Admiral, es könnten Schiffe aufkreuzen, die alles beobachten. Und sicher werden Taucher da sein, die später als Zeugen auftreten könnten. So geht das nicht.«

Jetzt ergriff der Minister das Wort. »Ich glaube, Sie haben recht, Arthur. So können wir es nicht anpacken. Aber es muß angepackt werden. Der ganze Nato-Pakt steht hier auf dem Spiel, und möglicherweise besteht sogar Kriegsgefahr. Das muß für uns alle die bestimmende Überlegung sein.«
»Richtig«, stimmte Haven zu. »Ich glaube, das ist uns allen bewußt. Ich habe mit Stasiris in Athen gesprochen, und er versichert mir, er habe Vorkehrungen getroffen, daß ein besonders qualifizierter Bergungsexperte die ganze Sache in die Hand nimmt. Wir müssen hoffen, daß er die Ware ausliefern kann.«
Der Minister wollte wieder das Wort ergreifen, doch Haven hob die Hand und bedeutete ihm zu schweigen. »Und bevor Sie es selbst aussprechen, ja, ich weiß, das Weiße Haus wird alles strikt ableugnen. Aber wenn Sie einen Augenblick lang meinen, Sie könnten alles abladen auf . . .«
Er unterbrach sich, holte tief Luft und steckte die Hände in die Jackentaschen. Dann blickte er in die Runde. »Meine Herren, ich muß Sie bitten, bis auf weiteres hier im Gebäude zu bleiben. Okay?«

Der ausgesprochen maskuline Eindruck der Schiffskajüte, die in dunklem Mahagoni und blankem Messing gehalten war, verwischte sich etwas, wenn Coby an Bord des Schiffes ihres Vaters war. Sie deckte den Tisch mit einem karierten Tuch und stellte Strohblumen in einen Krug. Den Kaffee servierte sie in passenden Tassen anstelle der plumpen Becher, mit denen Klaas sich zufriedengab, wenn er auf See allein war.
»Du solltest längst im Bett sein, Mädchen«, sagte er. Coby schnitt hinter seinem Rücken Grimassen und blickte Jason an, der noch seinen Genever trank. Klaas sah auf seine Uhr. »Du lieber Himmel, es ist schon nach zwei Uhr. Vorn ist eine leere Kabine für Sie, junger Mann.«
Jason nickte seinen Dank und schwenkte den Drink im Munde, bevor er ihn schluckte. Dann seufzte er zufrieden auf. Vater und

Tochter betrachteten ihn forschend. Er gefiel ihnen, doch aus ganz unterschiedlichen Aspekten.

Klaas sah in ihm einen Mann, der sich mit Schiffen auskannte. Er brauchte ihn nur über das Deck gehen zu sehen, um das zu erkennen. Jetzt, wo er lässig im Sessel lümmelte, wirkte er etwas träge, doch Klaas hatte bemerkt, wie gelenkig er sich über die Reling geschwungen hatte und an Bord der ›Magt‹ gesprungen war. Das war ein Mann, der Aktivität liebte. Klaas gefiel auch seine Zurückhaltung. Er fragte wenig, erzählte noch weniger und führte die Unterhaltung leicht und geschickt. Er schien sehr umgänglich.

Was Coby sah – und was Glanz in ihre Augen brachte –, war eine Traumfigur. Ein schlanker, fast zwei Meter großer Mann mit breiten Schultern, dessen Gesicht ein schelmisches Lächeln überzog. Sie spürte auch, daß dieser Mann eine fast magnetische Kraft ausstrahlte. Seine rätselhafte Schweigsamkeit, die er durch leichte Konversation überdeckte, brachte sie dazu, mehr aus sich heraus zu gehen. Als sie ihm gesagt hatten, daß sie nach Athen unterwegs waren, hatte er nur erwidert, daß ihm das recht sei.

»Wollten Sie mit dem Schlauchboot Athen erreichen?« Coby konnte die Frage nicht unterdrücken.

»Die Argonauten schafften es, und sie hatten nicht einmal eine Leuchtpistole«, antwortete er.

Klaas lachte. »Doch bei einem Mistral oder Ostwind hätte es keinen Jason und kein ›Goldenes Vlies‹ mehr gegeben.«

Ein Ausdruck der Trauer überschattete Jasons Gesicht. »Ja. ›Das Goldende Vlies‹ war eine Schönheit. Sie war bei Lloyds noch immer unter A-1 eingestuft, wissen Sie. Und ich brauchte sie für meine Geschäfte.«

Diesmal ließ sich Klaas die Gelegenheit nicht entgehen nachzuhaken. »Und was sind Ihre Geschäfte, wenn ich fragen darf?«

»Oh, eine Art Paket-Zustelldienst«, antwortete er. Dann schien er zu merken, daß diese Neckerei nicht ausreichte und ihre Gastfreundschaft eine weitere Erklärung verlangte. »Ich war unterwegs nach Athen, um ein Schiff zu treffen und eine Lieferung abzuholen. Das ist alles.«

Das war nicht viel, aber es war offensichtlich alles, was er sagen wollte. Coby faszinierte das Geheimnis, das diesen Mann umgab, und versuchte es noch einmal auf ihre Art.
»Wie fühlt sich ein Amerikaner so weit von der Heimat entfernt?«
Sein Lächeln verschwand, und er lehnte sich über den Tisch. Seine blauen Augen bekamen einen durchdringenden Blick. »Die Staaten? Nun, man fühlt sich dort heutzutage etwa wie im Krankenhaus. Sie wissen doch, die Leute in einer Klinik reden immer über ihre Krankheiten. In den Staaten reden sie ständig über die ungesunden Zustände in ihrem Lande. Es ist eine Nation, die gänzlich aus Leuten besteht, die überall und zu allen Zeiten ihr Gewissen prüfen.«
Klaas hörte interessiert zu. Er zog heftig an seiner kurzen Pfeife, um die Glut wieder zu beleben und fragte: »Und ist dies so schlimm für ein Land?«
»Keine Ahnung.« Jasons Blick wurde starr, und sein Gesicht versteinerte sich. »Ich weiß aber, daß es schlimm für einen Burschen ist, der glaubt, daß sein Gewissen einer Prüfung nicht standhalten kann.«
Die Antwort kam so unvermittelt und freimütig, daß die Unterhaltung abbrach. Klaas wechselte flink auf ein anderes Thema über. »Und wie können wir Sie nennen, außer Kapitän Jason?«
Er grinste breit. »Sie könnten es mit Susie versuchen, aber ich verspreche Ihnen nichts«, sagte er, und alle drei lachten.
Für Klaas spielte es keine Rolle. Jason war ein angenehmer junger Mann, den sie nach Athen mitnahmen. In dieser Situation waren keine Referenzen über den Charakter erforderlich.
Jason horchte mit schiefgehaltenem Kopf. Die Maschinen tuckerten ungleichmäßig. »Hört sich an, als hätten Sie damit etwas Ärger, Kapitän?«
Klaas nickte: »Ja, leider. Dieses Schiff wurde 1912 gebaut. Mein Vater ließ 1930 neue Maschinen einbauen. Jetzt halten wir sie mit Bindfaden zusammen.«

Fast schüchtern fragte Jason: »Könnte ich einmal hinuntergehen und sie mir ansehen?«
Klaas blickte auf. »Sind Sie Techniker?«
»Ich habe ein wenig Ahnung davon«, antwortete Jason knapp. »Eigentlich ist es ein schnelles Schiff, und ich könnte versuchen, aus den Gummiriemen, die Sie dort unten haben, etwas mehr Leben herauszuholen.«
Der Holländer zog stolz an seiner Pfeife. »Ich bin Witwer, Jason«, erklärte er. »Und ich hänge an zwei Dingen: meiner lieben alten ›Magt‹ und an meiner Tochter hier. Ich tue mein Bestes, um für sie zu sorgen.«
Jason blinzelte Klaas zu und warf dann einen Blick auf Coby. »Ja, Sie haben bestimmt ein schönes Schiff, aber mir scheint, die kleine Coby spielt doch immer die erste Geige.« Das Mädchen errötete, und die beiden Männer schmunzelten. »Und jetzt würde ich mich gern in die Gästekabine zurückziehen, wenn es gestattet ist«, sagte Jason.
Die Tür flog plötzlich auf, und ein kühler Luftzug verwehte den Pfeifenrauch. »Ja, Hans?« fragte der Kapitän. Der Funker übergab ihm einen Stoß Papiere und verließ den Raum.
»Was ist los, Papa?« Coby versuchte, über die Schulter ihres Vaters hinweg in den Papieren zu lesen.
Klaas wiegte betroffen seinen Kopf hin und her. »Tragisch, ach, wie ist das tragisch! Ich fürchtete schon, daß in dieser Welle viele Boote untergehen würden, doch . . .« Er blickte auf. »Ein Luxusschiff, die ›Poseidon‹, wurde zum Kentern gebracht.«
Mit drei langen, schnellen Schritten war Jason bei Klaas und nahm ihm die Papiere aus der Hand. »Die ›Poseidon‹! Um Gottes willen!« Er verschlang Zeile um Zeile und schien nicht zu bemerken, wie sehr die beiden anderen über seine unvermittelte Reaktion erschraken. Dann platzte er heraus: »Sehen Sie, hier steht, daß sie noch treibt. Kieloben, aber noch nicht untergegangen. Können wir dorthin, Klaas?« Die Worte kamen wie Pistolenschüsse von seinen Lippen.

Verstört erwiderte Klaas: »Nun ja, ich weiß nicht recht . . . Weshalb interessieren Sie sich für das Schiff? Warum ist es so dringend? Ich weiß wirklich nicht . . .« Er blickte Jason prüfend an, und der jüngere Mann murmelte eine Entschuldigung, als er die Papiere zurückgab.

»Das ist das Schiff, das ich in Athen treffen wollte«, sagte er mit ruhigerer Stimme. »Es hat ein sehr wichtiges . . . okay, Paket, wenn Sie so wollen, geladen. Ich muß es holen. Vielleicht gelingt das noch, wenn wir dort hinkommen.«

Klaas war noch immer irritiert. »Ja, vielleicht. Und vielleicht sind Ihre Geschäfte auch sehr dringend, aber ich muß nach Athen . . .«

Jason beobachtete den Kapitän sehr aufmerksam. Plötzlich änderte er seine Taktik. »Natürlich. Doch sehen Sie, an Bord dieses Schiffes sind Tausende von Menschen. Und wir sind ganz in der Nähe.«

»Ja«, sagte der Holländer, indem er die Meldungen noch einmal durchlas. »Doch die Schiffseigner haben alle anderen Schiffe ersucht, sich fernzuhalten.«

»Ein Bergungsbetrug«, erwiderte Jason prompt. »Das ist ganz offenkundig. Wollen Sie das als Hinderungsgrund gelten lassen, vielleicht Hunderte von Menschenleben zu retten? Denken Sie mal darüber nach, Klaas, wir dürfen die Menschen dort mitten auf dem Meer nicht im Stich lassen. Wir können morgen gegen acht Uhr dort sein.«

Klaas blickte auf seine Uhr und nickte. Er überlegte. Coby ergriff seine Hand und streichelte sie. »Bitte, Papa, denk doch an all diese armen Menschen . . .« bettelte sie.

»Also gut.« Er hatte seine Entscheidung getroffen. »Ich werde Piet anweisen, sofort dorthin zu steuern.« Er machte eine Pause und dachte wiederum nach. »Ich werde natürlich Bergungsrechte geltend machen, wenn wir dort als erstes Schiff eintreffen. Aber die Hauptsache ist, daß wir uns bemühen, Hilfe zu leisten. Ich schlage vor, daß wir alle jetzt noch etwas schlafen.«

Als er die Tür öffnete, blickte er sich noch einmal um und erkannte die Erleichterung in Jasons Gesichtszügen. »Morgen früh, Kapitän Jason, hoffe ich, daß Sie mir alles näher erklären können. Ihre merkwürdigen Geheimnisse machen mir allmählich Sorgen.«

3 »Die Welt ist enttäuschend«

Zunächst konnte der französische Offizier sich keinen Reim darauf machen, was Rogos seltsame Forderung und die Pistole in seiner Faust miteinander zu tun hatten.
Er starrte ihn an und sagte schließlich: »Aber, Monsieur, das ist unmöglich.«
»Nein, das ist es nicht«, antwortete Rogo. »Ich gehe wieder auf diesen Kahn zurück, und Sie werden mich dorthin bringen. Sagen Sie es Ihren Leuten.« Der Lauf der Pistole wies auf die Stufen, die zur Pilotenkanzel führten.
Der Franzose begriff noch immer nicht, daß Rogo es ernst meinte. In seiner Stimme war ein besänftigender Ton, als er sagte: »Monsieur Rogo, es gibt überhaupt keinen Grund für Sie umzukehren. Es ist gefährlich. Das Schiff könnte sinken. Und unsere Anweisungen lauten . . .«
Eine Welle von Ungeduld stieg in Rogos Gesicht. Er fischte mit der linken Hand in seiner Hosentasche und zog seine Dienstmarke hervor. »Von jetzt an bekommen Sie Ihre Anweisungen von mir, Freundchen. Also sagen Sie Ihren Leuten, sie sollen umkehren.«
Der Offizier verlor nicht die Ruhe. »Ja, ich sehe die Dienstmarke. Doch Sie müssen verstehen, Lieutenant, daß die Marke hier keine Rechtsgeltung hat. Wenn wir zum Stützpunkt zurückkehren, können Sie Ihr Ersuchen natürlich dem Kommandanten vortragen, und vielleicht stimmt er zu.«
Rogo sprang vor und stemmte dem Offizier den Pistolenlauf in den Magen. »Okay, vergessen Sie die Dienstmarke. Dies hier gibt mir genug Machtbefugnis.«

Einige Augenblicke herrschte gespannte Stille. Nur das Dröhnen des Motors schien lauter als zuvor. Der Offizier blickte auf die Pistole, zuckte die Schultern und rief seinen Leuten zu: »Marcel, Eddy, ein Verrückter bedroht mich mit einer Pistole und will zum Schiff zurück.«
Nach einer Pause antwortete eine Stimme:
»Was hat er vergessen – seinen Hut?«
Ein Zittern in der Stimme des Offiziers unterstrich die Ernsthaftigkeit seiner Bitte. »Dies ist kein Spaß. Bitte tun Sie, was er sagt, und kehren Sie um.«
Am Ende der kurzen Treppe erschien das Gesicht eines Mannes. »Mein Gott! Dem ist es wirklich Ernst damit.«
»Sie müssen es schon glauben, Freundchen«, bestätigte Rogo. »Nun aber los, und berühren Sie den Sender nicht.«
Der Pilot erkannte sofort den Ernst der Situation. »Wenn Sie darauf bestehen, Monsieur, dann müssen wir uns fügen.«
Das Motorengeräusch veränderte sich leicht, als der Hubschrauber in Schräglage ging. Rogo warf einen warnenden Blick auf den Offizier und sagte: »Versuch besser nichts, Freundchen. Schon stärkere Kerle haben vor einer kleinen Kugel kapituliert.« Dann riskierte er einen schnellen Blick aus dem Fenster und sah, daß die Maschine eine Wendung um hundertachtzig Grad ausführte. Mit seiner freien Hand wischte er sich den Schweiß von der Stirn.
Rogo forderte den Offizier durch einen Wink auf, sich hinzusetzen, und setzte sich selbst auf den Rand seines Sitzes, wobei er den Pistolenlauf weiterhin auf sein Opfer gerichtet hielt. Der Hubschrauber flog jetzt zehn Minuten in der neuen Richtung, ohne daß jemand etwas sagte. Schließlich erschien wieder das Gesicht des Piloten. »Alles in Ordnung?« fragte er.
Rogo sagte: »Hier unten ist alles klar. Bringen Sie mich dorthin zurück, und es wird so bleiben.«
Das Gesicht verschwand. Der Offizier beobachtete Rogo aufmerksam und sagte: »Das mit Ihrer Waffe ist mir jetzt klar, Lieutenant. Doch müssen Sie immer damit auf mich zielen?«

»Der Polizeipräsident wird sich dafür bei Ihnen entschuldigen. Ich sorge dafür. Doch jetzt bleibt mir keine andere Wahl. Klar?«
Wieder blieb alles still. Endlich traute sich Manny Rosen, der voller Verblüffung die Vorgänge verfolgt hatte, den Mund aufzumachen, und Rogo ließ ihn reden. »Mr. Rogo, ich verstehe das alles nicht. Sie haben Ihre Frau verloren, und ich habe meine Frau verloren. Ich weiß, wie Ihnen zumute ist. Auch ich sollte zurückkehren. Aber müssen Sie andere Menschen mit ... diesem Ding bedrohen?«
Rogo blickte kurz auf den alten Mann und sagte: »Mrs. Rosen war mehr wert als wir beide, Manny. Und Sie wissen, ich würde alles tun, um meine Linda zurückzuholen. Doch deshalb kehre ich nicht zum Schiff zurück. Dies ist keine sentimentale Reise.«
Die beiden Piloten wechselten einige aufgeregte Worte auf französisch, und sofort sprang Rogo auf und richtete die Pistole auf den Kopf des Offiziers. »Was ist los?« brummte er.
»Die ›Poseidon‹ ist in Sicht«, sagte der Offizier. Der Hubschrauber neigte sich etwas, und sie sahen das Wrack unter sich. Sie sahen auch den kleinen Küstendampfer, der sich näherte. Die helle Jacht hatte wohl eine Meile entfernt Anker geworfen, und was als Rauchfahne am Horizont erschienen war, entpuppte sich jetzt in etwa fünf Meilen Entfernung als ein robustes Seefahrzeug, das auf dem Vor- und Hinterschiff mit großen Kränen ausgestattet war.
Rogo preßte sich gegen die Rückenlehne. »Sagen Sie den Leuten«, befahl er, »sie sollen weich aufsetzen, möglichst nahe an der Öffnung, aus der wir gekommen sind. Keine Tricks!«
Während die Landeanweisungen weitergegeben wurden, hörten Manny und Martin schweigend zu, beide von einem Wirbel widerstreitender Gefühle hin- und hergerissen. Nach dem Überlebenskampf und ihrer Rettung hatten sie tiefe Erleichterung empfunden; doch jetzt, als der Polizist seinen total verrückt scheinenden Wunsch nach Rückkehr durchgesetzt hatte, fingen sie an, konzentrierter zu überlegen.
Manny blickte nach unten auf das leblose Wrack. Er war erfüllt

von dem Gefühl schlimmer Treulosigkeit. Er hatte Belle zurückgelassen. Natürlich, sie war tot, und er hatte seine einzige Rettungschance wahrgenommen – dennoch, er hatte sie zurückgelassen. Sie lag dort unten im scheußlichen Leichenhaus des Wracks, während er die warme Sicherheit des Hubschraubers genoß und zum normalen Leben zurückkehrte. Es war ganz einfach eine Art Verrat. Ein lebenslanges Miteinander durfte nicht so enden, ohne Trauer, ohne Blumen, ohne Feierlichkeiten. Er hätte ihre Leiche mit herausbringen sollen, um ihr die Ehre einer Bestattung zu erweisen. Es war weniger Kummer als Scham, die ihn zum Weinen gebracht hatte, und er verabscheute sich selbst.

Als Rogo sich zur Rückkehr entschlossen hatte, dämmerte in Manny die Erkenntnis, daß dies auch seine eigene Chance war, seine Ehre zu retten. Auch er würde zurückkehren und seine geliebte Belle aus dem höllischen Wrack herausholen.

Aber auch der kleine Händler stellte mit einiger Überraschung fest, daß er anders als vorhergesehen reagierte. Seine aufgeregte Schwatzhaftigkeit gegenüber dem französischen Offizier war in ein verdrießliches Schweigen übergegangen. Nun war alles vorüber. Ein paar Stunden lang, an Bord der ›Poseidon‹, war James Martin ein ganzer Mann gewesen. Sein Leben lang war er ausgelacht, bemitleidet, gegängelt und mißachtet worden; in diesen Stunden endlich hatte er an der Seite von Männern wie Scott und Rogo beweisen können, daß auch er Gefahren zu trotzen verstand. Er hatte sich bewährt wie jeder von ihnen. Die vielen Kränkungen seines früheren Lebens waren ausgelöscht worden. Jetzt kamen sie ihm wieder ins Gedächtnis zurück. Während die anderen Jungen zum Angeln gingen oder auf Bäume stiegen, mußte James zu Hause bleiben und mit den Mädchen spielen. Später blieb er ein unscheinbarer Verkäufer hinter einem Ladentisch in Anaheim: *Ja, meine Dame,* und *Vielen Dank, mein Herr,* und *Leider haben wir keine Schals mehr am Lager.* Die Leute hörten seine Worte und zahlten, doch dem kleinen Verkäufer sahen sie kaum ins Gesicht. Nun hatten die Strapazen der vergangenen Stunden erwiesen, daß

er, wie ein richtiger Mann, Gefahren entgegentreten und sie überwinden konnte.
Martin verstand nicht, weshalb Rogo zurückkehren wollte. Doch wenn das Abenteuer noch nicht vorüber sein sollte, dann wollte auch Martin seine Rolle weiterspielen, wie er es zuvor getan hatte. Zum ersten Mal in seinem Leben gehörte der Mann aus Anaheim zu einer Männergruppe. Wenn Rogo zurückging, dann wollte er mitmachen. Er rutschte auf seinem Sitz nach vorn und spähte auf das Schiff hinunter. Martin spürte, wie sich eine erwartungsvolle Erregung seiner bemächtigte. Die Mädchen und der kleine Junge im rückwärtigen Teil des Hubschraubers waren in tiefen Schlaf versunken, und Martin gab sich das Versprechen: Dieses Mal würde es den anderen nicht gelingen, ihn bei den Mädchen zurückzulassen.
Rogo warf den drei Schiffen, die sich der ›Poseidon‹ auf Sichtweite genähert hatten, finstere Blicke zu, als könnte er sie durch scharfes Ansehen torpedieren. Noch waren sie Passanten vergleichbar, die sich einer Polizeiaktion auf der Straße in den Weg stellten. Und wenn er erst unten war, wollte er schon dafür sorgen, daß sie sich nicht einmischten, und die Amerikaner würden sicher ohnehin bald Hilfe entsenden.
Der Offizier unterbrach seine Überlegungen. »Wie sollen wir uns nun verhalten?«
»Das sagte ich Ihnen schon«, antwortete Rogo. »Sie sollen nahe an der Öffnung landen. Ich springe ab. Dann fliegen Sie wieder weg, so schnell Sie können, und bringen diese Leute in Sicherheit.«
Er machte eine Pause und fügte dann hinzu: »Hören Sie, ich weiß, daß ihr mich für verrückt haltet, doch würdet ihr mir einen Gefallen tun? Veranlassen Sie, daß unsere Botschaft nach New York übermittelt, was hier vorgeht. Die wissen schon, um was es sich handelt. Sagen Sie den Leuten, die Marine soll herkommen, und zwar schnell. Okay?«
Der Franzose erkannte die Besorgnis in Rogos Blick. Er nickte kurz. »Sie werden es bald wissen, da können Sie sicher sein.«

Minuten später ließ sich die große Maschine mit nur geringen Schwankungen auf dem Kiel nieder. Rogo öffnete die Tür und schwang sich heraus. Als seine Füße das Wrack berührten, stand Manny Rosen auf. »Ich steige auch aus«, sagte er und war schon aus der Tür, bevor der verblüffte Polizist etwas erwidern konnte.
Rogo packte ihn an der Schulter und versuchte, ihn mit einer Hand in den Hubschrauber zurückzudrängen, doch Manny entwand sich ihm und schluchzte: »Nein, Mr. Rogo, bitte nicht. Ich kann meine Belle nicht dort lassen. Ich habe nicht einmal einen *Kaddisch* gebetet.«
Rogo konnte ihn unmöglich zurückschieben, ohne ihn zu verletzen, und er brachte es nicht über sich, den alten Mann zu schlagen. Sein Gesicht lief vor Wut rot an. Er ließ Manny plötzlich los und glitt nach unten in die Öffnung des Schraubenschachts. Während er verschwand, rief er der französischen Hubschrauberbesatzung zu: »Machen Sie mit ihm, was Sie wollen. Er gehört nicht zu mir.«
Manny, der vor Anstrengung nach Luft schnappte, blickte gerade nach oben, als Martin durch die Tür sprang und neben ihm landete. »Wartet noch, Leute«, rief er nach unten. »Ich komme mit.«
Der Offizier betrachtete verblüfft die seltsame Szene. Dies alles geschah jenseits jeder vernünftigen Erklärung. Drei gerettete Männer kehrten an einen Ort zurück, wo sie mit hoher Wahrscheinlichkeit umkommen würden. Er versuchte, ihnen gut zuzureden. »Hören Sie, meine Herren, ich habe nicht die leiseste Idee, weshalb Sie diesen Wahnsinn unternehmen. Ich werde Ihnen helfen, so gut ich kann. Doch wenn Sie sich weigern, hierher zurückzukehren, kann ich nichts machen. Ich will mich nicht erschießen lassen, wenn ich versuche, Sie zu retten. Ich bitte Sie jetzt einzusteigen, oder wir fliegen ohne Sie ab. Ich muß auf die anderen Passagiere Rücksicht nehmen.«
Rogos Gesicht erschien in der Öffnung. Es war wutverzerrt. »Sie dämlicher Kerl! Hauen Sie ab! Auch Sie, Manny. Steigen Sie wieder ein, dies hier hat nichts mit Ihnen beiden zu tun!«

Manny schien nichts zu hören. Martin blickte Rogo flehend an. »Seien Sie nicht so, Mr. Rogo. Wir waren bisher zusammen. Vielleicht brauchen Sie mich jetzt.«
Die Besatzung unterhielt sich lebhaft auf französisch. Dann rief der Offizier zum letzten Mal: »Wir starten jetzt. Kommt noch jemand? Also gut.« Er schüttelte den Kopf und schloß die Tür. Die großen Rotorblätter begannen sich zu drehen, die Maschine hob ab, und nach einer Kurve war sie schon hoch in der Luft.
Manny und Martin standen wie zwei Schuljungen vor ihrem gestrengen Lehrer. Alle Schimpfworte aus Rogos beträchtlichem Wortschatz prasselten auf sie nieder, bis sein Wutausbruch schließlich verebbte. Sie waren nun einmal da. Daran war nichts zu ändern.
»Okay«, sagte er, verstaute seine Pistole und gab ihnen ein Zeichen, näher heranzukommen. »Ihr beide müßt euren Verstand verloren haben, aber wenn ihr es so haben wollt, okay. Dann los.«
Er ließ sich wieder in die Öffnung gleiten, und die beiden anderen eilten hinter ihm her.

Andere Zeiten, andere Sitten. Das Verbrechen muß immer auf dem neuesten Stand gehalten werden, und niemand macht sich den Fortschritt in der Technologie schneller zunutze als der Kriminelle. So gibt es statt des Wegelagerers den Mann, der ein Flugzeug mit einer Handgranate in seine Gewalt bringt; der Bankräuber verläßt sich nicht mehr auf seine Pistole, sondern auf seine zuverlässigen Super-Schneidbrenner, und den Fassadenkletterer ersetzt der Einbrecher, der mit Hilfe von Nachschlüsseln durch die Vordertür kommt.
Das Piratenschiff, das an diesem klaren Morgen eine Meile vor dem Wrack der ›Poseidon‹ ankerte, führte keine Totenkopfflagge, und seine Besatzung feierte einen Triumph statt mit althergebrachtem Rum lieber mit trockenen Martinis. Die ›Naiad‹ mit dem Heimathafen Port Gallice zwischen Cannes und Antibes war eine der schönsten Privatjachten auf dem Mittelmeer. Sie führte die

französische Flagge am Heck und gehörte einem gutaussehenden Playboy namens Roland Pascal in dem Sinne, daß sie auf seinen Namen registriert war. Doch dieser, ebenso wie die fünf jungen Männer, die jetzt an Deck eifrig ihre Taucherausrüstung zurechtlegten, war hilflos dem sexuellen Bann eines Mädchens mit silberblondem Haar ausgeliefert. Heloise, oder Hely, wie sie genannt wurde, war in jeder Beziehung der eigentliche Kapitän dieses Schiffes.

Ob ein Gericht sie als Piraten eingestuft hätte, läßt sich schwer sagen. Sie taten keinem lebenden Wesen etwas zuleide. Doch in diesen Gewässern, wo ein Brand, eine Explosion, auch ein Mistral nicht ungewöhnlich sind, brauchten sie die Lebenden nicht zu behelligen. Sie waren lediglich eine Art Grabräuber, Leichenfledderer. Mit Tiefen-Lotungsgeräten, Unterwasser-Metallortungsgerät, der besten Tauchausrüstung, einer Dekompressionskammer und höchst leistungsfähiger Funkausstattung waren sie in der Lage, jedem SOS-Ruf zu folgen und sich Schiffskatastrophen zunutze zu machen.

Im Gegensatz zu den jungen Männern hegte Hely hierbei keinerlei Bedenken. Moral, Ethik und Skrupel berührten sie nicht. Grundsätze hatte sie schon in frühester Jugend abgeworfen. Man könnte sagen, sie hatte den Zustand der Unschuld schon fast in der Wiege abgeschüttelt. Das attraktive Lächeln, mit dem sie eleganten Partys an der Riviera Glanzlichter aufsetzte, war das gleiche, das sie schon als Kind eingeübt hatte, wenn sie auf den Straßen von Paris betteln ging, und immer war dieses Lächeln einträglich. Auch das Fluidum der Unschuld, das sie zur Schau trug, war eingeübt und diente dazu, eine Vergangenheit zu verbergen, die hartgesottene Burschen schaudern ließ. Schon als Kind hatte sie die grausame Erfahrung machen müssen, daß sie nur durch eigene Anstrengungen den Aufstieg von den Slums zu den herrschaftlichen Villen schaffen konnte und daß blaue Augen und blondes Haar bei richtigem Einsatz machtvolle Waffen in diesem Kampf bedeuteten. Als Fünfzehnjährige hatte sie schon die Kenntnisse einer erfahrenen Liebhaberin. Hinzu kam die einfache, doch lebenswichtige Erkenntnis, die schon vielen Frauen zur Macht verholfen hatte, nämlich daß ein Prinz sich genauso leicht verführen läßt wie sein Chauffeur und daß in Gegenwart einer schönen Frau alle Männer gleich sind. Nach mehr Schlafzimmererlebnissen als sie zählen konnte, hatte Helys Lebensweg schließlich auf einer Luxusjacht in den warmen Gewässern des Mittelmeers seinen vorläufigen Höhepunkt gefunden. Sie hatte ihre Crew aus sportlichen jungen Männern so unausweichlich in ihren Bann gezogen, daß sie sich kaum die Mühe machte, die Verachtung zu verbergen, die sie diesen Männern und überhaupt allen Männern gegenüber empfand. Hely hatte schon viel hinter sich, doch ein langer Weg stand ihr noch bevor.

»Ich wünschte, du würdest das nicht tragen, Hely.« Roland trug seine Bitte zögernd und in etwas weinerlichem Ton vor, den sie schon so oft gehört hatte. Sie lag mit dem Gesicht nach unten auf dem Deck ausgestreckt; auch bei der Antwort wendete sie nicht den Kopf. Statt dessen fuhr sie fort, den Ring an ihrem Finger zu bewundern, der einen Diamanten von der Größe einer Mandel trug. Sie streckte die Finger aus und bewegte ihr Handgelenk, so daß sich die Sonnenstrahlen in allen Facetten spiegelten.

»Und wo soll ich ihn sonst tragen, mein Schatz? Vor dem Präsidium der Sûreté vielleicht? Oder bei Cartier? Hier ist der einzige Ort, wo ich ihn tragen kann.«

Roland hockte sich neben ihr nieder. Dies war zwar seine Jacht, und sie war sein Mädchen, dennoch behielt er den jammernden Ton in seiner Stimme bei. »Ich sehe sie noch vor mir, die armen Menschen in diesem Boot.« Ihn schauderte. »Macht es dir denn nichts aus, wenn du an diese Frau denkst, die vor ihrem Schminkspiegel im Wasser trieb, und an ihren Mann, der noch am Ruder stand?«

Hely ließ ihre Hand mit dem glitzernden Ring sinken und blickte ihn an. »Bin ich an ihrem Tod schuld? Die Jacht war als überfällig gemeldet. Wir hatten nur Glück, daß wir dort vorbeikamen, das ist alles.«

Roland fuhr fort: »Ihre anderen Juwelen, die wir nach Marseille schickten, hätten uns erledigen können. Die Fahndung führte beinahe auf unsere Spur.«
Hely hörte ihm nicht zu. »Ich liebe ihn!« rief sie aus. Sie hielt den Diamanten an ihre Lippen. »Ich liebe ihn!« Ein Lächeln erhellte ihr fein gezeichnetes Gesicht. »Und mein armer kleiner Roland? Hat er Angst, ein ungezogener Junge zu sein? Hat er Angst, daß man ihn beim Spielen mit den großen Mädchen erwischt?«, mokierte sie sich in der Art eines entrüsteten Kindermädchens.
Sie änderte den Tonfall ihrer Stimme. »Oder ist es vielleicht so, daß du mich nicht mehr aufregend findest? Sage mir, mein Herr und Meister, ist es so?« Sie streckte sich wie eine erwachende Katze und blinzelte amüsiert zu Roland hinüber, der sie musterte. Sie wußte, daß Roland sie wieder unwiderstehlich finden würde, wenn er die Fülle ihres blonden Haars, die klaren Linien ihres Gesichts und die Kurven ihres gebräunten Körpers betrachtete.
»Nun, ist es so, Roland? Hast du eine andere gefunden, eine, die dich nicht zum ungezogenen Jungen macht?«
Nur einige Schritte entfernt hatten die fünf jungen Männer beim Sortieren der Taucherausrüstung jedes Wort verfolgt. Roland wurde sich plötzlich bewußt, daß sie sich insgeheim über ihn lustig machten, und mit besorgtem Gesicht flüsterte er Hely seine Antwort zu. »Du weißt, daß es nicht so ist, Hely. Aber bitte, höre einmal auf mich. Diesmal ist es zu gefährlich. Die halbe Welt wird uns bald beobachten. Jetzt können wir noch abdrehen, und später werden wir dann in Athen groß ausgehen.«
Hely sprang entschlossen auf. »Die Zeiten, wo man mich mit einem guten Essen kaufen konnte, sind längst vorüber, mein Schatz. Der Preis ist jetzt viel höher. Dort drüben liegt unsere Chance.« Sie deutete auf den dunklen, leblosen Umriß der ›Poseidon‹, der sich in etwa einer Meile Entfernung klar gegen die Sonne abzeichnete. Geschäftsmäßig ging sie an Roland vorüber und wandte sich an die jungen Männer, die ihre Taucherausrüstungen anzogen.
»Fertig, Jungens?«

»Ja.« Die Antwort kam von Johnny, dem Taucher mit der größten Erfahrung. Gutgelaunt akzeptierte er ihre Führungsrolle. Er rechnete sich aus, daß er nach Helys Werteinschätzung gleich an zweiter Stelle nach Roland rangierte, dessen sie allmählich überdrüssig wurde. Johnny war nur allzugern bereit, Rolands Stelle einzunehmen. Auch wenn ihn dies seinen Job kosten sollte – als guter Taucher würde er sofort wieder Arbeit finden.
Er strahlte sie an. »Für Sie bin ich zu allem bereit, Hely.« Er freute sich, als seine zweideutige Bemerkung von Hely mit einem leichten Lächeln quittiert wurde. Bald ist es soweit, sagt er sich selbst. Die anderen jungen Männer spürten, daß Johnny mit jedem Tage hoffnungsvoller wurde, während Rolands Unsicherheit wuchs. Jeder meinte, bei Hely eine Chance zu haben. Für sie war es ein Spiel der wechselweisen Aufmunterung und Entmutigung, das sie gern mit den Männern spielte. Himmel, dachte sie, sie führen sich auf wie junge Hündchen; jeder drängt sich nach vorn, um der Liebling zu werden.
Hely wandte sich wieder den anderen zu. »Okay, prüft eure Ausrüstung.« Zwei weitere Männer, der Archäologe Pierre Duval und der Kapitän Yves, kamen aus der Kajüte, und Hely erteilte sogleich ihre Anweisungen. »Pierre, wir werden Sie nicht benötigen. Diesmal suchen wir nicht nach Statuen. Dieses Mal geht es um Schmuck, und auf diesem Wrack wird es genug davon geben, um . . .«
Johnny beendete ihren Satz: ». . . um ein Schiff zu versenken.«
Hely lachte mit heller, klarer Stimme. »Das stimmt, Johnny. Wir haben ungeheueres Glück. Diesmal machen wir den großen Fischzug. Es geschah ein paar Minuten nach Mitternacht auf der Neujahrsfeier. Alle waren im Speisesaal versammelt, trugen Papierhüte, spielten mit Rasseln und warfen mit Papierschlangen und Konfetti um sich. Sie schunkelten und grölten.« Ihre Stimme hob sich. »Ein Galaabend. Schwarze Binder und lange Kleider. Und die dicken alten Weiber trugen ihre teuersten Ringe, Ketten und Armbänder, für die sich ihre dummen Ehemänner abgerackert hatten. Wir brauchen nur alles einzusammeln.«

Roland gab es auf, gegen ihr Vorhaben zu protestieren, als sie sich entschlossen dem aufgestapelten nassen Taucheranzug und den Geräten zuwandte. Sie schnippte ihr Bikini-Oberteil auf, stemmte die Hände auf die Hüften und ließ ihre Shorts auf das Deck gleiten, als wäre sie auf dem Meer allein und unbeobachtet. Doch alle Männer an Bord sahen gespannt zu, wie der schmale weiße Streifen zwischen gebräuntem Rücken und Schenkeln erkennbar wurde. Ihr entging nicht, daß die Männer sie anstarrten, doch sie fuhr seelenruhig in ihren Anweisungen fort.

»Wir werden uns dem Schiff auf der dem Frachter gegenüberliegenden Seite nähern und bis zum Speisesaal hinabtauchen. Im Inneren müssen wir alle schnell arbeiten.«

Einer der Taucher fragte: »Brauchen wir Harpunen?«

»Nein«, antwortete Hely knapp. »Und vergeudet keine Zeit für Trödelkram. Ihr erkennt wertvolle Stücke schon wenn ihr sie seht. Zuerst die Ketten, dann Broschen, Armbänder und Ringe.« Sie beugte sich nieder, um ihren nassen Taucheranzug aufzuheben.

Die Aufregung, die sie unter den Tauchern verursachte, erzeugte eine fast spürbare Elektrizität. Ein Achtzehnjähriger, der erst vor wenigen Monaten von einer englischen Privatschule relegiert worden war, veranstaltete mit einem jungen Franzosen eine Pantomime, die in stummen Bewunderungspfiffen gipfelte. Johnny, der sich gerade abplagte, seine Arme durch die Halter seiner Sauerstoffflasche zu zwängen, malte sich eine genußreiche Zukunft aus. Den bereits besiegten Roland machte Helys lässige Zurschaustellung ihrer Reize sprachlos, bis die geflüsterten Reaktionen der Männer ihn aufrüttelten und er sie zischend anfuhr: »Du lieber Himmel, Hely, kannst du dich nicht in der Kajüte umziehen?«

Sie wandte den Kopf, blickte ihn kühl und belustigt an, als sie den Männern zurief: »Roland meint, ich bringe euch aus der Fassung. Habt ihr irgendwelche Beschwerden, Jungens?« Sie nahm deren gebrüllte Verneinung mit einem huldvollen Kopfnicken entgegen, dann stieg sie ohne Eile in ihren nassen Taucheranzug und zog den Vorderverschluß zu.

»Roland, mein Schatz«, sagte sie dabei, »warum schämst *du* dich, wenn die Leute *mich* ansehen?«
Jetzt platzt er, dachte Johnny. Roland versuchte, fröhlich zu grinsen, was ihm aber gründlich mißlang.
Er sagte: »Fällt es dir gar nicht auf, daß du diese mehr oder weniger anständigen jungen Männer verdirbst?«
Hely nahm ihre Sauerstoffzylinder auf und streifte den ersten Riemen über den Arm. »Doch, das weiß ich, Roland. Aber das macht Spaß. Was meint ihr, Jungens?«
Freudige Zurufe waren die Antwort, und Hely fuhr fort: »Du brauchst aber nicht mitzukommen, wenn du nicht möchtest, Roland. Vielleicht kann der kleine Bobby meine Hand halten, wenn ich nervös werde.«
»Alles für Hely«, jubelte der junge Engländer, als sie seinen Namen nannte. Hely stellte mit Befriedigung den verärgerten Zug in Johnnys Gesicht fest, als sie einem anderen Anbeter den Vorzug gab.
»Ach, und noch etwas«, fiel ihr ein, »diese Leichen treiben schon etwa seit acht Stunden, und ihre Finger könnten angeschwollen sein. Vergeudet keine Zeit beim Abziehen der Ringe.« Sie zog ihr Tauchermesser aus der Scheide, die sie gerade an ihr Bein gebunden hatte, und machte eine kurze, hackende Bewegung mit der Klinge, die keiner Erklärung bedurfte. Die Männer nickten mit ernsten Gesichtern; jetzt gab es nichts mehr zu lachen.
»Ich komme mit.« Rolands Züge waren bleich und düster, doch Hely belohnte ihn mit einem gewinnenden Lächeln. »Mir gefiel die ganze Sache von Anfang an nicht, als ich das Notsignal hörte. Aber ich komme mit.«
Es ist alles so einfach, dachte Hely. Die Erfahrungen aus den Elendsquartieren galten hier wie überall. Sie hatte Roland soweit eingeschüchtert, wie sie es für nötig hielt. Sie hatte in Johnny Hoffnungen erweckt und ihn dann, als er zu vertraulich wurde, einige Stufen zurückgestoßen und statt dessen den englischen Jungen ermutigt. Wenn sie alle morgen sterben sollten, würde sie

ihnen keine Träne nachweinen. Sie waren Männer, einfach nur Männer, sie ließen sich leicht finden, leicht verführen, und es war ein leichtes, sie fallen zu lassen, denn überall gab es sie massenweise. Und dann kam ihr der Gedanke in den Sinn, der sie immer wieder beschäftigte. Gab es einen Mann auf der Welt, der ihrer Achtung würdig war? Gab es den einen Mann, der in ihr die Verbindung von Bewunderung und Lust erzeugte, die sie auf den Gesichtern ringsum sah? Wie stets gab sie sich selbst die Antwort: Nie und nirgendwo. Auch wenn es ihn geben sollte, so würde doch Helys Aufstieg von der Gosse zu den Sternen nicht von einem so vagen und nutzlosen Geschäft, wie es die Liebe darstellte, behindert werden. Die Liebe war ein Gefühl, das am besten zu kleinen Ladenmädchen paßte, die den Strapazen der Mutterschaft blind entgegeneilten, und denen dann ein Alter in Armut bevorstand und die Angst, die Miete nicht bezahlen zu können. Für Hely war das höchste der Gefühle immer das Gefühl der Macht.

Sie zog sich den schweren Ring vom Finger und übergab ihn Yves. »Heben Sie ihn bitte gut für mich auf, ja, Yves? Pierre wird bei Ihnen bleiben. Unsere Luft reicht für anderthalb Stunden. Ich rechne nicht mit Komplikationen. Wir werden zurück sein, bevor die Zeit um ist. Wenn nicht, dann ist etwas Unerwartetes eingetreten. Warten Sie dann noch zehn Minuten. Danach haben Sie Anweisung, den Anker zu lichten und abzufahren.« Sie lächelte Roland an und fügte hinzu: »Wohin würdest du vorschlagen, mein Schatz? Marokko? Tunis? Algerien? Ich glaube, in Algerien würden sie nicht zu viele Fragen stellen.«

Roland ergriff gern die Gelegenheit, ein wenig von seiner Autorität zu zeigen. »Algerien, würde ich sagen. Verkaufen Sie die Jacht und teilen Sie den Erlös auf.«

Hely nickte den jungen Männern zu, die sie mit umgeschnallten Sauerstoffzylindern umstanden, Schwimmflossen an den Füßen. »Gut. Also los, allons! Helys Helden schwimmen fünf Meter unter der Oberfläche.«

Sie war die erste, die ihre Gesichtsmaske festzog und sich nach der

Seite ins Wasser gleiten ließ. Die sechs anderen Taucher folgten in ihren uniformgleichen schwarzen Anzügen, und alle dachten an schimmernde Juwelen, die im Licht tanzten, und an seidene Gewänder, die um einen gebräunten Körper geschlungen waren.

Klaas übernahm selbst das Steuer, um die ›Magt‹ in die Windschattenseite des Wracks zu bringen. Es war acht Uhr dreißig am Morgen. Dann übergab er Piet das Steuer und kletterte zu Jason und Coby aufs Deck herunter.

»Haben Sie das Telegramm abgeschickt?« fragte Jason.

Klaas nickte. Er zog das Papier aus seiner Tasche und las vor: »Heute, am ersten Januar um acht Uhr siebenundzwanzig habe ich, Klaas van Zeevogel, Kapitän des in Amsterdam registrierten Fünfzehnhunderttonnen-Frachters ›Magt van Leiden‹ am Wrack der ›Poseidon‹ eine Leine festgemacht. Ich beanspruche hiermit die Rechte als erster Berger.«

»Sehr gut«, sagte Jason strahlend. »Das ist klug gehandelt, Klaas. Wenn Sie hier niemandem helfen können, so könnten Sie doch immerhin den Vorteil der Bergungsrechte ausschöpfen.«

»Schon möglich.« Klaas war nicht sehr enthusiastisch. »Es ist eine vorsorgliche Maßnahme, möchte ich sagen. Was mich aber im Moment beunruhigt, Jason, ist die Tatsache, daß ein Hubschrauber zurückgekehrt ist. Ich glaube, drei Männer sind ausgestiegen.«

Jasons Gesicht zeigte Besorgnis. »Ich schätze auch, es waren drei Mann. Aber warum? Weshalb kehren Überlebende auf ein sinkendes Schiff zurück? Und einer von ihnen, der Bursche im Unterhemd, kam mir wie ein Polizist vor.«

Klaas starrte ihn ungläubig an. »Sie können mitten auf dem Meer und auf diese Entfernung einen Polizisten erkennen?«

»Ich könnte einen Polizisten auch bei Nacht und Nebel erkennen«, sagte Jason. Beruhigend klopfte er dem Kapitän auf die Schulter. »Seien Sie unbesorgt, Klaas. Wenn er ein Polizist ist, wird er mich im Auge behalten, schon um Ihretwillen.«

Der Holländer blickte den jungen Mann forschend an. »Offen gesagt, Jason, mir gefällt die ganze Geschichte nicht. Ich meine, es wäre an der Zeit, daß Sie uns sagten, was Sie an Bord dieses Schiffes zu tun haben.«

Das Gesicht des Amerikaners verschloß sich, als Coby die Bitte ihres Vaters wie ein Echo wiederholte. »Bitte, sagen Sie es uns!«

Jason schritt zur Reling. In der Hand hielt er einen Enterhaken, der an einer Nylonschnur befestigt war; er schwang die Leine durch die Luft, so daß sich das Eisen an der Schraube verhakte. »Festgemacht!« rief er über die Schulter. Er zog die Leine mehrmals fest an, bis sie sicher hielt.

Dann wandte er sich wieder um und sagte: »Wie ich schon erwähnte, habe ich auf der ›Poseidon‹ etwas zu erledigen. Ein kleiner Teil der Ladung gehört mir, und ich will ihn mir holen. Ob Ihnen diese Erklärung genügt, weiß ich nicht, doch mehr kann ich Ihnen nicht sagen. Darüber hinaus müssen Sie mir Vertrauen schenken.«

Fast allzu schnell kam Cobys Antwort: »Das tun wir auch, nicht wahr, Papa?«

Klaas, der sein Leben auf See verbracht hatte, war kein Mann, der seine Entscheidungen aufgrund fadenscheiniger Argumente fällte. Ihm gefiel der Mann, sein Aussehen und die Art, wie er sich an Bord bewegte. Dennoch war er ein Fremder, den sie als Schiffbrüchigen aufgefischt hatten. Klaas' deutliche Verwirrung war im Gesicht geschrieben. Es fiel ihm nicht leicht, ein Urteil abzugeben.

Er schob sich die Mütze ins Genick. »Ich werde abwarten, Kapitän Jason. Ich hoffe, nicht enttäuscht zu werden.«

Jason lehnte sich gegen die Leine und prüfte ihre Festigkeit, indem er ein Bein gegen die Seite der ›Poseidon‹ stemmte. »Es ist ein ziemlich gerader Weg nach oben, wo die anderen Burschen hineingekommen sind. Will mal sehen, was drinnen los ist.«

Der Holländer bewegte sich auf ihn zu und berührte ihn am Ärmel. »Nun? Werde ich enttäuscht sein?« fragte Klaas.

Ohne größere Anstrengung als bei einem Spaziergang an Deck bewegte sich Jason schnell an der Leine entlang; die Beine hielt er steif gegen den Rumpf des Schiffes, und mit den Händen griff er abwechselnd übereinander. Schon fast oben angelangt, schallte seine Antwort: »Die Welt ist voller Enttäuschungen, Kapitän Klaas.«

Klaas blickte Coby an und zuckte die Schultern. Was sollte er davon halten? Er hatte den Mann um eine Art Versprechen gebeten und bekam eine zynische Frechheit als Antwort. Klaas mochte Geheimnistuerei nicht leiden. Ihm waren leise Gespräche in Hafenbars zuwider, Vereinbarungen über Lieferungen, die nachts an der Küste abzusetzen waren, über namenlose Passagiere, die ohne Zollformalitäten und Pässe reisen wollten. Er hatte all diesem stets den Rücken gekehrt. Sein Frachter mit der altersschwachen Maschine gestattete ihm die Ausübung eines ehrlichen, unkomplizierten Gewerbes, das seiner Natur entsprach. Jason und seine Geheimnisse konnten nur Schwierigkeiten mit sich bringen.

Coby unterbrach ihn in seinen Gedanken. »Er ist ein guter Mensch, ich weiß es. Bitte, Papa!«

In Klaas rangen drei Empfindungen um die Vorherrschaft, sein lebenslanger Instinkt, Schwierigkeiten zu vermeiden, seine Liebe zu seiner Tochter, und ein eigenartiger Zweifel an seiner bisherigen Beurteilung des Amerikaners. Als sie nach oben blickten, sahen sie Jason über dem Schraubenschacht stehen.

»Hallo«, rief er ihnen zu. »Kommen Sie herauf und bringen Sie die Strickleiter und die Laternen mit. Oder brauchen Sie einen Bootsmannsstuhl?«

Klaas steckte sich die Pfeife in die Tasche und klemmte die aufgerollte Strickleiter unter den Arm. »Sie glauben wohl, ich sei eine alte Meeresschnecke?« Coby lachte erleichtert auf, als sich ihr Vater an der Leine entlanghangelte. Die Möglichkeit, vielleicht noch Menschen an Bord retten zu können, hatte schließlich bei seiner Entscheidung den Ausschlag gegeben. Und doch konnte er einen Zweifel nicht verscheuchen, der in ihm aufkam: Klaas van Zeevogel, du wirst auf deine alten Tage nachlässig und töricht.

Coby hegte keine derartigen Zweifel. Sie liebte die Tage, die sie auf der ›Magt‹ verbrachte, sie liebte das Meer, und sie liebte ihren Vater. Doch die Erregung, die in ihr brodelte, rührte von dem Mann mit dem einen Namen her, der gerade in ihr Leben gesegelt war. Sie fühlte in dieser Zuneigung ein überwältigendes Vertrauen, das keine Fragen stellte, das aber bei der ersten Lüge oder Täuschung zum Absterben verurteilt war. So kletterte sie den beiden Männern hinterher, und als sie, oben angelangt, von Jason an der Schulter gestützt wurde, blickte sie ihm voller Zuversicht ins Gesicht.

Klaas begann, sich in die Öffnung des Schraubenschachtes hinabgleiten zu lassen. »Jetzt werden wir ja sehen, welch verborgener Schatz die Überlebenden auf ein sinkendes Schiff zurücklockt«, sagte er.

Jason nickte, doch sein Blick wanderte hinüber zur ›Komarevo‹, die inzwischen stetig näher herangerückt war. Viel mehr Sorgen machte ihm der Gedanke, daß an Bord der ›Poseidon‹ offenbar Schätze verborgen waren, für die sich Kapitän Ilich Bela interessierte, und über wie viele Leichen dieser wohl gehen würde, um an die Schätze heranzukommen.

4 Er kümmert sich um den Laden

Die Furcht, die sie bei ihrer Flucht aus dem Schiff angespornt hatte, über Trümmerhaufen nach oben zu klettern, war vergangen; die drei Überlebenden kämpften sich jetzt mühsam hinunter zur Decke, die den Fußboden des umgekippten Maschinenraums bildete. In aller Nüchternheit erkannten sie nun, mit welcher Gewalt die Maschinen herabgestürzt waren. Turbinen, Dynamos, Untersetzungsgetriebe aller Größen waren aus ihren Verankerungen gerissen und lagen in wüstem Durcheinander herum.

Martin staunte nachträglich über die Heldentat ihrer Flucht, doch Manny blickte nur auf die dunkle Ecke neben dem Wasserloch, wo er die Leiche seiner Frau zurückgelassen hatte.
Rogo vermied es, einen Blick auf das stille Wasserloch zu werfen, in dem Linda und Scott ums Leben gekommen waren. Er war wieder der ganz auf seine Aufgabe eingestellte Polizist. »Weitergehen, Leute.« Es erinnerte ihn an einen Verkehrsunfall: Die Leute mußten vor allem in Bewegung bleiben. Von seinen Worten angespornt, bewegten sich die Männer durch das Metallgewirr, das ihnen zuvor den Weg zur Rettung gewiesen hatte. Die leichtere Metallausstattung des Raumes, wie Laufplanken, Leitern und Geländerstangen, war erhalten geblieben, doch die Stücke hatten sich zu einem ineinander verkeilten Muster zusammengeschoben, das sich von der Wölbung des Schiffsrumpfes bis zu den zertrümmerten Maschinen und Wasserlöchern am Fußboden erstreckte. Vorsichtig, Schritt für Schritt, hangelten sich James Martin, Manny Rosen und schließlich Rogo am beschädigten Geländer entlang nach unten. Manny, der immer noch nach dem Leichnam seiner Frau suchte, verlor den Halt auf einer ölverschmierten Laufplanke. Er schwankte auf einem Bein und suchte mit den Händen verzweifelt nach einem Halt, bis ihn Rogos starker Arm festhielt.
Krüppel, dachte Rogo. Ausgerechnet bei einer solchen Aufgabe haben sich zwei verdammte Krüppel an mich gehängt!
Er fluchte leise vor sich hin, als eine Geländerstange, die Martin angefaßt hatte, abbrach und in den Abgrund stürzte. Das Echo, das sie beim Aufprall erzeugte, hallte durch das domartige Gewölbe.
Schließlich hatten sie das untere Ende des Raumes und damit den Schauplatz vergangenen Geschehens erreicht. Rogo nahm die makabre Szene in sich auf. Leblos lag Belle Rosens Körper an der Stelle, wo die Frau ihr Leben geopfert hatte, um die anderen zu retten. Neben ihr das kleine Wasserloch, das den Treppengang ausfüllte, der zu den anderen Teilen des Schiffes führte. Jenseits davon lag das größere Wasserloch, das den Reverend Scott und Linda Rogo verschlungen hatte.

Rogos Atem rasselte nach der Abwärtskletterei. Die einzigen Geräusche sonst waren das Tropfen von Öl und Wasser und das gelegentliche Knirschen verformter Metallteile. Man konnte sich in einer Kirche glauben, denn im großen Gewölbe des Schiffshecks hallte jeder Tropfen wie Glockenklang wider. Das kleinere Wasserloch schimmerte gespenstisch durch die Helligkeit, die aus den darunter liegenden Korridoren drang, während das größere Loch, das durch ein großes gebogenes Rohr zum Schornstein führte, still und dunkel dalag und übel roch.
Hier war nichts von frischer Meereskühle zu spüren; ein fauliger Gestank schwängerte die Luft. Rogo kannte die einzelnen Bestandteile nur zu gut. Öl und Wasser, Speisen und Getränke, alle nur denkbaren Substanzen hatten sich in diese ekelhafte Brühe gemischt, angefangen vom halb geleerten Martini des Kapitäns bis hin zum Inhalt der Toiletten. Hinzu kam der Verwesungsprozeß der Leichname von sechzehnhundert Menschen. Sie standen in einem überfluteten Riesensarg, und der Geruch des Todes machte sich überall bemerkbar. Rogo verstand, wie Manny Rosen zumute sein mußte. Sentimentalitäten gab es in Rogos Leben als Polizist schon lange nicht mehr; doch Mannys Entschlossenheit, den Leichnam seiner Frau zu bergen, konnte er begreifen. Schließlich war es Belle Rosens mutige Tatkraft gewesen, die ihnen die Flucht ermöglicht hatte. Solange sie sich durch das Innere des Schiffswracks nach oben kämpften, hatte sie sich wegen ihres Körpergewichts und ihrer mangelnden Behendigkeit entschuldigt. Sie hatte sogar den Vorschlag gemacht, allein zurückzubleiben, um die anderen durch ihre Langsamkeit nicht zu behindern. Doch dann war ihr großer Augenblick gekommen. Als Scott bei dem Tauchversuch, der sie in den Maschinenraum führen sollte, eingeklemmt wurde, war Belle Rosen, die frühere Meisterschwimmerin, ins Wasser gesprungen, um ihn zu befreien. Das war ihr auch gelungen. Doch ihr Herz hatte die Anstrengung nicht ausgehalten. Die anderen hatten sich retten können, die tote Belle hier zurücklassend. Selbst einem Mann wie Rogo kam diese Handlungsweise treulos vor.

Rogo schüttelte die trüben Gedanken ab. Er hatte eine Aufgabe zu erledigen, und Mike Rogo war nicht der Mann, der etwas unerledigt ließ. Freilich kam seine Entschlossenheit ins Wanken, als er seine beiden Gefährten betrachtete. Du lieber Himmel! Ein Verkäufer, der sich wie auf einem touristischen Ausflug benimmt, und ein alter Jude mit gebrochenem Herzen. Sie bekommen kaum Luft vor Anstrengung, und angezogen sind sie, als gingen sie zu einer Galavorstellung in die New Yorker Oper, dachte Rogo. Ihre Smokings sind mit Öl beschmiert, er selbst ist nur mit Unterhemd und verschmutzter Hose bekleidet. Selbst in einer Fernfahrerkneipe würde man sich weigern, sie zu bedienen.
Jetzt stand Rogo auf sicherem Grund, auf Stahlplanken am Geländer, das das kleine Wasserloch umgab, und breitete die Arme aus. »Willkommen daheim, Freunde!« rief er schallend aus.
Manny kniete neben seiner toten Frau. Sofort nach dem Abstieg war er zu ihr geeilt. Tränen liefen über sein ölverschmiertes Gesicht, während er laut schluchzte. »Mamma, o Mamma, o Mamma!« Immer wieder kamen die Klageworte über seine Lippen. »Ich bin zu dir zurückgekehrt. Du wußtest, dein Manny würde dich nicht im Stich lassen. Habe ich dich je verlassen? Als du die Operation hattest, wer war es, der bei dir blieb und sich um alles kümmerte? Also sorge dich nicht, Mamma, alles wird wieder gut.«
Er schlug die Hände vors Gesicht und wimmerte wie ein Kind. Langsam beruhigte er sich, dann ließ er die Hände wieder sinken und betrachtete stumm seine Frau. Vierzig Jahre lang war das Leben der beiden Menschen ineinander verwoben gewesen. Im Haushaltswarenladen hatten sie nebeneinander am Tisch bedient.
»Reich mir bitte die Rollmöpse herüber, ja, Belle?« »Manny, hol mir bitte die Schleifsteine herunter. Ich soll mich nicht so recken, hat der Doktor gesagt.«
Abends hatten sie beieinander gesessen, hatten gemeinsam Freunde besucht und waren zusammen ins Kino gegangen. Alles

hatten sie gemeinschaftlich unternommen. Sie nannte sich selbst »überaus häuslich« und war etwas stolz darauf, daß sie nicht wie andere Ehefrauen Kaffeekränzchen oder Kartenabende besuchte. Und Manny hatte sich nicht wie andere Ehemänner zum Biertrinken mit Freunden getroffen. Diese Art gegenseitiger Abhängigkeit findet nie ein Ende, nicht einmal mit dem Tode.
Manny Rosen hatte gewußt, daß seine Frau tot war, doch die unausweichliche Endgültigkeit dieser Tatsache kam ihm erst jetzt ins Bewußtsein. Sie war wirklich tot. Was er hier sah, war nur noch ein Leichnam, und seine geliebte Mamma lebte nur noch in seiner Erinnerung. Seine Hand nahm die Siegesplakette ab, die sie als Meisterschwimmerin errungen hatte, als sie noch Belle Zimmerman hieß. Ihr letzter Wunsch war, daß ihr kleiner Enkel in Israel die Medaille bekommen sollte. Das mußte er für sie erledigen. Doch zunächst mußte er Belle von diesem übelriechenden Ort wegschaffen und dafür sorgen, daß sie würdevoll bestattet wurde. Er erhob sich langsam aus seiner knienden Haltung und war sich zum ersten Mal seiner neuen Rolle bewußt, der eines Witwers.
»Mr. Rogo«, sagte er. Seine Stimme hatte den weinerlichen Klang verloren. »Ich glaube, ich sollte Belle jetzt von hier wegschaffen, wenn Sie einverstanden sind.«
Rogo betrachtete die jammervolle Gestalt, und nur die Aufrichtigkeit, die aus Mannys Stimme klang, hielt den Polizisten davon ab, aus der Rolle zu fallen. Manny wußte genau, was zu tun war, aber in seiner Verwirrung und Verzweiflung machte er sich keinen Augenblick lang Gedanken darüber, wie es getan werden konnte.
»Wegschaffen. Ja, natürlich. Ist ja ein Kinderspiel.« Schon im gleichen Augenblick tat Rogo seine verletzende Ironie leid.
»Hören Sie, Manny«, begann er zu erklären, »wir sind hier nicht in New York. Wir können nicht ein Taxi herbeipfeifen oder eine U-Bahn besteigen. Wir müssen schon eine besondere Chance haben, wenn wir Belle hier herausbringen wollen.«
Dann wurde er ernster und deutete mit dem Zeigefinger erst auf Manny, dann auf Martin. »Eins will ich klarstellen. Ihr beiden

Burschen seid mir in die Quere gekommen. Niemand hat Sie gebeten, hierher zurückzukehren, stimmt's? Sie müssen das jetzt bis zum Schluß durchstehen, und wann das ist, bestimme ich.«
Manny hielt seinen Blick gesenkt. »Es tut mir leid, Mr. Rogo. Ich glaube, ich kann nicht mehr richtig überlegen. Ich werde tun, was Sie sagen.«
Er blickte hilflos um sich. Zum ersten Mal erkannte er die Unlogik in Rogos Handlungsweise. »Aber weshalb sind Sie zurückgekehrt? Ich begreife das nicht.«
Martin schaltete sich ein. »So ist es. Wenn wir Ihnen helfen sollen, und wir sind jetzt eine Art Team, dann müssen Sie uns sagen, was hier gespielt wird.«
Rogo spürte eine bleierne Müdigkeit in den Gliedern und setzte sich langsam auf ein Geländer. »Okay, Leute, okay«, sagte er.
Rogo war kein Mann, der häufig von Zweifeln geplagt wurde. Am liebsten mochte er die vertrauten Aufgaben eines Polizisten, bei denen sein elementarer Gerechtigkeitssinn kraftvoll zum Zuge kommen konnte. Wenn er gefragt wurde, welche Aufgaben er hatte, pflegte er zu sagen: »Wenn ich einen Notruf aus einer Kneipe bekomme, dann gehe ich hinein, und wenn dort ein Kerl ein Messer gezogen hat, dann schlage ich es ihm aus der Hand, und er bekommt einen vor den Latz. Das ist mein Job.« Das war so einfach wie wirkungsvoll und in seinen Augen mehr oder weniger fair. Doch hier schien seine ganze Welt zusammen mit dem Schiff auf den Kopf gestellt zu sein. Hier war kein erkennbarer Gegner; niemand, den er zusammenschlagen konnte.
Als man ihm seine Aufgabe auf dem Schiff übertragen hatte, war die Anweisung ganz einfach: »Ein normaler Sicherheits-Job. Ob Sie einen Dollar oder hundert bewachen, spielt keine Rolle. Sie können einfach dasitzen und die Sonne genießen, Mike.« Das hatten sie zu ihm gesagt. Bah! Wäre er bloß bei seinen Kneipenprügeleien geblieben!
Rogo blickte über das kleine Wasserloch hinweg, wo fahles Licht durch die Fluchtöffnung hindurchschien, verstärkt durch die zwei

Laternen, die sie mitgenommen hatten. Das Licht verwandelte die verdrehten und zerborstenen Rohre und Stangen in ein feines, silbriges Filigran, durch das die hohe, stählerne Rumpfwand durchschimmerte.
Er sprach mit leiser, leidenschaftsloser Stimme. »Dort drüben ist ein Spezialbehälter, eine Art verdammter Wandsafe. Darin befinden sich Goldbarren im Wert von einer halben Milliarde Dollar. Ich bin hier, um Interessenten fernzuhalten.«
Eine ganze Minute lang war nur das stetige Wassertröpfeln zu hören.
Dann machte Martin seiner Erregung Luft. »Das ist eine Menge Zaster!«
Rogo blickte auf. »Dafür müßten Sie in Anaheim eine unheimliche Menge Socken verkaufen«, meinte er.
Manny war ruhig geblieben. »Wie ist es möglich, daß nur ein Polizist all dieses Gold bewacht?«
Rogo rief sich noch einmal die endlosen Anweisungen ins Gedächtnis, die ihm vor der Kreuzfahrt erteilt wurden. »Unsere Flitterwochen dienten als Vorwand für mich. Dazu die anderen vier. Moscowitz arbeitete als Steward, Riley in der Küche, Ruffallo im Kesselraum, und Petersen spielte den Matrosen. Ich war der Bursche im Affenanzug unter den Passagieren.«
Er grinste ironisch. »Wegen meiner ausgezeichneten Tischmanieren.« Dann wurde er wieder ernst. »Sie sind alle tot. Ich bin übriggeblieben, und deswegen darf ich nicht aufgeben.«
»Ich will nicht unhöflich erscheinen, Mr. Rogo«, sagte Martin. »Doch weshalb überträgt man gewöhnlichen Polizisten eine solche Aufgabe?«
»Ich habe lange genug am Broadway gearbeitet, um eine Bestechung zu riechen. Dieses Zeug ist in Kisten verpackt, die mit ›Toledo Wire and Bolt Company‹ gekennzeichnet sind, hat aber nichts damit zu tun. Schweigegeld, Schmiergeld, Schiebungsgeld – es ist immer das gleiche. Heutzutage kann man alle Leute mit Geld schmieren, und das gilt auch für Regierungen und Großunterneh-

men. Ich weiß nur, daß jemand in Athen die Sendung übernehmen soll. Ein paar Polizisten bekamen den Überwachungsauftrag. Haben Sie in letzter Zeit keine Zeitungen gelesen? CIA und FBI sind im Verschiß. Man vertraut den Bewachern vom Schatzamt nicht mehr. Statt dessen rechneten sie damit, fünf ehrliche Burschen bei der New Yorker Polizei zu finden. Hätten Sie sechs gebraucht, wären vielleicht Schwierigkeiten aufgetreten.«

Das Ausmaß des Problems ließ die drei Männer eine Zeitlang in lastendes Schweigen versinken. Dann sagte Martin: »Da bleibt uns nichts anderes übrig, als die Sache durchzustehen.«

Dies klang zwar unbestimmt, doch ein wenig hoffnungsvoll, und Rogo gewann etwas von seinem Unternehmungsgeist zurück. »Ja«, stimmte er zu. »Sie müssen bald jemand herschicken. Wenn dieser alte Kahn noch ein paar Stunden schwimmt, dann werden ein paar Zerstörer hier sein, und dann werden sie sehen, daß Rogo sich um den Laden kümmert.«

Die drei Männer kletterten über die Trümmer in Richtung auf den Geldbehälter, als ein gleißender Lichtstrahl sie plötzlich wie Vogelscheuchen erstarren ließ. Aus der Dunkelheit war von hoch oben eine Stimme zu hören: »Schenkt schon mal den Kaffee aus, Jungs, ihr bekommt Gesellschaft.« Der amerikanische Tonfall war unüberhörbar.

»Was habe ich euch gesagt?« triumphierte Rogo. »Sie sind schon hier!«

Der elegante Kapitän des Bergungsschiffes ›Komarevo‹ ließ sich auch durch besondere Umstände nur selten in seiner Gelassenheit stören. Auch als sein Steuermann aufgeregt in Richtung auf die gekenterte ›Poseidon‹ deutete, wo sich bereits andere zu schaffen machten, verschob er nur die Zigarre zwischen seinen makellos gepflegten Zähnen und zog seine Manschetten. Für seine Verhältnisse bedeutete schon dies eine beträchtliche Entfaltung von Emotionen. Alle, die Kapitän Bela kannten, sahen in ihm einen Menschen, dessen Gleichmut durch nichts zu erschüttern war. Er hatte

keine Schwierigkeiten, die optimistischste Seite des Marxismus mit dem Opportunismus eines Al Capone in Einklang zu bringen. Kapitän Bela gefiel sich in seinen eigenen Widersprüchen. Er war Bulgare, doch er hielt es für zweckmäßig, sein Bergungsschiff von zweitausendfünfhundert Tonnen unter der Flagge Panamas fahren zu lassen. Er war überzeugter Kommunist, doch seine sechsstelligen Ersparnisse befanden sich auf einem Nummernkonto bei einer Schweizer Bank. Er redete gern über den Sieg des Proletariats, schätzte aber keinen Kaviar außer dem Beluga. Seinen linientreuen Freunden versicherte er, daß die maßgeschneiderten Oberhemden, die er halbdutzendweise in Paris bestellte, lediglich sentimentale Erinnerungen an die letzten Tage des Kapitalismus seien. Er besaß die Manieren eines Herzogs, war ein guter Bridgespieler, und seine Fähigkeiten standen seinem Charme nicht nach. Kapitän Ilich Bela war Junggeselle, doch er verbrachte seine Nächte nur selten allein.
Außerdem war er so tödlich wie eine Kobra. Ungerührt betrachtete er von der Brücke der ›Komarevo‹ aus die vor ihm liegende Szene. Seine Mütze mit den goldenen Insignien hatte er korrekt auf den Kopf gesetzt, und die vier Streifen an seinem Ärmelaufschlag bestätigten die Autorität, die sich in allen seinen Handlungen spiegelte.
Die ›Komarevo‹ war in ruhiger See mit einer Geschwindigkeit von zwölf Knoten auf die ›Poseidon‹ zugefahren, jetzt hatte sich die Entfernung auf zwei Meilen verringert. Durch ein Zeiss-Fernrohr, das einst die Brust eines deutschen U-Boot-Kommandanten geziert hatte, beobachtete Kapitän Bela sorgfältig den gekenterten Rumpf. Dann wandte er wieder den Kopf, um die etwas über eine Meile entfernte ›Naiad‹ zu betrachten, und ihm entging nicht, daß winzige schwarze Gestalten über die Bootsseite schwärmten.
Neben ihm runzelte der Steuermann seine Gorilla-Visage in Unverständnis über das zufriedene Lächeln auf dem Gesicht seines Kapitäns.
»Sehen Sie, Kapitän!« rief er aus. Er deutete mit seinem baum-

starken Arm in die Runde, wo sich der Frachter auf der Steuerbordseite der ›Poseidon‹ und die im Sonnenschein schaukelnde Jacht befanden. »Vor uns sind schon Leute da. Nicht gut, wie?«
Kapitän Belas Ausdruck zufriedener Gelassenheit veränderte sich keineswegs. Er schritt zur Seite der Brücke, betrachtete die Szene noch einmal, zupfte wieder seine Manschette zurecht und reagierte dann auf die Bemerkung seines Steuermanns. »Nicht gut, meinen Sie, Anton. Nein, nicht gut, sondern ausgezeichnet! Man könnte fast sagen perfekt.«
Er ging zur Kabine. Dort nahm er ein Vergrößerungsglas und verglich die einzelnen Schiffspositionen auf der Karte, die auf dem Tisch ausgebreitet war. Antons massiger Körper füllte den Türeingang und warf einen breiten Schatten über die Karte. Seine über zweihundert muskelstarken Pfunde hatten viele Verwendungsmöglichkeiten im Dienste seines Kapitäns, doch Planungsstrategie gehörte nicht zu diesen Aufgaben. Seine kleinen, rattenartigen Augen blickten geduldig aus seinem fleischigen Gesicht, und seine dicken Wurstfinger trommelten auf dem Türrahmen, während er auf eine Erklärung wartete.
Kapitän Bela legte das Vergrößerungsglas beiseite. »Anton, mein Lieber, ich wüßte kaum, was ich ohne Sie machen sollte. Aber ich habe Sie schon früher davor gewarnt, zuviel zu denken. Sie machen sich Gedanken über das, was wir gesehen haben, stimmt's? Drei Männer, vermutlich Überlebende, sind vom Hubschrauber zum Schiff zurückgekehrt, der Himmel weiß warum. Ein alter Frachter hat eine Leine an Bord festgemacht, vermutlich um Bergungsrechte zu beanspruchen. Und eine Vergnügungsjacht mit Amateurdieben ist eingetroffen, um zu sehen, was hier los ist. O ja, ich kenne die ›Naiad‹ recht gut. Das sind die Taschendiebe des Ozeans. Es gehört zu meinem Geschäft, solche Leute zu kennen.«
Anton steckte sich einen Finger ins Ohr, zog ihn wieder heraus und betrachtete ihn. »Aber sie waren alle vor uns hier«, wiederholte er.

Sein Kapitän seufzte hörbar, bevor er antwortete. »Das stimmt, Anton, sie waren vor uns hier. Lassen wir sie die ersten sein. Lassen wir sie ruhig weitermachen. Wir werden uns später einschalten, was viel besser ist, als daß sie uns in unserem Geschäft stören. Da der Frachter offenbar mit ehrlichen Absichten hier ist, müssen wir betonen, daß wir für Bergungsaufgaben viel besser ausgerüstet sind, daß uns der Auftrag dazu von Athen erteilt wurde und daß wir ihnen das Leben schwer machen könnten, wenn sie sich uns in den Weg stellten. Die drei Männer müssen auf dem Frachter weggebracht werden, da sie kein ersichtliches Recht haben, an Bord zu sein. Und die Amateurdiebe von der ›Naiad‹? Wir würden unsere Pflicht nicht richtig erfüllen, Anton, wenn wir uns nicht auf Dauer ihrer entledigen würden.«

Anton öffnete seinen Mund zu einem breiten Grinsen, wobei seine schadhaften Zähne sichtbar wurden. Es gehörte zu seinen Aufgaben, die ›Erledigung‹ von Menschen vorzunehmen, wenn es sein mußte. »Umbringen, Kapitän?«

»Aber gewiß, Anton. Wir sind das der Welt schuldig. Und die Welt wird uns dankbar dafür sein, daß wir die Meere für ehrbare Seeleute sicher machen.«

Seine Stimme nahm einen Befehlston an. »Eine Taucheraufgabe ist zu erledigen. Von der ›Naiad‹ sind sechs oder sieben Taucher unten, die sich sicherlich auf dem Wege zum großen Speisesaal befinden, wo sie die Toten ausrauben wollen. Sagen Sie Hugo, er soll neun Taucher mit Harpunen und Messern ausrüsten und die Verfolgung aufnehmen. Das dürfte keine Schwierigkeiten machen, es ist kinderleicht. Ich werde mich mit dem Frachter und diesen drei Männern befassen.«

Kapitän Bela summte eine fröhliche Melodie und schlenderte zur Brücke zurück, während Anton den Schiffsgang entlangschlurfte, um die Anweisungen weiterzugeben. Ilich Bela war glücklich. Die Aufgabe war zwar schwierig, doch er hatte die Mannschaft und das Schiff, um sie zu bewältigen, und wenn sich außerdem Gelegenheit bot, seinen Scharfsinn und sein Talent für kalte Grausamkeit

einzusetzen, dann um so besser. Kapitän Bela genoß Herausforderungen. Rohe Gewalt, die bis zum Mord reichte, war fraglos die Spezialität dieser Mannschaft, die sich aus kaltblütigen, rauhen Burschen zusammensetzte. Belas Schiff war reichlich mit Kränen und Hebegeräten aller Art ausgestattet und somit hervorragend geeignet, Frachten umzuladen und zu befördern. Es gab nur wenige illegale Aufgaben, die die ›Komarevo‹ in den letzten drei Jahren nicht übernommen hatte, und Kapitän Bela hing dem angenehmen Gedanken nach, daß jene Operationen nur als Probe für diesen einen großen Schlag gedient hatten, der seine Zukunft sichern sollte. Er hatte mit seinem Schiff Waffen an Gruppen jeglicher politischer und krimineller Einfärbung geliefert. Er hatte Passagiere ohne Pässe von einem Land zum anderen ohne Einschaltung der Einwanderungsbehörden befördert. Er hatte Ladungen aus untergegangenen Schiffen geborgen, die bei keiner Versicherungsgesellschaft registriert waren. Er hatte Bestattungen auf See ohne Totenfeiern vorgenommen. Seine Auftraggeber in Athen hatten ihm gesagt, die Ladung sei Gold, das sich in einem Spezialbehälter jenseits des Maschinenraums befinde, und daß es schnell und ohne Aufsehen zu bergen sei. Kapitän Bela wußte mit kalter Gewißheit, daß der Mann, der die Bergung vornahm, einen beträchtlichen Anteil dieses Goldes behalten würde.
Er war ganz in Gedanken vertieft, während er zusah, wie die ›Komarevo‹ weiter Fahrt machte. Eine Wohnung in Nizza käme ihm jetzt gelegen. Und diese französischen Mädchen: Auch ein guter Kommunist muß gelegentlich menschlichen Schwächen nachgeben, dachte er. Was sagte er immer, wenn seine Freunde im Westen ihn mit seinen ausgefallenen und kostspieligen Gewohnheiten aufzogen? »Genossen, ich würde sehr gern härene Hemden tragen, aber sie sind immer so unmöglich geschnitten.« Belas schlanke Finger strichen wieder über seine Manschetten, und er nahm sich vor, seinen Hemdenmacher gelegentlich an die richtige Ärmellänge zu erinnern, als der beleibte junge Funker die Stufen zur Brücke heraufkam.

Bela nahm ihm die entschlüsselte Meldung aus der Hand und las sie mit etwas ärgerlicher Miene. Mehr zu sich selbst als zu dem Funker sagte er: »Kennen wir einen Detective Lieutenant Michael Rogo? Ich kann mir nicht vorstellen, daß wir ihn kennen. Wer er auch sein mag, unsere Freunde in Athen sind sehr daran interessiert, daß er nicht auf der Liste der Überlebenden erscheint.« Soweit es Kapitän Bela anging, würde die Welt nicht darunter leiden, wenn es einen Polizisten – welcher Nationalität auch immer – weniger gäbe.
»Und sagen Sie Anton«, wies er den Funker an, »hundert Meter Abstand. Wir werden in der Pinasse an Bord gehen, und er soll bis zu unserer Rückkehr diesen Abstand beibehalten.«
Kapitän Bela setzte noch einmal das Fernglas an die Augen. Nein, es gab nichts auf diesem halb versunkenen Wrack, was die ›Komarevo‹ nicht bewältigen konnte, und obwohl er als Bulgare viele Vorbehalte gegenüber den Amerikanern hegte, so mußte er doch zugeben, daß sie manchmal höchst treffende Vergleiche für bestimmte Situationen fanden. »Wie Fischefangen in einer Regentonne«, zitierte er schmunzelnd.

Die erschöpften Gestalten, die sich in ihrem Athener Büro am Konferenztisch aufhielten, sprangen auf, als Stasiris in den Raum gestürmt kam. Sie hatten nunmehr sechs Stunden lang ausgeharrt. Die Jacketts hatten sie ausgezogen, die Krawatten abgebunden, ihre Seidenhemden waren zerknittert. Alle Gesichter zeigten Müdigkeit und Sorge.
»Meine Herren, es gibt Neuigkeiten.« Stasiris schwenkte ein Bündel mit Depeschen.
»Ist das Schiff gesunken?« Der Fragesteller machte keinen Versuch, seine Hoffnung zu verbergen.
»Ich fürchte, nein«, erwiderte Stasiris. »Die ›Poseidon‹ schwimmt noch immer kieloben; etwa zwei Drittel des Rumpfes sind unter Wasser.«
Der Fragesteller ließ den Kopf in die Hände sinken.

»Die Lage hat sich anders entwickelt«, fuhr Stasiris in seiner unpersönlichen, geschäftsmäßigen Art fort. »Drei der Überlebenden sind zum Wrack zurückgekehrt.«

»Zurückgekehrt?« Mehrere Stimmen wiederholten das Wort gleichzeitig.

Der Präsident blickte in die Runde. »Einer von ihnen . . .« Er las das Telegramm nach. ». . . ist ein Detective Lieutenant von der New Yorker Polizei namens Michael Rogo; dazu zwei weitere Männer.«

Verdutzt starrten ihn die Wartenden an. »Warum?« fragte schließlich einer von ihnen. »Warum sind sie zurückgekehrt?«

Stasiris hob die Hände, um zu zeigen, daß er keine Antwort wußte.

»Dieser verdammte Polizist hat alles kompliziert. Bela wird schon fast dort sein. Wir hätten die ganze Operation geheimhalten können. Ich habe ihn angewiesen, die . . . Ladung zu bergen, wenn möglich, und wenn es nicht geht, alles zu versenken. Jetzt hat er diesen Polizisten am Hals, und wenn dieser Bursche Rogo mit dem Leben davonkommt, können wir ihn nicht am Reden hindern.«

Er seufzte laut und fuhr fort: »Wiederum mußte ich handeln und bitte um Ihre Billigung. Ich habe mit New York gesprochen, und sie sind, wie Sie sich denken können, über diese Entwicklung auch nicht glücklich. Ich schlug vor, und sie gaben ihr Einverständnis, daß wir Bela eine Blankovollmacht erteilen. Ich habe ihm bereits telegrafiert, daß vollständige Sicherheit gewährleistet sein muß.«

Er blickte in die Runde und fügte leise hinzu: »Koste es, was es wolle.«

Der Mann, der einige Stunden zuvor angetrunken war, blickte Stasiris jetzt aus nüchternen Augen an. »Wenn Sie meinen, was ich glaube, das Sie meinen . . .«

Pularnos schaltete sich ein. »Ich glaube nicht, daß man dies zum Ausdruck bringen sollte. Wir sprechen jetzt über internationale Sicherheit. Ich bitte Sie zu bedenken, wie Sie das Leben eines einzelnen amerikanischen Polizisten gegenüber der Möglichkeit eines Krieges einschätzen.«

Ein Bote betrat den Raum und schritt leise auf Stasiris zu. Der Präsident nahm das Papier, schlug die Hand vor das Gesicht und stöhnte.
»Was ist passiert?« fragte Pularnos gespannt.
»Als ob nicht alles schon kompliziert genug wäre«, antwortete er. »Ein holländischer Frachter hat als erster eine Leine an der ›Poseidon‹ festgemacht und beansprucht Bergungsrechte.«
»Das können wir nicht zulassen«, protestierte Pularnos.
»Wir können es aber auch nicht verbieten.« Stasiris kritzelte sein Namenszeichen an den Rand der Meldung. »Ich will Sie nicht mit den Einzelheiten des Bergungsrechts behelligen, aber sein Anspruch als erster Berger ist unwiderlegbar.«
Er stand auf. »Meine Herren, ich schlage jetzt vor, daß wir uns alle ein wenig zivilisierter herrichten, und daß wir dann recht bald wieder zusammenkommen. Wir können im Augenblick nichts weiter tun.«
Ihre Partner in New York hatten gerade eine fast gleichlautende Erklärung von Arthur Haven entgegengenommen. Er drückte seine Zigarre in einem überfüllten Aschenbecher aus und fügte hinzu: »Die Leute in Athen haben ihren Beauftragten hingeschickt, und wir können nur hoffen, daß er seine Sache gut macht.«
Der Verteidigungsminister blickte aus dem Fenster auf die nächtlichen Lichter von New York. »Das klingt nicht sehr einleuchtend, Arthur«, sagte er. »Ein Polizist vom Broadway, der sonst mit Huren und Zuhältern zu tun hat, wird mit einer solch heiklen Sache betraut – mein Gott, wenn er plaudert, dann fliegt alles auf.« Er sah wieder aus dem Fenster und fügte hinzu: »Und wer zum Teufel ist dieser Bursche, den die Griechen eingesetzt haben?«
Haven blickte auf die vor ihm liegenden Papiere. »Bela«, sagte er. »Ein Kapitän Ilich Bela. Er wird mir als ein Mann geschildert, der vor keiner Gewaltanwendung zurückschreckt.«
Eine der zerknitterten Gestalten am Tisch richtete sich plötzlich auf. »Hören Sie mal, Arthur, ich will mich nicht in eine Sache ver-

wickeln lassen, in der ein New Yorker Polizist zu Schaden kommt.«
»Niemand will Sie in eine Sache verwickeln, Sie verdammter Witzbold!«, explodierte Haven. »Dieser Bela wird dort sein und alles so erledigen, wie es sich gehört. Habe ich recht, Herr Minister?«
Der Politiker stimmte zu. »Keiner von uns braucht zu wissen, was an Bord dieses verfluchten Schiffes geschieht. Uns kümmert nur, daß die Art der Ladung nicht bekannt wird. Vergessen Sie nicht, wenn wir diese Sendung den griechischen Zyprioten nicht zuleiten können, dann würde die US-Regierung vielleicht noch einmal alles aufrollen. Ich werde dafür sorgen, daß einer unserer Sicherheitsagenten in Athen diesen dickköpfigen Polizisten festhält, *falls* er zurückkehren sollte.«
Der Mann, der zuvor einen Einwand vorgebracht hatte, ließ sich noch nicht überzeugen. »Nennen Sie es, wie Sie wollen, es ist ein Gangsterstreich«, sagte er.
Haven zog die Stirn in Falten. »Es ist hohe Politik, Ed. Entweder ein Polizist, oder Griechenland und die Türkei geraten sich in die Haare, und der Nato-Pakt zerbricht. Denken Sie darüber nach. Die Sitzung ist damit beendet. Ich lasse Sie wieder zusammenrufen, wenn weitere Nachrichten eingehen.«

5 Unter dem Weihnachtsbaum

Als der Strahl der beiden Lampen an den Rohren entlang glitt, hatten die drei Männer dem Lichtschein wie einer göttlichen Offenbarung entgegengestarrt. Hoffnung schlug in Zweifel um, als sie nur drei Gestalten sahen, und zumindest bei Rogo wurde sie zur Empörung, als er die Figuren betrachtete: Ein junges Mädchen, ein alter Seebär und ein Mann, der verdächtig einem nichtsnutzigen Grünschnabel glich.

Es schien ihm richtig, sich als Polizist zu erkennen zu geben. »Detective Lieutenant Rogo, Achtunddreißigster Distrikt, New Yorker Polizei«, stellte er sich vor. »Weshalb treibt ihr Burschen euch hier herum?«

Der ältere Mann trat vor. »Kapitän Klaas van Zeevogel, Kommandant des Frachters ›Magt van Leiden‹. Wir haben eine Leine an Bord dieses Schiffes festgemacht, wodurch wir erstes Bergungsrecht besitzen. Vielleicht erklären Sie uns, was Sie fern der Heimat hier tun, Lieutenant.«

»Das will ich gern, verdammt noch mal«, erwiderte Rogo. »Wir drei überlebten, als dieser Kahn umkippte. Ich habe einen Sicherheitsauftrag und bin der Wachhund für diese Ladung. Und ich will nicht, daß Ausflügler jetzt meine Beete zertrampeln.« Er machte eine Handbewegung, als wollte er das ungleiche Trio verscheuchen.

Er sprach zu dem Holländer, doch seine Augen waren auf den jüngeren Mann gerichtet, der sich von den anderen beiden abgesondert hatte und jetzt an einem Stahltank lehnte.

»Mein Standpunkt ist klar«, entgegnete Klaas. »Nach dem Gesetz sind Sie ein Eindringling und haben kein Recht, an Bord dieses Schiffes zu sein.«

Der jüngere Mann strich sich mit dem Daumennagel über die Unterlippe; er schien halb gelangweilt, halb belustigt zu sein. Auf diesen Burschen muß ich aufpassen, dachte Rogo. Er antwortete: »Sie sind nicht der erste, der versucht, mir etwas über Gesetze zu erzählen, kleiner Mann.«

Klaas guckte schockiert. »Ich glaube doch, daß die Sachlage für mich spricht. Nach dem Seerecht hat der erste Berger, der am Schauplatz erscheint, das Recht, die Ladung zu inspizieren oder wegzuschaffen, und das bin ich. Die Eigner des Schiffes haben meinen Standpunkt anerkannt.«

Seine Nervosität war offensichtlich, und Rogo beschloß, ihn einzuschüchtern. »Ich pfeife drauf, wer Ihren Standpunkt anerkennt. Der einzige, der hier etwas zu inspizieren oder wegzuschaffen hat,

bin ich, und niemand wird mir dabei in die Quere kommen.« Er deutete auf Jason. »Und wer ist dieser Bursche, den Sie da mitgebracht haben?«
Nicht mehr ganz seiner Sache sicher, sagte Klaas: »Er hatte eine Jacht, die westlich von hier gekentert ist. Sein Name ist Jason, er hat ein Kapitänspatent und ist nach Athen unterwegs.«
»Und warum ist er nicht auf dem Wege, sondern hier?« fragte Rogo.
Klaas zögerte und sagte dann: »Er behauptet, an Bord der ›Poseidon‹ etwas zu tun zu haben.«
»Stimmt das?« Rogo verschränkte die Arme. »Was haben Sie hier zu tun, Freundchen?«
»Etwas Privates, Batman, etwas ganz Privates.« Jason grinste und hakte die Daumen in den Bund seiner Jeans.
Rogo trat einen Schritt auf Jason zu. »Sie sehen mir ganz nach privaten Geschäften aus. Ich hole euch Burschen jeden Abend von den Parkbänken herunter. Das einzige Geschäft, was ihr versteht, ist das Knacken von Münzautomaten. Verstellungen fruchten bei mir nichts, Mister.«
Jason grinste noch immer. »Schade, daß Sie mein Aussehen nicht mögen, Officer. Aber ich versichere Ihnen, daß ich Ihre Verkleidung wirklich sehr bewundere.«
Alle blickten Rogo an. Seine Autorität war plötzlich verschwunden. Da stand ein unrasierter, übergewichtiger Mann mittleren Alters, schmutzstarrend, in Unterhemd und schmierigen Hosen. Klaas sah, daß Rogos Augen aus den Höhlen traten, und wollte beschwichtigen: »Meine Herren, es ist doch nicht nötig . . .« Doch Rogo hatte blitzschnell seine Pistole aus der Hosentasche gezogen und zielte damit auf Jason. Er wollte den Konflikt auf die einzige Art lösen, die er kannte.
»Jetzt reicht es, Spaßvogel!« brüllte er. »Sie werden mir jetzt sagen, was zum Teufel Sie hier zu tun haben, und dann bewegen Sie Ihren Hintern von diesem Kahn!«
Jason ließ sich offenbar von der Pistole nicht beeindrucken. »Im-

mer langsam. Was wollen Sie nun mit mir tun? Auf mich schießen oder mich verhaften?«
Rogos Zunge war wie gelähmt, und Martin entschloß sich, für ihn einzuspringen. »Sie sollten Mr. Rogo gehorchen«, sagte er zu Jason. »Er ist wirklich ein bedeutsamer Polizist. Wir haben uns nur, nun ja, etwas angeschmutzt, als wir versuchten, herauszukommen. Aber er hat einen wirklich wichtigen Sicherungsauftrag, er bewacht eine halbe Milliarde Dollar in Gold.«
Sein freundliches kleines Gesicht blickte in die Runde, um festzustellen, wie die anderen auf diese Mitteilung reagierten. So bemerkte er Rogos Hand erst, als sie ihn fest an seiner zerknitterten Hemdbrust anpackte und ihn auf die Zehenspitzen hob.
»Martin, was haben Sie mit Ihrem Verstand gemacht – ihn mit den verdammten Socken verkauft?«
Martins Kinn verzerrte sich. Durch die geschlossenen Zähne murmelte er: »Ach, es tut mir leid, Mr. Rogo. Ich versuchte nur zu helfen.«
Rogos Faust öffnete sich, und Martin fiel wie ein Sack in sich zusammen. Rogos Wut war verflogen. Es war alles zu viel. Ruhen Sie sich aus, hatte man zu ihm gesagt. Nehmen Sie Linda mit. Niemand weiß Bescheid, und Sie brauchen nur hin und wieder ein Auge darauf zu werfen. Bleiben Sie im Liegestuhl, hatten sie gesagt, und lassen Sie sich nicht mit den Bauchtänzerinnen ein. Rogo spuckte in das Wasserloch. »Verdammt nochmal!« sagte er, aber ohne Nachdruck.
»Stimmt das, was er sagt?« Jason machte jetzt ein ernstes Gesicht.
»Ja.« Rogo war, zumindest im Moment, etwas erschöpft. »Es stimmt, okay. Es ist dort drüben.« Er deutete mit der Pistole zum Behälter hinüber. An sichere Bergung dachte er jetzt nicht mehr.
»Okay, dann hören Sie mir zu«, sagte Jason. »Wir haben nicht viel Zeit. Das Schiff kann sich nicht mehr lange halten. Ein Drittel ragt aus dem Wasser, und ziemlich viel Luft muß unten eingeschlossen sein, doch es geht nur noch um Stunden. Kapitän Klaas hier hat,

ob Sie es wollen oder nicht, die vollen Bergungsrechte über dieses Schiff. Das braucht Sie nicht zu bekümmern. Klaas ist ein anständiger Mensch. Sehen Sie ihn sich an. Als Polizist sollten Sie ein ehrliches Gesicht erkennen. Er ist nicht interessiert, Regierungsgeld irgendwelcher Art in die Hand zu bekommen. Habe ich recht, Klaas?« Der Holländer nickte. »Wir können uns so einigen, daß Sie Ihre Sicherungsoperation fortsetzen, Lieutenant. Dieser ... sagen wir, ungewöhnliche Auftrag liegt außerhalb meines Interessenbereichs. Das versichere ich Ihnen.«

»Sie bleiben also auf Ihrem Goldschatz sitzen und lassen Klaas seine normalen Bergungsarbeiten fortsetzen«, sagte Jason.

Das klang vernünftig. Rogo überlegte angestrengt. Der Holländer war ein Kapitän. Rogos Respekt vor einer Uniform und Offiziersmütze war beträchtlich. Und der Herumtreiber war immerhin ein Amerikaner.

Er sprach Jason an. »Und was ist mit Ihnen? Sie sagen mir, was Sie vorhaben, und wir werden uns einigen.«

Alle warteten. Klaas rätselte noch immer: Wenn dieser Mann ehrliche Absichten hegte, warum erklärte er nicht, was er vorhatte? Diese unsinnige Auseinandersetzung bedeutete nur Zeitverlust; das Schiff konnte jederzeit untergehen, und sie mußten schnell handeln und von Bord gehen. Coby betete, er möge etwas sagen, damit sie ihm glaubten, so wie sie selbst an ihn glaubte. Manny wünschte, dieser schwierige Mann möge sich erklären, damit sie diese übelriechende Höhle und den Leichnam, der einst seine Frau gewesen war, verlassen könnten. Martin, der immer geglaubt hatte, Autorität hänge von einem sauberen Kragen und dem regelmäßigen Wechseln der Unterwäsche ab, wunderte sich, daß eine so schäbige Gestalt ihre Aufmerksamkeit fesseln konnte und wünschte nur, auch er könnte dies einmal.

Rogo hatte eine schwache Vorstellung von Massenpsychologie. Er wußte, wie die Leute zurückgedrängt und wie die Schreihälse zum Schweigen gebracht werden konnten. Er hatte diesen Mann von Anfang an nicht gemocht. Er glich zu sehr den langhaarigen Bur-

schen, die er nicht leiden konnte. Er verabscheute das respektlose Verhalten und die offene Mißachtung der Autorität. Rogo war ein rauher Kerl, der sich zu den Verfechtern von Gesetz und Ordnung zählte, und er verfocht seine Überzeugungen fanatisch.
Doch er hatte in diesem Mann noch etwas anderes erkannt, was ihn ungewöhnlich geneigt machte, einen Kompromiß zu finden: eine Eigenschaft, die Rogo nicht ohne weiteres beschreiben konnte. Er erfaßte dies mit dem Instinkt, den alle Polizisten entwickeln.
Sicher hundert Mal geht man in eine Kneipenschlägerei. Mal ist es ein Puertorikaner mit einer Axt, mal ein Schwarzer mit einem Messer, mal eine Bande Polen. Das macht nichts. Ein Blick und man weiß, man kriegt sie klein, und schlägt sie mit der Faust nieder. Gelegentlich aber, wenn's hochkommt, einmal im Jahr, tritt man durch eine Tür und sieht eine andere Sorte Mann. Es ist nicht die Größe oder die Stärke; es ist nicht irgendwas, aber man weiß es immer. »Sicher kann ich ihn festnehmen«, erinnerte sich Rogo an die Worte eines anderen Polizisten, »aber nicht ohne meine 38er.«
Hier stand so ein Mann vor ihm. Rogo hatte keine Angst. Er hatte nie Angst. Aber er war vorsichtig.
Er hielt die Pistole auf ihn gerichtet. »Also los, Mister, schießen Sie los! Vielleicht können wir uns dann etwas unterhalten.«
Jason zuckte die Schultern. »Das muß meine Angelegenheit bleiben, Batman.«
Der hohe Stahlrumpf des Schiffes verstärkte Rogos Brüllen zu einem donnernden Drohnen, und erst als der Widerhall des Echos in den dunklen Winkeln verklungen war, hörten sie das Platschen von Wasser. Alle Köpfe drehten sich dem Geräusch zu. Ein schwarzer Kopf, Arme und Schultern erschienen in dem kleinen Wasserloch und schwammen zur Seite. Die Tauchergestalt hievte sich selbst aus dem Wasser und riß sich die Maske ab. Lange Haare fluteten an ihrem glänzenden schwarzen Rücken herab.
»Ich bin Hely«, sagte sie und begann zu heulen.

Fettleibige Damen tragen den kostbarsten Schmuck. Im Verlauf ihrer Ehe haben sie ihre Ehemänner so dressiert, daß sie zu jedem Jahrestag und zu jedem Geburtstag das Gewicht und den Wert des ohnehin sehr kostbaren Schmuckpotentials um weitere Ringe, Ketten und Armbänder erhöhen. Die meisten haben dann auch schon dreißig Jahre Wohllebens hinter sich. Die Eitelkeit der jungen Jahre ist dahin; die Damen schauen nicht mehr täglich auf den Zeiger ihrer Waage, sondern auf den Inhalt ihrer Schränke und Schmuckkassetten.
Fettleibige Damen wehren sich auch nur selten. Als die gewaltige Wasserflut in den Speisesaal hineinströmte, kämpfte die ungeschmückte Jugend ums Überleben, bis sie kraftlos in ihrem lametta-geschmückten Sarg versank. Die Übergewichtigen, dekoriert mit dem Fleiß ihrer Ehemänner, ertranken ohne Gegenwehr.
Dies waren Helys Gedankengänge, als sie ihre Tauchermannschaft in die große, gekenterte Höhle führte. Der Zugang ließ sich leicht finden. Sie tauchte mit ihren Männern an der Schiffsseite hinunter, über die umgekehrte Reling hinweg, am Deck entlang und die ersten Stufen hinauf. Als sie dann nicht wußten, nach welcher Seite sie sich wenden sollten, bemerkte sie ein Schild. Sie schwamm mit einigen Stößen nach oben, um es zu lesen. »Begrüßen Sie hier das neue Jahr!« Sie folgte dem Pfeil; es ging über weitere Stufen und durch eine Tür.
Der zehn Meter hohe Speisesaal war zu einem riesigen, wassergefüllten Leichenhaus geworden, das durch den karnevalistischen Aufputz noch grausiger wirkte. Vom einstigen Fußboden hingen die festgeschraubten Tische herab. Alles andere, was der Raum enthielt, war in einem heillosen Durcheinander zusammengestürzt, als das Schiff kenterte und die Wassermassen hereinströmten.
Nach dem durchscheinenden Blau des klareren Meeres draußen mußte sich Hely an das trübe Grau dieses Wassers gewöhnen. Das einzige Licht schien von den runden Bullaugen und von einer lan-

gen Spalte am oberen Ende des Raums herzukommen. Mit einer weitausholenden Armbewegungen wies sie die Männer an, hinter ihr herzuschwimmen. Sie prüfte den Tiefenmesser an ihrem Handgelenk. Er zeigte an, daß sie eine Tiefe von mehr als dreiunddreißig Fuß erreicht hatten. Sie würden bei der Rückkehr den Druckausgleich herstellen müssen. Aber sie zögerte nicht, weiter in das trübe Durcheinander hinunterzuschwimmen.

Sie hatte recht behalten. Die Toten lagen in Haufen; die Oberhemden der Herren und die Abendkleider der Damen waren gut erkennbar, und um sie herum drapiert war der alberne Flitterkram fröhlicher Unterhaltung, Papphüte und Papierschlangen, in Wasser aufgelöst. In ihren letzten Sekunden war offenbar die oberflächliche Tünche der Zivilisation von den Feiernden abgeblättert, und sie hatten einen rücksichtslosen Lebenswillen entwickelt. Männer hatten Frauen niedergetreten. Die Jüngeren hatten die Älteren zur Seite gestoßen. Die Toten lagen, geordnet nach ihrer Stärke und Entschlossenheit, schichtweise übereinander. Hely lächelte in ihrer Maske: Wenn diese Menschen, sämtlich achtbare Leute, alle Regeln des Anstands übertreten hatten, brauchte *sie* dann noch eine Rechtfertigung?

Sie spürte nicht den geringsten Abscheu, als sie auf die Leichen zuschwamm. Geschickt und schwerelos bewegte sie sich im Wasser. Sie zog einen jungen Mann mit vollem Haarschopf am Kragen seines Dinnerjacketts beiseite und warf einen schnellen Blick auf seine Uhr: Vierzig Dollar, das Abnehmen lohnte sich nicht. Sie schob ihn aus dem Weg. Auch eine Frau, deren Ring mit Diamantsplittern von wahrer Liebe und knappem Geldbeutel zeugte, verdiente keine weitere Aufmerksamkeit. Hely suchte nach Leuten mit Herzfehlern, Asthma und Bronchitis, nach Fettleibigen und Genußsüchtigen, nach starken Rauchern und Trinkern. Solche Menschen mußten als erste ertrunken sein.

Sie fand die erste dieser Leichen unter dem etwa acht Meter hohen Weihnachtsbaum. Mehrere Leichen hatten sich in den Zweigen verfangen, als ob sie versucht hätten, ihn zu erklettern. Hely blickte nach oben. Die Menschen müssen auf dem Weg nach der Luke an der Oberseite des Raumes gewesen sein, als das Wasser sie überraschte. Als der Baum umstürzte, riß er einige der älteren Gäste mit sich, darunter eine Frau, die hoffnungslos in den silbrigen Zweigen verstrickt war. Die Beleuchtung war schlecht, doch im schmutzigen Grau des Wassers erkannte sie einen Schimmer von Gold. Mit einer Hand löste Hely ein Armband. Der plumpe, bleiche Arm der Frau senkte sich wieder nach unten. Noch im Tode war auf dem Gesicht der Frau ein Zug sorgenvoller Pflichttreue zu erkennen, die offensichtlich ihr Leben bestimmt hatte. Hely stieß den Leichnam aus dem Weg. Das graue Haar der Frau schwamm in seltsamen Wellen vom Kopf weg; ihr Mund wirkte durch den Lippenstift im Dämmerlicht wie eine schmale braune Wunde. Zehn Jahre regelmäßiger Besuche im Schönheitssalon hatten nichts gegen die Fettpolster unter ihrem Kinn ausrichten können, und unterhalb dieser Speckrollen sah Hely, wonach sie gesucht hatte: einen Halsschmuck aus Saphiren, von Diamanten eingefaßt. »Mein Gott!« stammelte Hely. Mit kalten Fingern bemühte sie sich, den ausgeklügelten Verschluß zu öffnen. Dreimal rutschte ihr Fingernagel ab. Das vierte Mal ließ sie beide Hände um den Nacken der Frau gleiten. Dann ergriff sie den Verschluß mit Daumen und Fingern beider Hände und begann, ihn zu drehen. Das aufgedunsene Gesicht der Frau taumelte hin und her, während Hely den Hals bearbeitete. Endlich gab der Verschluß nach. Hely ließ die Halskette in die Gummitasche gleiten, die an ihrem Gürtel befestigt war.

Auf einer Seite des Weihnachtsbaumes war ein Konzertflügel umgekippt und hatte mehrere Menschen unter sich begraben. Wiederum schob Hely die Leichen der Jüngeren mit ihrem unechten Schmuck beiseite. Hier fand sie eine alte, mindestens achtzigjährige Frau. Sie wirkte seltsam friedlich. Sie hat schon viel Zeit gehabt, über das Jenseits nachzudenken, dachte Hely. Hely zog den Arm der Frau unter dem Flügel hervor. Endlich! Diesmal lohnte es sich. Sie erkannte zwei Ringe, einen wunderschönen

rechteckigen Smaragd und einen lanzettförmigen Diamanten. Zusammen mußten sie zumindest dreißigtausend Dollar wert sein. Hely zog das Messer aus der am Bein befestigten Scheide. Sie versuchte, die Finger aufzuschlitzen, hatte aber nicht genügend Kraft. Sie hielt sich mit der Hand an der Klaviatur des Flügels fest, und ein leiser Anschlag erklang, als sie das Messer umdrehte und die gezackte Kante verwendete, um die Finger zu durchsägen. Blutstropfen stiegen pilzförmig empor wie hübsche grau-braune Blumen. Sie hielt die Finger in einer Hand und zerrte an den Ringen. Der Smaragd steckte fest unter dem geschwollenen Knöchel. Ringe und Finger wanderten in ihre Tasche.
Getragen vom Wasser und von der Schwerkraft befreit, arbeitete sich Hely geschickt wie ein Vogel unter den Leichen voran. Das schwache Licht, das sich in den farbigen Dekorationen widerspiegelte, reichte zum Auffinden der Schmuckstücke aus. Nach zehn Minuten war ihre Tasche halbvoll. Sie rechnete sich aus, daß der Wert sogar auf dem Schwarzen Markt über hunderttausend Dollar betragen mußte. Wie eine Geistererscheinung schwamm gerade ein Fisch vorbei, als sie eine Diamantbrosche von einem stolzen Busen zog, und der Papphut der Frau, wunderbarerweise intakt, rutschte über ihre offenen Augen.
Durch ihre Arbeit wurden die kleineren Gegenstände durcheinandergeschwemmt, die mit Speiseresten, Papier, Zigarren und dem Putz von den Wänden eine Art Schlick im Wasser gebildet hatten. In der trüben Brühe konnte Hely nur die paddelnden Schatten ihrer Gefährten sehen. Keiner von ihnen war so tief wie sie zwischen die Leichen hinabgetaucht. Sie arbeiteten vorsichtig an der Oberfläche, und Hely spürte, daß die anderen diese Aufgabe verabscheuten. Sie fühlte Ärger in sich aufsteigen über diese jungen Männer, die an Deck oder am Strand den Helden spielten und die bewundernden Blicke der weiblichen Touristen auf sich zogen. Aber wenn es darauf ankam, waren sie nur Schlappschwänze. Gleich nach dem ersten Notruf des kenternden Schiffes war sie es gewesen, die diesen Plan gefaßt hatte. *Sie* hatte die Männer einge-

wiesen und ihnen alles im Detail erklärt. Aber sie fürchteten sich, ihre Hände zu beschmutzen. Sie wußte schon, was geschehen würde. Wenn sie zur ›Naiad‹ zurückkehrten, würde ihre reiche Beute neben dem billigen Schmuck liegen, den die anderen geholt hatten, und sie würde sich tausend Entschuldigungen und Ausflüchte anhören müssen. Die Männer hatten weder den Mut, ihr zu trotzen, noch die Entschlossenheit, ihr zu gehorchen. Sie sahen aus wie Löwen und handelten wie Kätzchen. Sie mußte sie loswerden.

Als Hely die Eindringlinge im Dämmerlicht sah, wußte sie sofort, was sie im Schilde führten. Sie schwammen paarweise. Hely beobachtete, wie sie Gestalt annahmen. Zwei hatten Harpunen bei sich, die anderen hielten Messer in den Händen, und alle bewegten sich direkt auf die herumsuchenden Taucher zu.

Hely ließ sich vorsichtig auf einem Leichenhaufen nieder und zog den nächstliegenden Körper über sich. Sie spürte, wie er über ihr leicht im Wasser schwankte. Ein aufgedunsenes Gesicht starrte sie an. Sie zog den Kopf an ihre Schulter, um besser sehen zu können. Weiter oben waren Roland und die anderen noch eifrig mit dem Absuchen der Leichen beschäftigt, als die Eindringlinge zuschlugen.

Das Ganze sah aus wie ein Ballett, das sich langsam im dichten Nebel bewegte. Die ersten beiden Männer paddelten, mit ihren Waffen unter den Armen, in etwa vier Meter Entfernung für ein paar Augenblicke zurück. Die Taucher der ›Naiad‹ arbeiteten weiter. Hely konnte die Harpunen nicht sehen, wußte aber, daß sie getroffen hatten, als zwei der Taucher – einer von ihnen sah wie der englische Junge aus – sich graziös rückwärts beugten und sich langsam im Wasser drehten. Die anderen Eindringlinge schwebten vorüber, entschlossen und aggressiv wie Pfeile, und die Taucher der ›Naiad‹ wurden überrascht. Verzweifelt zogen sie die Köpfe zwischen die Schultern ein und streckten die Arme aus, um die Angreifer abzuwehren. Dann verschwammen die Gestalten ineinander. Eins, zwei, drei, zählte Hely die plötzlich nach oben

aufsteigenen Blasenwolken. Die Eindringlinge hatten die Ventile an den Sauerstoffflaschen der Männer zerstört, und die Luft, die vom Zylinder zum Mund fließen sollte, strömte nun ins Wasser. Im aufgewirbelten Wasser erkannte Hely mehrere Male das Aufblitzen von Metall. Die ertrinkenden Männer wurden erstochen.
Der ganze Vorgang hatte kaum eine Minute gedauert. Die Angreifer gruppierten sich im Kreise und begannen dann, langsam umherzuschwimmen. Sie untersuchten die Umgebung. Hely packte die Rockaufschläge ihres schweigsamen Begleiters und zog seinen Körper über ihren eigenen. Sein Gesicht ruhte auf ihrer Maske. Die Farbe schien aus seinen Augen gewichen zu sein, sie blickte in weißliche Kreise hinein. Der Arm des Toten ruhte schlaff auf ihrer Brust. Als sie ihren Kopf ein wenig drehte, sah sie hinter dem Haarschopf des Toten eine schwarze Gestalt vorüberhuschen, die sich mit gelegentlichem Paddeln der Schwimmflossen weiterbewegte. Der Taucher schwamm im Kreise, hielt sich aber weiter in ihrer Nähe auf. Sie spürte, wie ihre Zähne sich auf dem Mundstück festbissen. Ob er die Luftblasen bemerken würde? Seine Bewegungen hatten einige der Leichen weitergeschwemmt. Weitere Blasen stiegen aus den Kleidern der Toten auf. Hely drückte ihren Freund fest an sich. Der Angreifer schwamm vorüber. Sie sah, wie die schwarze Gestalt kleiner wurde und nach oben verschwand; da schob sie die Leiche von sich weg.
Die Luke! Dies war der einzige andere Ausgang. Vielleicht hatten noch nicht alle Eindringlinge den großen Raum verlassen, doch waren sie wenigstens außer Sicht. Hely befreite sich aus dem Leichenhaufen, indem sie die toten Körper wegdrückte und mit den Schwimmflossen kräftige Stöße machte, um schnell vorwärtszukommen. Einmal spürte sie, wie ihre Finger eine andere kalte Hand berührten. Ein Leichnam im Taucheranzug trieb über ihr im Wasser. Sie zog das Bein nach unten und erkannte durch die Maske Rolands Augen. Im Tode wie im Leben, dachte sie, sieht er schwach und verängstigt aus. Sie bewegte sich weiter, ein Schatten unter Schatten, furchtsam, aber zielsicher. Als nächstes

verwendete sie die Zweige des umgestürzten Weihnachtsbaumes, um sich abzustoßen, und dann schwamm sie an der Wand entlang dem schwachen Licht entgegen, das durch die Luke kam. Sie blickte sich um: Kein Verfolger war zu entdecken.
Flüchtig dachte sie an Roland und die anderen. Es bestand kein Anlaß zur Trauer. Sie waren wertlose Menschen. Fast kam es ihr vor, als hätten sie ihr Verderben selbst verschuldet. Sie selbst hatte den Mut gehabt, tief in diesem Leichenhaus herumzuwühlen, und sie hatte überlebt. Die anderen hatten es nicht gewagt und mußten sterben.
Sie blieb ruhig und konzentrierte sich nur aufs Überleben. Um die Slums zu überleben, hatte sie lernen müssen, sich zu ducken, wegzulaufen, zu lügen und zu lächeln. Es waren für sie Reflexhandlungen geworden. Jetzt rannte sie wie ein Hase weg, der eine Büchse knallen hört: ganz instinktiv. Sie floh, wie sie es schon viele Male hatte tun müssen, und sie plante während der Flucht ihre nächsten Aktionen. Zum Schiffsheck hin, dachte sie. Das bedeutet, aus dem Wasser heraus und Deckung suchen, falls diese Männer noch in der Nähe sind. Sie schwamm durch die Korridore, ohne darauf zu achten, an welchen Räumen sie vorbeikam: eine Wäscherei, eine Bücherei, ein Fernsehraum. Die überall umhertreibenden Leichen passierte sie achtlos, gelegentlich stieß sie sich an ihnen ab, um schneller weiterzukommen. Auf ihrem Weg nach oben glitt sie an den Kabinen der Passagiere vorüber. Zwischendurch warf sie einen Blick auf ihren Tiefenmesser. Bald mußte sie eine Pause einlegen wegen des Druckausgleichs. Falls die Männer sie verfolgten, war Anhalten riskant, doch es würde den sicheren Tod bedeuten, aus dieser Tiefe ohne Druckausgleich aufzusteigen. Sie schob sich wie ein Aal in eine Kabine.
Blau und weiß gestreifte Bettbezüge hingen von der Decke herab. Ein Koffer trieb gegen den Teppichboden über ihr. Persönliche Gegenstände lagen zerschmettert auf dem Fußboden: ein Wecker, Kaffeetassen, ein Glas, in dem noch eine Zitronenscheibe steckte, ein Ring. Sie nahm ihn auf und prüfte ihn. Billiger Tand. Sie schob

ihn beiseite. Plötzlich starrte sie durch die halboffene Tür ein Gesicht an, und Hely griff nach dem Messer, das an ihr Bein geschnallt war. Sie atmete erleichtert auf. Das Gesicht trieb langsam durch die Tür zurück. Es gehörte zu einer Leiche, die eine Strömung herangetrieben hatte.

Hely überlegte. Auf dem Wege zum Heck war sie ein ganzes Stück vorangekommen. Bald würde sie sich unter dem Maschinenraum befinden. Dann mußte sie zur Oberfläche gelangen und sehen, ob sie sicher zur Jacht zurückkehren konnte. Sie hatte jedenfalls ihre Beute gemacht. Das Unternehmen war nicht gänzlich umsonst gewesen. Die glänzenden grünen Zahlen auf ihrer Uhr zeigten an, daß sie sieben Minuten lang dekomprimiert hatte. Das dürfte genügen. Sie müßte vor der Luftdruckkrankheit sicher sein, jenem schrecklichen Zustand, der bei einem zu schnellen Aufstieg den Tod nach sich zog. Sie mußte fast lächeln, als sie an andere Jagden in früheren Zeiten zurückdachte. Immer war es ähnlich wie jetzt. Immer geschah es im Dunkeln: das Auftreten schwerer Polizistenstiefel, das angstvolle Verstecken hinter Hausecken – und dann der herrliche Augenblick, wo der Verfolger abgeschüttelt war und sie die Möglichkeit hatte, in Ruhe ihre Beute zu betrachten, vielleicht eine gestohlene Handtasche. Hely streichelte ihre Tasche. Diesmal brauchte sie nicht nachzusehen. Das Leben, dachte sie, ändert sich im Grunde nie. Nur der Einsatz wird größer, und die Polizisten tragen keine Stiefel mehr.

Als das Wasser heller wurde, wußte sie, daß sie sich der Oberfläche näherte. Sie schwamm dem Licht entgegen. Doch für den Himmel war es nicht hell genug. Es mußte ein Wasserloch irgendwo auf dem Schiff sein. Dann war sie in dem großen düsteren Raum an die Oberfläche gelangt und zur Seite geschwommen. Ein paar Leute waren schon da. Ein kleiner Mann mit rötlichem Haar. Ein Mädchen. Ein Mann im Unterhemd mit einer Pistole. Sie brauchte Zeit zum Nachdenken. Du mußt weinen, sagte sich Hely, und die Tränen strömten.

Die Ereignisse hatten keinen Zusammenhang. Sie verstießen gegen Rogos sämtliche Instinkte als Polizist. Er ließ sich noch einmal alles durch den Kopf gehen. Ein Mädchen taucht inmitten eines sinkenden Schiffes auf, sieht aus, als käme sie geradewegs aus dem Mittelblatt des ›Playboy‹, zieht den Reißverschluß ihres Gummianzugs auf, so daß man alle ihre Reize sehen kann, heult wie ein Schloßhund, bringt alle Kerle dazu, ihr tröstend den Rücken zu tätscheln und zu wünschen, es wäre ihr Po, und erzählt dann eine Geschichte, die selbst ein zehnjähriges Kind nicht glauben würde.

»Hören Sie, wir müssen etwas klarstellen, meine Dame«, sagte Rogo. Er kniete neben ihr nieder. Die Pistole hielt er noch immer in der Hand. »Sie sagen, sie waren auf einer Kreuzfahrt, Sie hörten den Notruf, und Sie kamen mit Ihren Gefährten hierher, um nach Überlebenden zu suchen. Okay. Wo sind nun Ihre Gefährten? Sie sagen, daß sie überfallen wurden – wo, um Himmels willen, und wie, und warum konnten Sie ihnen nicht helfen? Sie sind hierher gekommen – weshalb sind Sie nicht an der gleichen Stelle wieder hinausgeschwommen und zu Ihrem Boot zurückgekehrt? Ich will Ihre Darstellung nicht bezweifeln, aber da gibt es haufenweise Lücken in Ihrer Geschichte.«

Rogos Art der Fragestellung schien den anderen Männern nicht zu gefallen. Martin kniete neben dem Mädchen und hielt tröstend den Arm um sie. »Machen Sie sich keine Gedanken«, sagte er immer wieder. »Sie sind jetzt unter Freunden. Wir werden für Sie sorgen.« Er ergriff ihre Hand und drückte sie. Sein kleines rotes Gesicht strahlte vor Aufrichtigkeit und Erregung. James Martin, von Beruf Krämer, genoß immer noch das größte Abenteuer seines Lebens.

Deshalb war er zurückgekehrt. Sein ganzes Leben hindurch war er ein Niemand gewesen. In seiner Schulzeit hatte er Angst vor den großen Jungen gehabt, und er war immer der letzte gewesen, den man zu einem Ballspiel aufforderte. Später hatte er sich nicht mehr zugetraut, als die Mädchen auf die Wangen zu küssen. Sogar sein Geschäft war das kleinste in Anaheim. Bei den Sitzungen des Rotary Clubs wurde ihm kaum Beachtung geschenkt, und nach dreijähriger Mitgliedschaft kannte man noch nicht einmal seinen Namen. James Martin verachtete sich selbst ein wenig, und seine ganze Lebensweise war ihm zuwider. Er wollte nicht nach Hause zurück, oder jedenfalls erst dann, wenn er sicher sein konnte, daß sein Foto auf der Vorderseite der Ortszeitung erscheinen würde. Junge, dann würden sie seinen Namen kennen.

Zum ersten Mal im Leben fühlte er sich wie ein Held. Er fühlte sich wie ein Cowboy, wie ein großer Abenteurer. Er kam sich vor wie ein Mensch, dem jetzt alles geschenkt wurde, was er sich immer gewünscht hatte. James Martin, der Herrenausstatter aus Anaheim, kniete auf einem sinkenden Schiff neben einer schönen Frau, die er in seinen Armen hielt. Wie man es auch beurteilen mochte, es war hundertmal besser als Sockenverkaufen.

Er strich ihr das nasse Haar aus dem Gesicht. »Sie werden sich in ein paar Minuten wieder wohl fühlen. Ruhen Sie sich nur aus. Ist es so bequem? Ich drücke Sie doch nicht mit dem Knie?«

Helys Zustand ließ sogar Manny Rosen vergessen, daß er schnell wieder diesen Schreckensort verlassen wollte. Er saß auf dem Geländer neben ihr. »Hören Sie auf ihn, Miss. Er hat recht. Sie haben einen schlimmen Schock erlitten, vermute ich. Ihr jungen Menschen gebt nicht genügend auf euch acht. Ihr seid doch aus Fleisch und Blut und dürft euch nicht alles zumuten.« Belle war aus dem gleichen Wasserloch gekommen und dann gestorben. »Hören Sie auf einen alten Mann«, fügte er hinzu. »Nehmen Sie es nicht so schwer, ja?« Er wischte sich einen Öltropfen von seinem traurig herabhängenden Schnurrbart.

Das Mädchen war offensichtlich verzweifelt. Klaas neigte ebenfalls zu der Meinung, daß ihre Erzählung konfus war, aber das Mädchen zitterte noch immer. »Meinst du«, flüsterte er Coby zu, »ich sollte ihr von der ›Magt‹ einen Brandy holen? Diese junge Dame scheint schwer geschockt zu sein.« Er war etwas überrascht, als er das ungerührte Gesicht seiner Tochter sah. »Ich glaube nicht, daß sie in Lebensgefahr ist«, sagte sie. »Sie scheint mir im Gegenteil sehr lebendig, Papa.« Seit ihrem Auftauchen aus dem Wasserloch hatte Coby sie scharf beobachtet. Sie hatte die bedauernden Worte und Blicke verfolgt. Sie hatte den wachsamen Augenaufschlag des Mädchens bemerkt, als Rogo sagte, daß er ein Polizist sei. Sie hatte aber noch etwas anderes in ihrem Blick erkannt, als sie Jason ansah, der noch immer mit unbewegtem Gesicht am Geländer lehnte. »Ich glaube nicht, daß sie so krank ist, wie es den Anschein hat, Vater«, sagte Coby.

Frauentränen. Rogo hatte sie schon oft gesehen. Niemand hatte heftiger geweint als die Siebzehnjährige, die ihre Mutter mit ihrem Mantelgürtel erwürgt hatte und dann ausgegangen war, um einen neuen Gürtel zu kaufen. Er hatte schon oft schöne Gesichter gesehen, die wie die Unschuld in Person wirkten. Dies galt auch für ein Fotomodell, das seinen Freund mit dem Beil erschlagen hatte. Rogo ließ sich von Schönheit, von Tränen und unschuldigem Aussehen nicht beeindrucken. Er stellte seine Fragen.

»Erzählen Sie es noch mal, meine Dame, und diesmal mit etwas mehr Einzelheiten, bitte.«

Er spürte Martins ärgerlichen Blick. »Meinen Sie nicht, Mr. Rogo, dies ist ein wenig unfair?« Martin verlieh seiner Frage soviel Vorwurf, wie er es nur wagte.

»Ja.« Diesmal war es Manny Rosen, der sich etwas verärgert einschaltete. »Geben Sie der jungen Dame erst einmal Gelegenheit, sich zu erholen. Ich bin sicher, daß sie dann alles erklären wird.« Er wandte sich an die ganze Gruppe. »Jedenfalls haben wir keine Zeit, jetzt näher darauf einzugehen. Denken Sie daran, daß wir sinken.«

Mitfühlende Zuschauer. Rogo wußte alles über solche Menschen, und er wußte auch, wie mit ihnen umzugehen war. »Vielen Dank für Ihre Tips, Herrschaften. Würden Sie mir jetzt gestatten, die Dame anzuhören?« Er beugte sich vor, um sie beim Sprechen zu beobachten. Mit Mienenspiel kannte er sich gut aus. »Also noch einmal von vorn. Und langsam.«

Das Mädchen schloß die Augen und atmete schwer. Manny und Martin tauschten Blicke aus. Noch mehr zu sagen trauten sie sich nicht.
Sie schlug die Augen wieder auf. Rogos scharf beobachtende Blicke waren noch immer auf sie gerichtet. Die Laternen warfen einen gelblichen Schimmer auf die wartenden Gesichter. Nervenaufreibend, wie Rogos Fragen, setzte sich auch das langsame Tröpfeln fort, das von den Wänden widerhallte.
Plötzlich war Jasons scharfe Stimme zu hören. »Lassen Sie sie zufrieden, Rogo.«
Der Polizist rührte sich nicht. »Sie haben den Mund zu halten, Cowboy«, antwortete er. »Das ist meine Sache.«
»Jetzt reicht es, sage ich Ihnen, Rogo. Gönnen Sie ihr eine Pause.«
»Und ich sage Ihnen, halten Sie sich heraus.« Rogo wandte sich um. Die Auseinandersetzung zwischen den beiden Männern lebte wieder auf. »Halten Sie sich heraus, verstanden!« Seine Stimme klang fast wie ein Gebrüll.
Der Kampf um die Vorherrschaft, durch Helys Eintreffen nur kurz unterbrochen, entbrannte erneut und in schärferer Form als zuvor. Er mußte beigelegt werden. Jason war nicht mehr nach Spott zumute. Er war vom Geländer zurückgetreten, stand mit gespreizten Beinen da, und Rogo hielt, nur wenige Schritte von Jason entfernt, die Pistole auf ihn gerichtet.
»Ich hatte gleich genug von Ihnen, als ich Sie zu sehen bekam, Mister. Und wenn Sie Polizisten nicht leiden können, dann . . .«
Der Aufschrei des Mädchens hallte in dem dunklen Gewölbe. Rogo drehte sich unbeholfen; einen Fuß hielt er auf ein Metallstück gestützt, den anderen steif hinter sich. Er sah noch, wie das Mädchen im nassen Taucheranzug den Mund öffnete. Dann schlug Jason zu. Rogo verlor das Gleichgewicht und stürzte zu Boden. Beim Sturz fühlte er, wie ihm die Pistole aus der Hand gerissen wurde, und dann preßte Jason ihm das Knie auf den Hals. »Sie verdammter Schweinehund!« keuchte er hervor.

Manny begann zu zittern. Martin versuchte, etwas zu sagen. »Ich glaube wirklich nicht, daß Sie irgend etwas lösen . . .« Niemand hörte ihm zu. Martin beendete den Satz fast flüsternd: ». . . wenn Sie sich so verhalten.«
Jason richtete sich auf und trat drei Schritte zurück. Er hielt die Pistole auf Rogos Brust gerichtet. Er sprach gelassen, ohne ein Anzeichen von Wut oder Erregung.
»Sie haben alles auf den Kopf gestellt, Rogo. Vielleicht sind Sie zu lange auf diesem Schiff gewesen. Vielleicht hätten Sie nicht zurückkehren sollen. Sie sind zu nervös. Sie versuchen, alle Leute fertigzumachen. Vergessen Sie, was Sie über mich denken, und vergessen Sie auch das Mädchen. Wir zählen nicht. Denken Sie an Ihre Aufgabe. Denken Sie daran, weswegen Sie hier sind.«
Rogos Blick schweifte zu dem Behälter hinüber. Sein Gesicht verlor den ärgerlichen Ausdruck; er sah jetzt eher unsicher aus.
Jason fuhr fort: »Wir streiten uns hier nicht darüber, wer der zäheste Bursche von uns ist. Goldbarren im Wert von einer halben Milliarde Dollar lagern dort drüben, und Sie sollen den Schatz für Onkel Sam bewachen. Denken Sie daran! Ruhm und Ehre und all das Zeug, woran ihr Burschen glaubt. Glauben Sie weiter daran, aber tun Sie auch etwas! Sie sind Polizist, Rogo. Handeln Sie auch wie einer!«
Rogo kam langsam wieder auf die Beine und wischte sich die Hände an der Hose ab. »Okay, okay«, murmelte er. »Man stellt ein paar Fragen, und Sie geraten gleich aus dem Häuschen.«
Die Wut war verraucht.
Jason grinste wieder und hielt die Pistole locker in der Hand. »Und noch etwas«, sagte er. »Dieses verdammte Pusterohr ist ganz naß. Ich wette um einen Goldbarren, daß Sie keinen Schuß herausbekommen.« Er zielte in die Dunkelheit und zog den Abzug zurück. Nur ein harmloses Schnappen war zu hören. »Ich wette, Sie sind froh, daß Sie mit diesem Ding nicht hinter Jesse James her sind, Batman.« Er schmiß Rogo die Pistole zu, der sie auffing, einen verächtlichen Blick auf sie warf und sie dann in das Metallgewirr

neben dem Wasserloch schleuderte. Es ist ohnehin nur eine lausige Damenpistole, dachte er.
»Es bleibt sich ziemlich gleich, wo sie landet«, sagte Rogo. »Heutzutage braucht man schon eine Genehmigung vom Himmel, wenn man den Abzug ziehen will. Also was soll der Unsinn! Nun kommen Sie schon mit, Cowboy, *Sie* haben von Pflicht geredet. Helfen Sie mir, diese Tür zu öffnen.«
Seite an Seite machten sich die beiden Männer über die Trümmer auf den Weg.
»Donnerwetter, das ist noch einmal gut ausgegangen.« Martin sprach so leise, daß Hely ihn kaum verstehen konnte. Sie hatte sich aufgesetzt, um die Auseinandersetzung zu beobachten. Ihre Angst vor den bohrenden Fragen war verflogen. Sie wußte, daß ihr Aufschrei dem Mann in den abgetragenen Jeans das plötzliche Zuschlagen ermöglicht hatte. Was für ein Mann! Sie hatte nie zuvor einen Burschen gesehen, der ihm gleichkam. Sie kannte kräftige Männer und zähe Kämpfer, aber dieser hier war ganz anders. Er hatte den Polizisten weichgemacht. Er hatte den Kampf gewonnen und dann dem Besiegten die Pistole wieder ausgehändigt. Hely hörte nicht auf den rotgesichtigen Mann neben sich, der vor sich hin brabbelte: »Natürlich, in einer solchen Situation versteht man ja, wenn zwei Männer . . .« Hely dachte nach. Das war der Mann, nach dem sie gesucht hatte. Diesen Mann mußte sie haben. So sicher und kaltblütig wie sie die Ringe an den Fingern der Toten gewollt hatte, so sicher wollte sie diesen Mann. Sie richtete sich auf. Ihre innere Erregung ließ sie sich nicht anmerken.
»Sie scheinen sich wieder erholt zu haben.« In der Bemerkung des jungen Mädchens schwang Mißtrauen mit. Hely amüsierte sich über Cobys Verhalten. Daß Frauen sie nicht mochten, war sie gewöhnt. Vermutlich hatte auch dieses kleine Mädchen ein Auge auf den Amerikaner geworfen. Hely lächelte sie nachsichtig an.
»Wie reizend, daß Sie sich darum kümmern«, sagte sie. »Ich hätte nicht so viel Wesen machen sollen. Ich meine, für ein junges Mädchen wie Sie muß das alles noch viel erschreckender sein.« Hely

erinnerten solche jungen Dinger immer an unerfahrene Lehrmädchen. Wenn die einzige Konkurrenz von einem Schulmädchen herkam, das seinen ersten Büstenhalter trug, konnte Hely es sich leisten, belustigt zu sein.
»He!« Rogos Stimme war aus dem Dunkel zu hören. »Wie wäre es, wenn Sie die Lampen hier herüberbringen? Ich will mir hier keine Beulen am Kopf holen.«
Er ist ein gescheiter Bursche, dachte Rogo, als sie sich zum Behälter vorarbeiteten. Er ist auf Draht und zähe, und er ist gerade heraus, aber ich werde ihn dennoch beobachten müssen. Rogo hoffte, daß der andere ein ehrlicher Kerl war; wenn nicht, konnte er sicher viel Ärger bereiten. Er hörte, wie die anderen hinterher kamen. Jason war wenigstens kein Schwächling, und das bedeutete schon etwas. Martin war gerade dabei, der halb ausgezogenen Blondine alles über Anaheim und die Probleme des Textileinzelhandels zu erklären. Aufseufzend nahm sich Rogo vor, nach seiner Rückkehr freiwillig als Verkehrspolizist Dienst zu tun.
»Kommen Sie jetzt, Schluß mit dem Reden«, rief er ihnen zu.

6 Gesellschaft

Die Nachrichten über die ›Poseidon‹-Katastrophe beherrschten die Vorderseiten der Weltpresse, und Tausende von Politikern und Filmstars ärgerten sich darüber, daß ihre sorgfältig geplanten Publicityfotos nicht wie vorgesehen in den Zeitungen erschienen. Eine New Yorker Zeitung brachte ein Foto von Mike Rogo, auf dem er, wie seine Freunde bemerkten, weit mehr wie ein Krimineller aussah als diejenigen, die er festgenommen hatte. Ein junger Reporter vom ›Anaheim Dealer‹ versuchte, über die neue Berühmtheit des Ortes, James Martin, Hintergrundinformationen einzuholen; er mußte jedoch feststellen, daß sich niemand an ihn erinnern konnte. Ein pensionierter Marineoffizier, der seit 1945 kein Meerwasser gesehen hatte, wurde von seinem Landhaus in Kent zu den Londoner Fernsehstudios gerufen, da er als Fachmann für Schiffskatastrophen galt. Unzählige wilde und fruchtlose Spekulationen wurden über die Frage angestellt, weshalb ein New Yorker Polizist die Besatzung des Rettungshubschraubers mit der Pistole bedroht und auf Rückkehr bestanden hatte.

Im Fernsehen wurde der Schauplatz des Ereignisses in allen Einzelheiten beschrieben. Alle Reporter vertraten einhellig die Meinung, daß die Jacht ›Naiad‹, die ›Magt‹ und die ›Komarevo‹ an einer Bergungsoperation beteiligt waren. Der pensionierte Marineoffizier erklärte die Situation an Hand einer schnell vorbereiteten Skizze des Querschnitts eines Passagierschiffes. Er ging darauf ein, weshalb die ›Poseidon‹ noch im Wasser trieb. »Es ist so wie bei einem riesigen Schwamm«, sagte er. »Einige der Zellen sind voll Wasser und ziehen das Schiff nach unten, andere bleiben voll Luft und halten es oben. Das Wasser muß sich im Vordringen befinden, und sobald das Gleichgewicht umkippt, wird das Schiff untergehen.« Erschöpft zog er sich zum Erfrischungsraum zurück, um einen Gin zu trinken.

Er hatte im wesentlichen recht. Die ›Poseidon‹ wurde in ihrer Lage gehalten durch Dutzende von teils winzigen, teils großen Lufttaschen, die durch das vordringende Wasser in das Heck des Schiffes getrieben worden waren. Die Wäschereien, der Autofahrstuhl, die Garage, der Swimmingpool und die Saunaanlagen, die alle auf dem Kopf standen, enthielten vor allem die das Schiff an der Oberfläche haltenden Blasen. Zwei Abteilungen von Passagierkabinen waren gänzlich frei von Wasser. Doch das Gewicht des Schiffes, das auf dem Wasser lastete, schuf einen unerträglichen Druck, der die Blasen früher oder später zum Platzen bringen würde.

Der pensionierte Marineoffizier, der sich im Erfrischungsraum neuen Mut angetrunken hatte, berichtete der Nation bei der nächsten Nachrichtensendung, daß dies langsam geschehen würde. Die wasserdichten Türen und Schotte würden nach und nach durch-

brochen werden, dann versänke die ›Poseidon‹ allmählich im Meer.
Darin hatte er unrecht. Die Garage und ein ganzer Kabinenabschnitt wurden gleichzeitig vom Wasser überflutet. Das Gleichgewicht verlagerte sich hierdurch nachhaltig, das Bugende wurde schwerer und sank tiefer, wodurch das Heck noch höher aus dem Wasser ragte.
Der pensionierte Marineoffizier, von der Bar herbeigeholt, um eine Sondermeldung zu kommentieren, sagte hierzu: »Jetzt ist es soweit. Bei der nächsten Erschütterung wird das Schiff sinken.«
Dieses Mal sollte er recht behalten.
Neue Spekulationen bewegten die Nation vor dem Fernsehschirm. Würden die Bergungsschiffe rechtzeitig etwas ausrichten? Wie lange konnte sich die ›Poseidon‹ noch halten? Warum schickten die Franzosen nicht ihren Hubschrauber noch einmal zurück? Die französische Marine antwortete höflich, aber bestimmt, daß sie es nicht riskiere, ihre Piloten noch einmal bedrohen zu lassen.
Ein New Yorker Polizist äußerte seine Meinung zu einem Kollegen beim Abendschoppen: »Wenn sie meinen, sie könnten Rogo so leicht umlegen, dann kennen sie den Burschen nicht. Den bringt kaum eine Napalmbombe um.« Der Reporter in Anaheim spürte schließlich James Martins Mutter auf, die ihm weinend erklärte: »Alles, was er jemals wollte, war ein nettes Mädchen heiraten und sich ein Heim schaffen.« Sie fand auch ein Foto von ihm auf einem Gruppenbild; sein Gesicht war teilweise verdeckt.
Verzweifelte Angehörige der Passagiere telefonierten mit Schiffahrtsbüros und Zeitungen. Es gab auch Halbirre, die den Funkstationen die unsinnigsten Vorschläge für die Rettung des Schiffes unterbreiteten.
Ein portugiesischer Tierhändler telefonierte mit einer Zeitung, um zu sagen, daß er sich um einen Bengaltiger sorge, der zwecks Paarung nach Athen unterwegs sei. Der Reporter machte ihn darauf aufmerksam, daß Hunderte von Menschen ertrunken waren und daß ein einzelner Tiger doch wohl keine Rolle spiele und sicher längst umgekommen sei.

Der pensionierte Marineoffizier erklärte die Faktoren, die bei der Schlacht von Trafalgar bestimmend waren, und der Produzent fürchtete, daß dies bis zur nächsten Nachrichtensendung dauern würde.
Mike Rogos Frau wurde von einer Zeitung nachsichtig als »ehemalige Schautänzerin« bezeichnet. Manny Rosens Nachbar sagte zu seiner Schwester, Manny sei wegen seiner Frau zurückgekehrt. »Sie haben sich nie getrennt, diese zwei Turteltauben.« Der New Yorker Polizist dachte über die Äußerung seines Kollegen nach und sagte: »Dieser Bursche Rogo versteht es, mit den Leuten umzuspringen, und ich hoffe, er schafft es auch diesmal.«

Die Menschen im Inneren des Schiffes spürten die Änderung der Position als starkes Schlingern. Die Verkleinerung des Winkels um etwa drei Grad schleuderte die Trümmer des Maschinenraums in einer schrecklichen Kakophonie durcheinander. Die beiden stinkenden Wasserlöcher leerten sich plötzlich. Das Wasser verschwand mit häßlichem, schlürfendem Geräusch, und die Flammen auf der Oberfläche des einen Wasserloches erloschen.
Die sieben Menschen wurden gegen das Schott geschleudert. Rogo hielt sich mit einem Arm an einer Kette fest und gab mit dem anderen Manny Rosen einen Halt. Eine Laufplanke stürzte aus der Dunkelheit auf Klaas zu, als er und Coby, die sich aneinander festhielten, in einen Haufen verbogener Geländerstangen hineinstolperten. Martin stürzte über die eigenen Füße und landete schließlich auf dem Holländer. Instinktiv packte Jason das Mädchen im nassen Taucheranzug, drückte sie an ein Geländer und hielt sie fest, während die Trümmer um sie herflogen.
Die letzten Echos erstarben. Drei Laternen, die glücklicherweise intakt geblieben waren, beleuchteten Martin und die beiden Holländer in einem seltsamen Winkel; die drei waren so ineinander verschlungen, als ob sie eine Kabarettvorstellung veranstalteten. Manny Rosen schluchzte. Rogo redete ihm gut zu, als er ihn losließ. »Alles okay, Manny. Es ist jetzt vorüber.« Er sprach mit sei-

ner – wie er es nannte – Stimme für ›Neue Witwen‹, die er immer für schlechte Nachrichten benutzte.
Nach und nach machten sie sich voneinander los. Coby hatte überraschenderweise die Ruhe behalten und half ihrem Vater auf die Füße. »Sie sind sehr tapfer«, sagte Martin zu ihr, doch sie hatte nur Augen für Jason und die blondhaarige Frau, die sich noch immer am Geländer umschlungen hielten. Wie gerne würde sie Jason jetzt sagen, daß diese Frau eine Lügnerin war.
Hely, die sich an der Hüfte des Amerikaners festgeklammert hatte, spürte, wie ihre Erregung in eine ekstatische Empfindung überging. Ihr Körper bebte durch die erschreckende Sexualität, die bei manchen Menschen in Todesgefahr durchbricht. Stürme von Angst und Mut und Gefahr und Feuer umfaßten sie, und sein Körper schien zu brennen, wo sie ihn berührte. Sie reckte ihr Gesicht nach oben und raubte einen Kuß von seinen Lippen. »Ich will dich haben«, sagte sie laut genug, damit die anderen, die verblüfft zusahen, es hören konnten. »Ich will dich haben, und ich werde dich bekommen.«
Jason lehnte sich zurück, um ihr Gesicht zu sehen. »Du«, sagte er ruhig, »bist ein Teufelsweib.«
»Was soll diese alberne Abknutscherei?« Rogo führte sie wieder auf den Boden der Tatsachen zurück. »Sagen Sie mir lieber, was um Himmels willen mit diesem Kahn los ist!«
Klaas rieb sich die Rippen, wo Martin auf ihm gelandet war. Er brummte etwas und setzte sich die Kapitänsmütze wieder auf. »Sie werden sich jetzt beeilen müssen, Mr. Rogo. Dies muß die letzte größere Luftblase gewesen sein. Beim nächsten Mal wird das Schiff sinken.«
Düstere Stimmung breitete sich aus. Sie hatten nicht mehr an den drohenden Untergang gedacht. Jetzt spürten sie, daß das Schiff im Todeskampf lag und daß das Ende nicht mehr fern sein konnte.
Manny Rosen kauerte sich nieder. Er fühlte sich völlig erschöpft. Das Wasser aus dem Loch war abgeflossen, und die Stufen des Schiffgangs wurden sichtbar. Sie führten zum Kesselraum und zu

den jenseits liegenden Korridoren, die sie auf ihrer Flucht durchquert hatten. An dieser Stelle hatte Belle sie alle durch ihr aufopferungsvolles Tauchmanöver gerettet. Jetzt war Belles Leichnam verschwunden. Durch das Neigen des Schiffes mußte er ins Wasser gestürzt und dann durch den Sog nach unten gezogen worden sein – als ob die ›Poseidon‹ im Todeskampf den Leichnam verschluckt hätte. Nun war sie weggeschwemmt worden in das große Leichenhaus unter dem Maschinenraum. Vielleicht sollte es so sein, dachte Manny. Jetzt, da er keinen Grund mehr hatte, an Bord zu sein, fühlte er sich alt, einsam und verängstigt. Die Bande, die sie im Leben zusammengehalten hatten, waren nun wirklich zerrissen, und er kam sich verlassen vor. Er blickte die anderen an und sah, daß Rogo ein grimmiges Gesicht machte. »Mr. Rogo«, sagte er ernst und langsam, »jetzt ist Belle nicht mehr da.«
Niemand beachtete seine Worte. Rogo fragte Klaas mit finsterer Miene: »Wie lange? Wie lange haben wir noch Zeit?«
Klaas zuckte die Schultern. »Wer weiß? Zwei Stunden, vielleicht weniger. Sein Gewicht zieht das Schiff nach unten, schließlich werden die letzten Schotte bersten, und nach dem Winkel zu urteilen, wird es wie ein Stein sinken. Wir sollten hier bald heraus, Mr. Rogo.«
Zwei Stunden könnten ausreichen. Rogos Gedanken waren wieder ganz bei seiner Aufgabe. »Okay, Leute, holen wir das verdammte Gold hier heraus, und dann nichts wie weg.« Er hob eine zerborstene Stahlstange auf und begann, mit ihr auf die beiden Ketten zu schlagen, die vor der Tür des Behälters hingen. Das heftige Geklirr von Stahl gegen Stahl hallte durch den Raum. Rogos Gesicht rötete sich durch die gewaltige Kraftanstrengung. Seine Augen traten aus den Höhlen, und im fahlen Licht der Lampen glänzte der Schweiß auf seiner Haut. Eine der Ketten fiel klirrend auf den Boden. Wie ein Schmied hämmerte er auf der zweiten Kette herum, und als er sah, daß ein starkes Glied zu bersten begann, stieß er die Stange wie einen Hebel gegen die Behältertür. Seine Schultern spannten sich, und durch seine zusammengepreßten

Zähne zischten Grunzlaute hervor. Plötzlich gab die Kette nach, und Rogo ließ ein Triumphgeheul hören, als er rückwärts auf Klaas zutaumelte. »Nun aber ran an das Gold und ab damit.«
Klaas hielt ihn mit einer Hand zurück. »Nicht so schnell, mein Freund. Ich weiß mit Frachten aller Art Bescheid. In diesem Behälter kann Wasser sein, vielleicht schwelt auch ein Brand darin. Sogar Gas könnte sich entwickelt haben. Wir müssen behutsam vorgehen. Weiß jemand, ob weitere Fracht in dem Behälter war?«
Er blickte Jason an, der aber nicht antwortete. Dafür sagte Rogo: »Keine Ahnung. Habe nie hineingesehen. Man sagte mir nur, wo es war, und daß ich es bewachen sollte.«
Ein weiterer Zweifel stieg in Klaas auf. »Ein solches Vermögen, und nur diese Sicherung?« Er stieß mit dem Fuß an die Ketten. »Kaum zu glauben.«
»Das ist es ja gerade.« Rogo hatte eine Erklärung hierfür. »Das Zeug ist in Kisten verpackt, die mit ›Toledo Wire and Bolt‹ markiert sind. Verstehen Sie? Vielleicht hätte jemand etwas geahnt, wenn man bewaffnete Wachen davorgestellt und neue Verschlüsse angebracht hätte. Da nur ein paar nutzlose Ketten davor hingen, fragte niemand nach dem Inhalt.«
»Das stimmt.« Jason schaltete sich ein. »Für mich ist ein . . . Paket dort drin. Wegen des unauffälligen Etiketts prüft niemand etwas nach. In den Maschinenraum hinab kommen ohnehin nur die Schmierer.«
Die Tür bildete den Zugang zum obersten von drei Behältern. Nach dem Kentern des Schiffes war dies nun der unterste, und der untere Türrand reichte fast bis zum Boden, auf dem sie standen. Die Buchstaben »BEHÄLTER NO. 1« standen auf dem Kopf. Klaas drückte seine Hände und sein Ohr gegen die flache graue Tür. Sie war etwa zwei Meter hoch und einen Meter breit.
»Kein Brand, meine ich«, sagte er ruhig, während seine Hände den dicken Stahl betasteten. »Aber da ist ein Geräusch. Ein seltsames Geräusch. Hört sich an wie ein Maschine, eine Art Trommeln. Es

könnte Wasser sein. Ich schlage vor, daß wir sie vorsichtig öffnen.« Er deutete auf die sechszölligen Griffe an den Kanten der Tür. »Diese passen in Winkelschlitze, um sie an der wasserdichten Füllung festzuhalten. Bitte ganz vorsichtig lösen.«
Versuchsweise drückte er einen Griff etwas herunter. Dann den nächsten. Coby trat an die andere Seite. Auch sie bewegte einen Griff ein Stück weiter, dann den nächsten. Der Rand der Tür gab ein wenig nach. Nur ihr eigenes Atmen war zu hören, aber auch ein abgeschwächtes Kratzgeräusch, das lauter wurde, als sich die Tür von ihrer Dichtung löste. Das Geräusch klang vertraut, ließ sich aber nicht näher bestimmen. Rogo und Jason tauschten erstaunte Blicke aus.
»Jetzt klappt es gleich, meine Herren«, murmelte Klaas. Er stieß leicht gegen die Griffe, damit sie ihren Halt verloren. »Jetzt . . .«
In dieser erwartungsvollen Sekunde ertönte ein schreckliches Gebrüll, das den Maschinenraum erfüllte und das ganze Schiff zu erschüttern schien. In einer schmalen Spalte erkannten sie ohne jeden Zweifel das Gesicht eines Tigers in seiner wilden Schönheit.
Es war unglaublich, aber wahr. Die Sekunden dehnten sich wie Stunden, der Zeitbegriff schien zu enden, und alle hatten das Gefühl, ihren Augen nicht mehr trauen zu können. Die kräftigen Farben dieses großartigen Kopfes, die starken, gebogenen schwarzen Linien, die sich gegen das Gelb-orange scharf absetzten, schimmerten im Licht der Laternen. Ein Bild voller Schönheit und Schrecken war zwischen Tür und Rahmen erschienen. Coby, die in gebeugter Haltung nach dem Lösen der Türgriffe stehengeblieben war, blickte dem Tiger direkt in die Augen. Der Schrecken dieses zeitlosen Augenblicks war zurückgedrängt, denn der Kopf des Tieres war in fast neugieriger Weise nach einer Seite gedreht, wie bei einem Hund, der seinen Namen zu hören meint. Rogo entwich es unwillkürlich: »Schiiieet!«
Dann teilte sich das Gesicht des Tigers wie ein riesiger Spalt, ein dunkler Hohlraum und scharfe Zähne wurden sichtbar, und wiederum flutete ein Gebrüll über sie hinweg, ein stürmisches,

machtvolles Getöse, verheerend und markerschütternd. Und um die Kante der sich allmählich öffnenden Tür erschien eine mächtige Pranke, die sich zunächst vorsichtig tastend, dann zielbewußt Cobys linkem Arm näherte. Rogo, unmittelbar hinter ihr, schwankte und sank auf seine Knie, kraftlos auf seine Hände gestützt. Klaas, der neben dem Mädchen stand, war fast erstarrt, die Hände an einen Griff geklammert, und Manny Rosens Kinnlade war vor Staunen nahezu ausgerenkt. Martin reagierte als erster. Er tat fast einen Luftsprung und stammelte: »Schnell, tun Sie etwas!«

Jason schwenkte Hely zur Seite. Er richtete sich auf, machte sieben oder acht genau abgemessene Schritte, und dann landete sein perfekt abgeschätzter Fußtritt in der Mitte der Pranke. Erneutes, noch heftigeres Gebrüll, die Pranke schnellte zurück und war nicht mehr zu sehen.

»Alle zugleich!« rief Jason und rannte gegen die Tür an. Auch Coby schleuderte ihr Gewicht dagegen, und Klaas, durch Jasons Geistesgegenwart angestachelt, drückte gegen die schwere Tür. Jason ließ zwei der Griffe wieder zurückschnappen und atmete erleichtert auf. Er lehnte sich zurück. Coby ergriff seine Hand und betrachtete ihren Ärmel. Er war aufgerissen. »Danke«, war alles, was sie hervorbringen konnte.

»Verdammt, nie im Leben habe ich so etwas gesehen.« Rogo schüttelte langsam und noch immer ungläubig seinen Kopf. Er schien mit sich selbst zu reden. Er hielt die Hände weit von sich und betrachtete sie. Sie zitterten, und seine Brust hob und senkte sich in schnellem Wechsel. »Sie müssen wissen, nie im Leben habe ich wirklich Angst gehabt.«

Manny legte ihm seine Hand auf die Schulter. »Es ist uns allen so ergangen, Mr. Rogo. Machen Sie sich keine Gedanken. Es war gut, daß Kapitän Jason schnell reagierte, denn sonst hätte die junge Dame wirklich in Gefahr kommen können.«

Rogo betrachtete noch immer seine zitternden Hände und dachte nach. Er hatte sich selbst noch nie so erlebt. Er war allen Gefahren

entronnen, obwohl er schon niedergestochen, niedergeschossen und niedergeschlagen worden war. Einmal hatten ihm vier Männer an der Siebenundneunzigsten Straße aufgelauert, und er war ihnen entgegengetreten, obwohl er wußte, daß sie ihn umbringen konnten. Zwei Wochen mußte er im Krankenhaus bleiben, und seine Nase sollte nie wieder gerade werden. Dann gab es eine Meuterei im Gefängnis von Westchester Plains. Er beendete die Meuterei, indem er den bewaffneten Kriminellen unter Lebensgefahr entgegentrat und drei von ihnen niederschoß. Alle diese Taten hatte er wohldurchdacht durchgeführt und dabei nie das Gefühl der Furcht kennengelernt. »Alle Heiligen im Himmel!« murmelte er. »Eine große Miezekatze hat Mike Rogo so etwas angetan.« Er war froh, daß Linda dies nicht miterlebt hatte.
»Wir waren alle ziemlich schockiert, würde ich sagen«, meinte Martin. »Ich meine, ein Tiger. Wer würde auch daran denken, hier einen Tiger zu finden? Lassen Sie's gut sein. Ich hatte selbst Angst, Mr. Rogo.«
Der Vergleich war es, der Rogo aufrüttelte. Daß Martin es wagte, seinen Mut mit dem eigenen auf die gleiche Stufe zu stellen, brachte Rogo knurrend auf die Füße. »Das können Sie auch. Ich wette, Sie steigen auf einen Stuhl, wenn Sie eine Maus sehen. Aber Mike Rogo hat keine Angst, und damit basta. Und wenn er sich doch ängstigt, dann gefällt es ihm nicht.«
»Ich versuchte nur zu helfen«, erwiderte Martin kratzbürstig. Rogo nörgelte immer an ihm herum. Er hatte auf der ersten Flucht soviel getan wie jeder andere. Und er war freiwillig zurückgekehrt. »Wenigstens konnte ich noch sprechen und habe nicht nur herumgestanden.«
»Sprechen! Ja, das ist so etwa das einzige, was Sie gut können!« fauchte Rogo zurück. »Und ich werde Ihnen etwas sagen, Martin. Eines Tages werden Sie Ihre Zähne auf dem Fußboden aufsammeln, wenn Sie nicht mit dem Geschwätz aufhören.«
Jason, der seinen Arm noch immer um Coby gelegt hatte, hörte das holländische Mädchen flüstern: »Ach, sie sollen damit aufhö-

ren!« Jasons Stimme hatte wieder den gewohnten, leicht neckenden Ton, als er die anderen anredete. »Ein anderes Mal, meine Herren, halte ich gern ihre Jacken, wenn Sie sich schlagen wollen, aber leider haben wir jetzt etwas zu tun. Ich würde übrigens gern wissen, was ein Tiger auf einem Passagierschiff zu suchen hat.«
Klaas gab die Erklärung. »Frachtgut, weiter nichts. Ein solches Schiff ist nicht mehr wie einst die Königin der Meere. Es befördert alles Erdenkliche, damit sich die Fahrt bezahlt macht. Griechische Schiffseigner sind in solchen Dingen nicht kleinlich.«
»Ja, aber einen Tiger, Papa?« fragte Coby.
Klaas zuckte die Schultern. »Irgend jemand muß ihn befördern. Dieser Behälter bietet etwas mehr Sicherheit, so daß man wohl meinte, ihn dort am besten halten zu können. Vermutlich haben sie das Tier nicht einmal gefüttert. Soviel ich gehört habe, sind die neuen Eigner der ›Poseidon‹ bezüglich der Ladung nicht wählerisch, solange das Geld stimmt.«
Jason sah ihn nachdenklich an. »Sie stellen bestimmt nicht allzu viele Fragen, Klaas.«
»Das spielt jetzt keine Rolle«, fuhr Klaas fort. »Eine Rolle spielt aber, daß wir dort nicht mehr hin können. Das Schiff kann jeden Augenblick untergehen. Die Situation ist hoffnungslos, und ich schlage vor, daß wir die Gedanken an die Bergung fallenlassen und zur ›Magt‹ zurückkehren.«
Manny Rosen konnte kaum schnell genug zustimmen. »Wir richten hier nichts mehr aus. Wir haben es versucht, und ich meine, wir sollten den Tatsachen ins Auge sehen und uns schnell auf den Weg machen.« Er schauderte ein wenig, als er in der feindseligen Dunkelheit um sich blickte.
Rogo war offensichtlich nicht einverstanden. Die Hände in die Hüften gestemmt, widersprach er. »Wenn ein Haken dabei ist, wollen Sie gleich wegrennen. Aber Mike Rogo bleibt, ob nun ein verdammter Tiger da ist oder nicht.«
Die Hände verzweifelt in die Höhe gestreckt, appellierte Klaas ein letztes Mal an ihn. »Aber Sie können das Gold nicht bergen. Das ist unmöglich.«

Rogo merkte, daß es schwierig war, mit Klaas zu streiten. Der Kapitän strahlte eine ruhige Autorität aus, er kannte sich auf dem Meer aus, und was er sagte, war vernünftig. Vielleicht war es unmöglich. Vielleicht würde er sein Leben für nichts riskieren. Doch sein Instinkt sagte ihm, daß er die wertvolle Sendung retten mußte. Dabei wußte er im Innersten, daß er sich nicht dazu aufraffen konnte, die Tür wieder zu öffnen und dieser Bestie noch einmal gegenüberzutreten. Schließlich wandte er sich an Jason. »Haben Sie irgendwelche Ideen, Cowboy?«

Eine weitergehende Anfrage konnte sich ein New Yorker Polizist kaum leisten, und Jason reagierte darauf, so gut er konnte. Die Daumen in den Taschen seiner Jeans, besah er sich die Tür genau und sagte: »Sie haben recht, Rogo. Ich bin in der gleichen Lage. Ich will mir noch immer mein . . . Paket holen, aber ich habe keine besondere Lust, wie Tarzan mit dieser Katze zu spielen. Das Schiff wird bald untergehen. Und jeden Augenblick könnten wir Gesellschaft bekommen.«

Bei den letzten Worten richteten sich alle Blicke auf ihn. »Gesellschaft?« Rogo starrte ihn an. »Was soll der Unsinn? Wir befinden uns mitten auf einem lausigen stinkenden Meer, nicht auf der Fifth Avenue.«

Nur Hely war nicht völlig verblüfft. Sie dachte an die Männer, die sie überfallen und Roland und die anderen umgebracht hatten. Jason mußte sie kennen. Plötzlich wurde ihr bewußt, daß sie vielleicht entlarvt werden konnte. Was sollte Jason dann von ihr denken? »Ich glaube, Jason, wir gehen jetzt, bevor es zu spät ist«, sagte sie schnell.

Doch Jason drehte sich nur herum und deutete mit dem Finger auf eine Stelle zwischen dem Heck und dem fahlen Licht, das vom Schiffsgang herkam. »Ich fürchte, es ist schon zu spät«, sagte er.

An der dunklen Seite des Schiffsrumpfes waren drei rötlich leuchtende Seiten eines Rechtecks erkennbar, und deutlich war ein Zischlaut zu vernehmen.

»Sie schneiden sich hindurch«, sagte Rogo, der sofort ahnte, was der Laut zu bedeuten hatte. Doch der Zusammenhang gab ihm Rätsel auf. Woher konnte Jason wissen, daß jemand nachkommen würde? Waren diese Leute Freunde von ihm? Seine Zweifel an diesem Mann fegten die Kameradschaft, die sich zwischen ihnen zu entwickeln begonnen hatte, beiseite. Rogo machte ein finsteres Gesicht, und er sehnte sich unbändig nach einer funktionierenden Pistole.

»Schluß mit den Gesellschaftsspielen!« fauchte er ihn an. »Wer ist dort draußen? Was ist los? Der Spaß ist jetzt vorbei.«

»Ganz richtig«, antwortete Jason. Seiner Stimme war anzumerken, daß er den Ernst der Lage verstand. »Von jetzt an wird es gar nicht mehr spaßig zugehen. Wenn ich mich nicht irre, ist unser neuer Gast ein Kapitän Ilich Bela, und was immer er tut, er bringt die Leute nicht zum Lachen. Ein Kommunist. Zugleich ein Schmuggler, Erpresser, Dieb und Mörder. Der Anführer einer Räuberbande, denen gegenüber Ihre Kunden, Rogo, die reinsten Unschuldslämmer sind.«

Rogo war verblüfft. »Was will er hier?« fragte er leise.

Jason wies auf die Behältertür. »Gold. Wo Gold zu holen ist, da ist auch Kapitän Bela in der Nähe. Und wenn Sie heil nach Hause kommen wollen, dann stehen Sie ihm besser nicht im Wege, Batman.«

Die zischende rote Linie hatte sich nahezu um das sechs Fuß messende Quadrat an der Seite des Rumpfes geschlossen. Es befand sich direkt oberhalb der Wasserlinie und wies in Richtung zum Maschinenraum. Alle starrten wie gebannt auf den Fortgang der Arbeit. In Rogos Stimme war wenig Überzeugungskraft, als er brummte: »Einem roten Piraten weichen wir schon lange nicht.«

»Kapitän Jason, wenn wir ihm erklären würden . . .«, begann Klaas, doch er unterbrach sich, als er sah, daß Jason den Kopf schüttelte.

»Ilich Bela ist nicht ein Typ, mit dem sich handeln läßt. Statt zu verhandeln, schießt er lieber.«

Das Zischen hörte auf. Das Rechteck war vollendet.

Dies müßte ein sehr guter Tag werden, dachte Anton zufrieden. Er saß am Heck der achtsitzigen Pinasse und beobachtete, wie die Männer mit den Schweißgeräten am Rumpf der ›Poseidon‹ inmitten goldener Funken arbeiteten. Er summte eine Melodie vor sich hin, denn bald würde es Spaß geben. Sehr viel Spaß. Er würde Geld haben. Dann würde er sich Mädchen und Wodka beschaffen können. Ein fast unschuldiges Lächeln, das gar nicht zu ihm paßte, ruhte auf seinem Affengesicht. Antons Vergnügungen waren einfach: Schlägereien, Wodka und Frauen, und dies alles sollte ihm bald zuteil werden.

»Gleich ist es soweit, nicht wahr, Kapitän Bela!« Der vor ihm sitzende Kapitän nickte und lächelte über die Schulter. Dann lehnte er sich zurück und strich mit der Hand über seinen Ärmel, dem sich die Funken gefährlich näherten. Ein seltsamer Mensch, dieser Kapitän Bela, dachte Anton. Er hängt an seiner Kleidung fast wie eine Frau, hat manikürte Nägel und eine weiche Stimme. Doch Anton mochte ihn, er liebte ihn geradezu. Kapitän Bela war ein guter Mensch. Er fürchtete sich vor niemand, trotz seiner weichen Hände und seiner sanften Stimme. Er wußte, wie man an Geld herankam und wie man sich die Polizei vom Leibe hielt. Anton konnte die Polizei nicht ausstehen. Doch seit er der Freund des Kapitäns geworden war, brauchte er Festnahmen nicht mehr zu befürchten. Und was hatte der Kapitän zu ihm am Morgen gesagt? »Anton, mein Freund, würden Sie gern mit einem Polizisten spielen?« Anton verstand dies zuerst nicht, doch dann hatte der Kapitän es ihm erklärt. »Ein kleiner Polizist zum Spielen für Sie, Anton. Er ist auf diesem Schiff und darf nicht mit dem Leben davonkommen. Klar?« Anton hatte schließlich begriffen. Es hatte schon andere Leute gegeben, die der Kapitän nicht mit dem Leben davonkommen lassen wollte, und immer hatte es Anton Spaß gemacht. Der Kapitän hatte auch gesagt, daß es Gold auf diesem Schiff gebe und Anton könnte etwas davon haben für seine Mädchen und seinen Wodka.

Er strich sich über seine stark behaarte Brust. Er war zufrieden und hoffte, die Pistole in seinem Gürtel nicht benutzen zu müssen. Sie kam ihm wie ein Spielzeug vor, das zu schnell losging. Anton benutzte lieber seine Hände. Er betrachtete die Muskelpolster unter seinen Fingern. Einmal hatte er wegen einer Wette mit der linken Hand einen Hund erwürgt. Der große Hund hatte wie wild gestrampelt, als er ihn festhielt und seine Finger den Hals umklammerten. Es war ihm gar nicht schwer gefallen, und Anton hatte dieses Gefühl mehr genossen als den kleinen Wodka, den er gewonnen hatte. Vielleicht würde der Polizist auch wie wild um sich strampeln. Das wäre fein.

Der Funkenregen hörte auf. Die Männer hatten ihre Schweißarbeit beendet. Das Metall kühlte schnell ab. Einer der Männer stemmte sich mit der Schuhsohle dagegen, und langsam stürzte das große Stahlrechteck nach innen, wo es mit weithin hallendem Getöse landete.

»Nun wollen wir ein Spielchen für Sie suchen, nicht wahr, Anton, mein Freund?« Der Kapitän war aufgestanden. Er setzte sich die Mütze gerade auf den Kopf, strich sein Revers zurecht, nahm die schwerkalibrige Automatik-Pistole in die Hand und ließ Anton und drei weitere Männer vorangehen. Anton ergriff die Strickleiter, nahm sie unter den Arm und rief: »Ich zuerst!« Er betrat den Rand der Öffnung. Es sollte ein guter Tag werden.

7 Öffne den Käfig

Sie hatten schon viele Gefahren durchgestanden – die Flucht in dem gekenterten Schiff; den schrecklichen Moment, als das Schiff sich neigte, die ständige Gefahr des Untergangs und das Erscheinen des grimmigen Tigers. Sie hatten Angst, manchmal sogar voreinander, in der tropfenden Dunkelheit des schwimmenden Sarges. Das Eintreffen von Kapitän Bela signalisierte jedoch eine neue Dimension von Gefahr. In ängstlichem Schweigen sahen sie zu, wie er und seine Männer an Bord kamen.

Von dem Augenblick an, als der herausgeschnittene Teil des Rumpfes nach innen stürzte, waren sie sich über die Böswilligkeit der Eindringlinge im klaren. Weißliches Licht durchdrang den vorderen Teil des Raumes, den jetzt wasserlosen Schiffsgang und die zerborstenen Maschinen, die auf der zum Fußboden gewordenen Decke lagen. Die kleine Menschengruppe, die an der Seite vor der Behältertür stand, blickte auf das kleine Viereck, durch das das Blau des Himmels schien, und alle sahen, wie sich die Strickleiter nach unten senkte. Kein Zuruf, kein Zeichen, durch das sich ehrliche Menschen als Retter zu erkennen gegeben hätten. Und alle Hoffnung schien dahin zu sein, als sich eine riesige Gestalt durch die Lichtöffnung drängte und dann langsam die Strickleiter hinunterstieg.

Manny, der neben Martin und Klaas und dessen Tochter an der Tür stand, flüsterte: »Er sieht aus wie King Kong.«

Rogo trat den Neuankömmlingen entgegen, ein paar Schritte vom unteren Ende der Strickleiter entfernt. »Was soll das bedeuten – ist heute allgemeiner Besuchstag?« Aus seiner Stimme klang jedoch nur wenig Selbstvertrauen.

Drei Männer folgten dem Riesen, und alle trugen Pullover und Strickmützen. Der erste von ihnen hatte nur ein Auge, was ihn noch furchterregender machte. Ein anderer Mann mit finsteren Gesichtszügen strich sich eitel den Schnurrbart. Ohne etwas zu sagen, nahmen zwei von ihnen rechts neben dem ausgeflossenen Wasserloch, die anderen beiden links neben dem Schiffsgang Aufstellung. Jeder trug eine automatische russische Stechkin-Pistole. Während des ganzen Vorgangs hielten sie ihre Waffen auf die Gruppe gezielt, und als sie sich aufstellten, machten sie den Eindruck eines Exekutionskommandos.

Rogos Stimme klang nahezu bewundernd, als er sagte: »Du lieber Himmel, Jason, diese Burschen sind keine Amateure.«

Jasons Antwort kam überraschenderweise aus einiger Entfernung.

»Schon gut, Batman«, sagte er. »Lassen Sie mich diese Sache regeln, ja?«
Rogo grunzte sein Einverständnis. Er konnte auch kaum etwas anderes tun. Er erkannte professionelle Killer, wenn er sie sah. Er selbst war nicht mehr bewaffnet. Jason schien wenigstens zu wissen, wer sie waren. Aber weshalb stand Jason nicht mehr bei ihnen? Es kam ihm vor, als hätte sich Jason von der Gruppe abgesetzt. Rogo gefiel das nicht.
Klaas beobachtete die Männer mit grimmigem Gesicht. Wie das Land, so hat auch das Meer seine eigenen Gesellschaftsschichten, und Klaas gab sich über diese Männer keinen Illusionen hin. Nie hatte er eine Schiffsbesatzung kennengelernt, die sich so verhalten hatte. Zweifellos handelte es sich hier um Gangster, nicht um kleine Gauner aus dem Hafenviertel, sondern um organisierte, geübte Verbrecher. Er legte den Arm um seine Tochter und spürte, wie sie an seiner Brust zitterte. Auch sie wußte Bescheid.
Martin fragte sich, vielleicht zum ersten Mal, ob das Abenteuer dieses Risiko wert war. Der Charakter dieser Männer ließ sich nicht mißdeuten.
Sie hatten das Gefühl, als beobachteten sie die Errichtung ihrer Galgen. Bei der schlanken, aufrechten Gestalt, die jetzt in dem blauen Rechteck zu sehen war, handelte es sich ohne Zweifel um den Henker.
»Nun, meine Herrschaften«, sagte er, »wollen wir nachsehen, welche Fische uns ins Netz gegangen sind.« Sein ausgezeichnetes Englisch gewann durch die weichen osteuropäischen Konsonanten einen unheilvollen Klang. Vorsichtig, damit sie nicht seine Kleidung berührte, stieg er die Leiter hinunter, und unten angekommen, strich er sich über die Ärmel, als ob er Flecken wegwichen wollte. Der starke Strahl seiner Handlampe beleuchtete den Lauf seiner Pistole, die er in der rechten Hand hielt.
Dann traf der Lampenstrahl auf Rogo, der sich wie der Hauptdarsteller eines Dramas aufgepflanzt hatte und ein streitsüchtig Gesicht machte. Hinter ihm standen Martin und Manny zusammen,

Klaas mit seiner Tochter im Arm, und das hochaufgerichtete Mädchen im nassen Tauchanzug, das keine Angst zeigte.
Der Strahl schien Hely direkt ins Gesicht. »Ach ja, natürlich, da ist sie, die entkommen ist. Ich nehme an, Sie haben einige meiner Kollegen bereits kennengelernt.« Sie erwiderte nichts. Rogo dachte in diesem Augenblick an alle seine unbeantworteten Fragen. Jason runzelte verwundert die Stirn.
»Hier haben wir wohl den Kapitän des kleinen Frachters«, fuhr die sanfte Stimme fort. Klaas wurde in die Augen geblendet. Er verbeugte sich formell und steif. »Ein Mädchen, zwei kleine Männer, deren Neujahrsessen rüde unterbrochen wurde, und einen zähen Burschen.« Die letzte Bemerkung bezog sich auf Rogo, der blinzelte, als ihm die Lampe wiederum ins Gesicht schien.
»Meine Damen und Herren«, beschwichtigte die Stimme mit ausgesuchter Höflichkeit, »darf ich mich vorstellen. »Ich bin Ilich Bela, Kapitän des Bergungsschiffes ›Komarevo‹, und ich muß Sie bitten, von nun an meinen Anordnungen zu entsprechen.«
Der Lichtstrahl beleuchtete einen Augenblick lang die bewaffneten Männer, die auf beiden Seiten Posten bezogen hatten.
»Ich bin übrigens Fachmann für Bergungen.«
Eine weitere Stimme schaltete sich wie beiläufig ein. »Fachmann für die Bergung des Geldes anderer Leute, Fachmann für Schmuggel, Diebstahl und Mord. Habe ich recht, Kapitän?«
Es war Jason. Belas herumschwenkender Lichtstrahl fand ihn schnell. Er saß rittlings auf einem zerborstenen Generator, gegen ein Geländer gelehnt. »Wissen Sie, Bela«, grinste er ihn an, »ich nahm gleich an, daß Sie hier hereinschauen würden.«
Lange Zeit war kein Wort zu hören, bis Bela schließlich antwortete. »Sie sind mir zuvorgekommen, Jason. Was wollen Sie hier?« Er war offensichtlich überrascht und keineswegs erfreut.
Jason grinste noch immer. »Nun, das gleiche wie Sie, natürlich. Ich versuche, auf ehrliche Art meine Brötchen zu verdienen.«
Der Lichtstrahl ging noch einmal hinüber zu den ausdruckslosen Gestalten der drei Bewaffneten und zu dem stämmigen Anton,

und Belas Worte klangen diesmal abgehackt und besorgt. »Versuchen Sie nicht, mit mir zu spielen, Jason. Sie sollten wissen, daß man mich nicht auf die leichte Schulter nehmen kann.«

»Versuchen Sie bitte nicht, mich mit Ihren abgerichteten Pudeln einzuschüchtern, Bela«, erwiderte Jason mit gespieltem Ernst.

Rogo war verwirrt. Die Vertrautheit zwischen den beiden gefiel ihm nicht. Was war so Besonderes an Jason, daß er mit dieser Mörderbande herumspaßen konnte? »Was zum Teufel geht hier vor?« polterte er los.

»Bela ist ein sonderbarer Mensch«, erklärte Jason. »Er ist vermutlich der einzige Kommunist, der sich das Gewinnprinzip zu eigen gemacht hat. Er kennt aber auch seine Grenzen. Wenn er mich umbringt, weiß er, daß er an keinem Hafen an Land gehen und dort länger als vierundzwanzig Stunden am Leben bleiben könnte. Nicht wahr, Bela?«

Bela schien wieder etwas gefaßter zu sein. »Sie haben viele Freunde, Kapitän Jason. Aber warum streiten wir uns? Wir sind in der gleichen Branche.«

»Das sind wir nicht!« Jasons Worte klangen jetzt ernst.

Bela spöttelte. »Nun hören Sie mal, Jason, Sie überraschen mich. Ich habe Ihren Namen im Zusammenhang mit ziemlich ungewöhnlichen Ladungen gehört.«

Die anderen folgten dem Wortwechsel verständnislos. Jason antwortete mit ruhiger Stimme. »Meine Geschäfte sind meine Sache, Bela. Doch ich verdiene kein Geld durch Mordaufträge. Ich nehme keine Schecks an für durchgeschnittene Kehlen. Ich bringe keine Mafia-Leute über die Grenzen. Nein, wir sind nicht in der gleichen Branche, Bela.«

»Das sind nur Nuancen, mein lieber Jason. Wir liefern beide, sobald Nachfrage besteht. Das ist das Gesetz Ihrer bewundernswerten kapitalistischen Welt, oder nicht? Ich tue es vielleicht für Geld, Sie tun es vielleicht wegen romantischer Motive. Im Grunde bleibt es sich gleich.«

Der Wortwechsel wurde unterbrochen, als eine der halb beleuch-

was davon weiß? Ach, mein Lieber, die Welt ist vermutlich viel komplizierter, als Sie es sich vorstellen. Nun sagen Sie mir bitte, wo es lagert.«

Dieser Bursche war also bloß ein Gauner, der hinter dem Gold her war. Vielleicht wollte er ihn umbringen. Aber Rogo kannte jetzt wenigstens den Grund. Er verschränkte die Arme vor der Brust. »Dieser verdammte Kahn ist riesig lang, und das meiste davon liegt unter Wasser«, rief er Bela zu. »Sie können dem Gold hinterherschwimmen, Freundchen, denn ich sage nichts.« Rogo schien bereit zu sein, kämpfend unterzugehen.

Bela war verärgert. Er wußte genau, daß nur wenig Zeit zur Verfügung stand. Schnell gab er seine Anweisungen. »Treiben Sie die Leute dort drüben zusammen. Mir gefällt es nicht, wenn sie sich in den Ecken verbergen.«

Die Pistolenläufe wiesen ihnen den Weg. Manny und Martin, Klaas und Coby und schließlich Hely bewegten sich in das Licht, wo sie dann nahe dem Schiffsgang stehenblieben. Jason blieb im Dunkeln, einige Schritte vor der Behältertür. Bela kümmerte sich nicht um ihn.

Als er sich wieder an Rogo wandte, sprach Bela in schroffem und geschäftsmäßigem Tonfall. »Sie werden mir jetzt sagen, wo das Gold ist, und zwar schnell. Ich dulde nicht, daß sich ein dummer amerikanischer Polizist mir in den Weg stellt.«

Rogo trat furchtlos ein paar Schritte vor. »Und ich werde mich hüten, einem dummdreisten Roten zu helfen.«

»Anton – brechen Sie ihm die Knochen!« Belas Anordnung war unmißverständlich. In Antons Gesicht zeichnete sich die Vorfreude ab.

Rogo riß sich zusammen, als er den Riesen hinter sich poltern hörte. Er fühlte, wie Finger von gewaltiger Stärke seinen eigenen, stählernen Bizeps zusammenquetschten. Mit gespannten Muskeln wartete er darauf, was die nächsten Augenblicke bringen würden. Erst nach einigen Sekunden begriff er, daß Jason zu sprechen begonnen hatte.

»Sie vergeuden nur Ihre Zeit, wenn Sie sich mit Polizisten herumschlagen«, sagte Jason ruhig. »Ich meine, Sie sind eher an einem Handel interessiert, Bela. Sie wissen doch, dies Schiff wird bald untergehen.«
»Was für ein Handel?«
»Rogo weiß Bescheid, sagt aber nichts«, erwiderte Jason. »Sie lassen den Gorilla auf ihn los, das kostet nur Zeit und führt zu nichts. Rogo würde auch dann nichts sagen. Sehen Sie sich ihn an. Er ist ein zäher Bursche.«
Bela wurde ungeduldig. »Was für ein Handel?«
Jason spielte den Gleichgültigen. »Ich bin hier in der neutralen Ecke. Ich gehöre zu keiner Mannschaft. Und ich weiß auch, wo das Gold ist.«

Sie waren im Begriff, Rogo umzubringen. Manny erkannte dies ganz klar und wunderte sich über sich, da ihm die Situation nicht sehr schrecklich erschien. Es kam ihm vor, als könnte er gar nichts mehr empfinden. Die Aufeinanderfolge von Unglück und Drohung hatte ihn betäubt. Er bewegte sich nur noch mechanisch. Das ganze Gerede über das Gold und den Tiger, sogar die grimmigen, bewaffneten Männer schienen ihn nicht zu berühren. Er verstand das meiste nicht mehr, doch Rogo und Jason schienen zu begreifen, was vor sich ging. Sogar der kleine Martin hatte sich eingeschaltet. Manny kam sich vor wie ein Zuschauer bei einer Groteske: Er hatte keine Rolle. Und jetzt waren sie dabei, Rogo umzubringen, und Manny konnte nicht begreifen, warum Rogo sich nicht energisch wehrte.
Sein Blick ging hinüber zu den Stufen des Schiffsgangs, ein paar Schritte entfernt. Er lehnte sich gegen das Schott und konnte die Spannung und Furcht der anderen spüren, die neben ihm standen. Er selbst spürte nichts. Er betrachtete die Stufen, die zu den übrigen Teilen des Schiffes führten. Belle war hier gestorben, und von hier war ihr Leichnam fortgeschwemmt worden, aus seinem Gesichtskreis heraus. Manny blickte über die Trümmer, die auf dem

Boden lagen. Die Sicht hatte sich gebessert, seitdem diese Männer ein Loch in die Schiffswand geschnitten hatten. Er konnte jetzt die Rohre und Leitungen erkennen.
Natürlich, dies war ja die Decke gewesen, wie er sich erinnerte. Das Schiff war gekentert. Alles stand auf dem Kopf. Schwierig wie die Erinnerung an die Kindheit war der Gedanke daran, wie alles ausgesehen hatte, bevor es auf den Kopf gestellt wurde. Szenen aus der Zeit vor der Katastrophe erschienen ihm jetzt wie alte Fotos, an die er sich erinnerte. Belle beim Aufräumen ihrer Kabine: »Sie ist unser Heim, Manny, wenigstens für einige Zeit.« Die Neujahrsfeier in dieser furchtbaren Nacht. Er erschrak, als er daran dachte, daß es erst die vergangene Nacht gewesen war. Kaum vorstellbar, und doch hatte sich die Welt in jeder Hinsicht auf den Kopf gestellt. Ein Erinnerungsstück an diese Zeit hatte sich unter den Trümmern verirrt. Eine Champagnerflasche, die mit dem aufsteigenden Wasser durch das Schiff geschwemmt worden war, lag wie gestrandet auf dem Fußboden.
Dann sah er noch etwas neben der Flasche. Es war zwischen den Rohrleitungen eingeklemmt, und es dauerte eine ganze Minute, bis er es inmitten des zerborstenen Metalls erkannte. Es war Rogos Pistole. Manny hatte in seinem Leben kaum ein halbes Dutzend Pistolen zu sehen bekommen. Er kannte aber viele Leute, die Waffen besaßen. Sie nannten das Selbstverteidigung. Doch Manny hatte nie den Wunsch, mit Waffen zu hantieren. »Gefährlich«, hatte Belle immer gesagt, und Manny war der gleichen Ansicht. Wer würde auch den armen alten Manny Rosen angreifen wollen? Belle pflegte lachend zu sagen, daß Manny erst eine Pistole brauche, wenn er in die Mafia eintrete. Warum befand sich überhaupt Rogos Waffe hier unten? Ach ja, jetzt erinnerte er sich. Rogo hatte sie weggeworfen, als er merkte, daß sie nicht funktionierte. Eigentlich klar, dachte Manny, selbst für mich, der von Waffen nichts versteht.
Nach dem Schock, den der Wirrwarr um ihn ausgelöst und ihn in die Isolierung getrieben hatte, kam Manny plötzlich ein Einfall,

der ihn fast dazu brachte, einen Luftsprung zu machen. Sein Blick heftete sich auf die Pistole. Sie war so klein und sah gar nicht wie die großen Pistolen aus, die Polizisten gewöhnlich bei sich hatten. Sie hatte im Wasser gelegen. Und doch, und an diesem Gedanken hielt er sich fest: Diese Männer wußten nicht, daß man mit ihr nicht schießen konnte. Manny Rosen zwang seinen müden, abgespannten Geist dazu, sich mit diesem Gedanken zu beschäftigen. Er wußte, was er zu tun hatte, und er wußte auch, daß er es tun konnte. Auch Belle würde es so gewollt haben.

Zwischen Bela und Jason mußte jetzt die Entscheidung fallen. Die Gefahr einer Auseinandersetzung zwischen dem mächtigen Anton und dem zähneknirschenden Rogo drohte nicht mehr unmittelbar. Doch die Spannung zwischen Bela und Jason war straff wie ein Drahtseil, das man durch das Schiffsinnere gespannt hatte. Bela gab seinen höflichen Ton auf, und Jason hörte auf zu spötteln. Jetzt ging es ans harte Verhandeln.

Bela merkte, daß Jason ihm ein Angebot machen wollte. »Werden Sie es mir sagen?« fragte er. Er überlegte, welcher Haken dabei sein konnte.

»Für einen Preis, Bela. Und Sie wissen alles über die Preise, die die Dinge haben.«

Bela nickte. »Welcher Preis?«

»Für mich befindet sich an der gleichen Stelle ein Paket. Ich nehme mein Paket, Sie nehmen Ihr Gold. Das ist der Handel.«

Im Maschinenraum lastete ein bedrückendes Schweigen, während Bela nachdachte. Dann antwortete er mit schleppender Stimme. »Das ist möglich, Kapitän Jason. Mit Ihnen könnte ich eine Übereinkunft treffen. Weshalb sollten wir nicht einander helfen und uns das Leben etwas erleichtern? Andererseits, was geschieht mit unseren Freunden hier? Sehen Sie, es gehört zu meinem Auftrag, daß der Polizist nicht lebend davonkommt. Das ist wichtig. Ich habe das zugesagt.«

Rogo hörte zu, während über sein Leben verhandelt wurde. Anton

stand dicht bei ihm und wartete nur auf Belas Wort, um ihn zu erwürgen.
Jasons Finger trommelten auf dem Geländer hinter seinem Rükken. In seinem Gesicht war keine Erregung erkennbar. »Wer würde schon einen Polizisten vermissen?« sagte er. Bela lächelte.
Martin, Klaas und Coby erschraken über die Art, wie Jason Rogos Leben wegwarf. Manny schien nicht zuzuhören; seinen Blick hielt er auf den Boden geheftet. Bei Hely war keinerlei Gemütsbewegung zu erkennen. Doch sie beobachtete Jason gespannt, sie ahnte, daß er irgendwas anderes im Schilde führte.
Antons Hände umklammerten Rogo, der sich im Zugriff des Riesen wand. »Nun aber langsam! Wenn schon über mein Leben verhandelt wird, dann will ich auch noch etwas dazu sagen!« Seine Worte blieben unbeachtet.
Coby begann zu schluchzen. »Bitte, bitte, Kapitän Jason, sagen Sie nicht so etwas!«
Bela und Jason beobachteten einander, als ob die Bemerkungen der anderen überhaupt keine Rolle spielten. »Einen Moment.« Belas Stimme klang etwas neugierig. »Wie können Sie so sicher sein, daß ich es zulassen werde, daß Sie mit Ihrem Paket von hier verschwinden? Ich kann mir kaum denken, Jason, daß Sie mich so hoch einschätzen und auf mein Wort vertrauen.«
Er suchte noch immer nach einer Falle. Jason brach in ein kurzes Gelächter aus. »Nein, Bela, ich traue Ihnen nicht über den Weg. Ich kann gefahrlos von hier verschwinden, so wie ich mich auch ohne Gefahr hier aufhalte. Sie können mich gar nicht umbringen, Bela. Sie wollen sich nicht diesen Ärger aufhalsen. Sie kennen meine Freunde, und Sie wissen, daß Sie aufgespürt würden!«
»Sie haben natürlich recht«, sagte Bela, ein wenig erleichtert. »Wir bieten uns ständig Schach, Sie und ich, Jason. Ich nehme also Ihren Vorschlag an, und wir werden beide unseren Vorteil daraus ziehen.«
Hely suchte noch immer nach einer Erklärung. Bela war sicherlich ebenso gnadenlos und mörderisch, wie er aussah. Sein Anteil an

dem Handel schien redlich gemeint. Doch Jason? Nein, da war etwas faul. Jason machte ein unbewegtes Gesicht, als er sich zu ihr umwandte und sagte: »Okay, Hely, öffne den Behälter und zeige dem Kapitän seine Überraschung.«
Sie mußte ein Lachen unterdrücken. Der Tiger! Das war es also. Außer Jason hatten alle nicht mehr an ihn gedacht. Das war die Überraschung. Und Jason wußte, daß die Erscheinung dieses Tigers für ihn einen Vorteil, eine Chance zum Zuschlagen, bringen würde.
Hely stieg über die Trümmer hinweg. Sie wußte, daß sie beim Öffnen der Tür selbst geschützt war, wenn sie sich dahinter stellte. Manny und die anderen standen am anderen Ende des Maschinenraums und würden wenigstens eine Chance haben, sich in Sicherheit zu bringen. Doch Jason befand sich nur wenige Schritte vor der Tür, dem Tiger direkt gegenüber.
Sie blickte ihn an und erkannte an seinem ernsten Gesicht, daß er genau wußte, was er vorhatte. Er verstand, warum sie noch zögerte, und seine Worte waren daher unzweideutig.
»Vorwärts, Hely. Öffne den Käfig.«

8 »Sie sind ein Killer, Manny«

Ein Lagerbehälter war eigentlich nicht vorgesehen, doch Bela überraschte seine Existenz nicht sonderlich. In Schiffahrtskreisen hielt sich das Gerücht, daß die neuen griechischen Eigner der ›Poseidon‹ so darauf bedacht waren, mit ihrer alten Königin der Meere Gewinne zu erzielen, daß sie ohne Rücksicht auf den Ruf des Schiffes sowohl Passagiere als auch Frachten beförderten. Der Lagerbehälter, ursprünglich eine Art Vorratsraum, war jedenfalls so beschaffen, daß er sich bezahlt machte.
Die Tür öffnete sich geräuschlos auf gut geölten Angeln. Hely

drückte die Sicherungsgriffe herunter und schwenkte die Tür vollständig herum, so daß sie selbst verdeckt war. Nichts geschah. Niemand sprach, und niemand bewegte sich. Die Blicke hefteten sich auf den dunklen Hohlraum. Im Inneren wurden Stapel von Verpackungskisten sichtbar; manche waren zertrümmert. Mit den Worten: »Nun wollen wir mal nachsehen . . .« ging Bela darauf zu, als der Tiger heraussprang.

Er kam hinter den Kisten hervor. In flachen, niedrigen Sätzen, mit der Brust fast den Boden berührend, huschte er nahezu geräuschlos über die Hindernisse hinweg. Jason hatte sich seitwärts gedreht, und der heiße, schwere Körper des Tieres drängte sich gegen seine Beine, als er vorbeistürmte. Sein kräftiger Körper schwankte durch den Stoß, und eine Sekunde lang schloß er die Augen. Aber er bewegte sich nicht.

Der Tiger blieb plötzlich stehen. Er war verängstigt und hungrig. Als das Schiff kenterte, war sein Käfig zertrümmert worden, und seitdem war der Tiger zusammen mit den Verpackungskisten ständig hin- und hergestoßen worden. Er drehte seinen großen Kopf, um die neue Umgebung in sich aufzunehmen. Er stand in der Mitte zwischen Jason und Bela, einige Schritte von der Stelle entfernt, wo Anton Rogo festhielt. Der Tiger erhob sich auf die Hinterbeine, legte seine vorderen Pranken graziös auf ein Ölfaß, schwenkte den Kopf zurück und brüllte.

Die Wirkung zeigte sich unmittelbar. Der einäugige Pistolenmann, der in den Trümmern stand, stürzte rückwärts, als hätte ihn der Schlag getroffen. Seine Pistole entglitt ihm, und ohne sich um sie zu kümmern, versuchte er, wieder auf die Füße zu kommen. Bela drehte sich wie ein Tänzer und stürzte sich dann mit einem langen Sprung der Strickleiter entgegen. Einer der Männer, die am Schiffsgang standen, der Bursche mit dem Schnurrbart, wankte der Bordwand entgegen; die Pistole hing lose in seinen Händen. Der andere Mann ließ sich auf ein Knie fallen, hob den Pistolenschaft an die Schulter und verschoß das ganze Magazin von zwanzig Kugeln auf den Tiger. Das Raubtier fauchte und wand sich un-

ter dem Aufprall. Dann sprang der Tiger. In zwei gewaltigen Sätzen drängte er sich an Anton und Rogo vorbei und packte den knienden Mann an der Schulter. Seine Waffe fiel dröhnend zu Boden. Mit der rechten Hand versuchte er vergeblich, den Tiger abzuwehren. Einen Augenblick lang hielt die Bestie inne und schüttelte den Mann lose im Maul, wie einen halbgekauten Knochen. Dann sprang er wie eine aufgescheuchte Katze den Schiffsgang hinunter und war verschwunden.
Das bot Rogo die Gelegenheit, sich zu befreien, wie er sich vorgenommen hatte. Er sah, daß Bela an der Strickleiter taumelte, daß ein Pistolenmann verängstigt auf dem Boden herumkroch und daß der andere stöhnend an der Bordwand kauerte.
Rogo ging zur eingeübten Routine über. Mit voller Wucht trat er auf Antons Zehenspitze. Gleichzeitig stieß er den Ellbogen rückwärts in dessen Magengrube. Schnell zog er seinen Kopf zurück, als er merkte, daß der Riese nach vorn einknickte.
Dabei erlebte er ein tiefes Gefühl der Befriedigung. Er konnte bezahlte Muskelmänner nicht ausstehen. Er spürte, wie sein Schuh auf die Zehe traf, wie sein Ellbogen sich in den Bauch bohrte und wie sein Schädel an Antons Gesicht stieß. Rogo hatte an allen drei Stellen blitzartig zugeschlagen. Selbst ein solcher Gorilla konnte nach dieser Überraschung nicht weiterkämpfen.
In diesen langen Sekunden erkannte auch Martin seine Chance. Die Männer mit den Pistolen waren vorübergehend abgelenkt. Rogo hatte sich freigemacht. Und Jason war gerade dabei, Hely schnell über den Fußboden hinwegzuziehen.
»Schnell!« rief er seiner kleinen Gruppe zu. »Hier entlang!« Er griff nach Coby und schwenkte sie vor sich her zum Schiffsgang. Cobys Füße verfehlten die Stufen der Leiter auf der Seite und sie stürzte. Klaas ging in die Knie und sprang. »Kommen Sie, Manny!« rief Martin. Der alte Mann kniete nieder. Unglaublich, er schien gerade jetzt zu versuchen, etwas aufzuheben. Martin rief ihm noch einmal zu und sprang dann durch die Öffnung.
Der Drang zur Flucht hatte alle ergriffen, und es gab keinen Wi-

derstand: Bela, die Pistolenmänner, der Tiger, Martin und die anderen – alle hatten nur einen überwältigenden Gedanken – Rettung.
Martin war als erster wieder auf den Beinen und half dem holländischen Mädchen auf. Sie weinte wie ein Kind. Auch Klaas stöhnte auf und straffte sich. Die Laterne hielt er noch immer in der Hand.
Sie befanden sich in einem dunklen, engen Korridor, wo sie an einen Körper stießen, der sich nicht bewegte. Als sie nach unten blickten, sahen sie, daß es der Mann von der ›Komarevo‹ war. Seine Schulter war ein Klumpen aus Blut und Tuch. Die Hälfte seines Gesichts war weggerissen, und die Zähne blitzten unter der aufgeschlitzten Wange hervor. Coby jammerte auf, als sie den Mann ansah, und Klaas legte wieder den Arm um sie.
Voller Angst spähte sie den Korridor entlang. »Wo ist das schreckliche Tier?« fragte sie.
Martin, der mit der Umgebung vertrauter war, versuchte, in der Dunkelheit etwas zu erkennen. Jenseits des Korridors konnte er durch eine offene Tür in den Kesselraum blicken. Er legte den Kopf auf die Seite, um sich zu konzentrieren. »Ich höre ihn«, sagte er. »Er rennt davon. Kommen Sie jetzt, er ist weit von uns entfernt.«
Er ergriff Cobys Hand, und die drei machten sich auf den Weg, zurück in das tiefe Innere des sinkenden Schiffes.
In den Sekunden, die sie für ihre Flucht genutzt hatten, war es auch Rogo gelungen, sich zu befreien, und Jason hatte das Mädchen ergriffen. Als Rogo spürte, daß die eiserne Umklammerung des brüllenden Riesen nachließ, rannte auch er zum Schiffsgang. Er hörte Jason hinter sich und sah, daß Manny Rosen auf Hände und Knie niedergegangen war. Vielleicht haben wir in dem Labyrinth von Korridoren und Räumen bessere Chancen als hier, dachte er.
»Halt!« Das war Belas Stimme. Er hatte sich mit der linken Hand an der Bordwand festhalten können, während die Strickleiter sich um seine Beine verknotet hatte. Aber er taumelte nicht mehr, und mit der rechten Hand hielt er die schwere Stechkin auf Rogo gerichtet.

»Ein Tiger!« lachte er auf. Sein Gesicht war bleich und gespannt, und seinem Gelächter war eine hysterische Erleichterung anzuhören. »Alle müssen das gewußt haben. Großartig, ganz großartig! Aber nicht erfolgreich. Jetzt ist es vorbei. Ich werde dich umbringen. Das hätte ich gleich zu Anfang tun sollen!«

Jason duckte sich vor das Mädchen. Rogos Blicke schätzten die Entfernung zum Schiffsgang und die Entfernung zu Bela ab. Sollte er versuchen, in die Öffnung zu springen, oder den Versuch machen, auf Bela loszustürzen? In beiden Fällen würde er angeschossen werden.

»Das werden Sie nicht tun, Mr. Bela, denn ich würde Sie vorher erschießen.« Mannys respektvoller, höflicher Tonfall hörte sich absurd an. Alle wandten sich ihm zu. Manny war noch immer auf den Knien. Rogos Pistole hielt er, ohne zu zittern, in beiden Händen, den Lauf auf Belas Brust gerichtet. Er schien mit dem kleinen Colt in seinen Händen zu beten.

»Weiter, Mr. Rogo«, fuhr er mit gedämpfter Stimme fort. »Sie gehen mit den anderen weg, und ich werde ihn im Auge behalten.«

Rogos Gedanken wirbelten in seinem Kopf wie Menschen in einer Drehtür. Es war seine Pistole. Sie funktionierte nicht. Manny wußte, daß sie nicht funktionierte. Bela wußte es nicht. Rogo grinste triumphierend. Doch sie hatten nur Sekunden zur Verfügung. Bela brauchte die Richtung seiner Pistole nur ein wenig zu verändern, um auf Manny zu schießen. Der Pistolenmann in der Ecke hörte auf zu ächzen; er kam wieder zur Besinnung.

»Sie sind ein Killer, Manny, ein wirklicher Killer.« Rogo ließ sich schnell in die Öffnung hinuntergleiten.

»Schnell!« Jason zog Hely über die Trümmer hinweg. Sie stolperten über die Stufen, und Jason rief Manny zu: »Kommen Sie jetzt!«

Bela und Manny, der internationale Gauner und der alte Händler, standen sich bewegungslos und wortlos gegenüber. Belas drei Henkersknechte beobachteten und warteten.

Manny machte keinen Versuch, ihnen zu folgen. Er umklammerte die Pistole und achtete darauf, daß sie auf den Mann an der Leiter gerichtet war. Er wollte den anderen Zeitgewinn verschaffen. Bald, dachte er, wird dieser Mann sich umwenden und auf mich schießen. Sobald er die Nerven dazu hat, wird er es tun. Oder vielleicht wird es der Mann in der Ecke versuchen. Alle standen wartend da, und er konnte ihr unterdrücktes Atmen hören. Sie hatten Angst. Solche Gauner hatten Angst vor dem alten Manny Rosen! Fast mußte er auflachen. Er hatte sie alle gerettet, und Rogo würde schon irgendwie dafür sorgen, daß sie wegkamen.
Seltsam, wie leicht es ist, dachte er. Er hatte nur die Pistole aufgehoben, und alles hatte sich geändert. Belle, die Pistolen nie hatte leiden können, wäre einverstanden gewesen. Dessen war er sicher. Merkwürdig, alle behandeln einen Menschen anders, wenn er eine Pistole in der Hand hält. Diese Männer haben mich vorher überhaupt nicht beachtet, und jetzt denken sie an nichts anderes. Manny war froh, daß die Pistole nicht funktionierte. Er kam sich vor wie ein kleiner Junge mit einer Spielzeugpistole in der Hand. Die anderen hatten Gelegenheit zu fliehen, doch er wußte, daß er nicht zu schießen brauchte. Er wollte nicht auf Menschen schießen, nicht einmal auf diese Menschen. Was würde Belle dazu gesagt haben? Er lächelte. Der Mann auf der Leiter starrte ihn an. Was hätte sie gesagt, wenn sich ihr Manny wie einer dieser Fernsehdetektive verhielt? Nun ja, bald würde dieser Bela seine Chance erkennen, und dann wäre alles vorüber.
Er hatte es völlig klar erkannt, als er die Pistole liegen sah. Er wußte, daß er sterben würde, und es war die richtige, die angemessene Entscheidung. Manny Rosen wünschte zu sterben. Er dachte an Belles Medaille, die er ihrem Enkel in Israel aushändigen sollte. Er hätte dies auch getan, wenn er hätte weiterleben wollen. Doch er hatte kein Verlangen mehr, wieder an Land zu kommen, unter Menschen, bei seinen Freunden und seiner Familie zu sein. Nicht ohne Belle. Sein Leben war mit dem ihren zu Ende. Und würde sie nicht lächeln, wenn sie wüßte, wie er die Gangster mit

einer unbrauchbaren Pistole zum Narren gehalten hatte? Er mußte bei diesem Gedanken selbst lachen. Es war ein brüchiges, gurgelndes Lachen, und es verstärkte sich, als er erkannte, daß Bela ihn verblüfft beobachtete. Wenn er nur wüßte, dachte Manny Rosen, wenn er nur wüßte!
Die Schüsse erfolgten fast gleichzeitig. Zwei schnelle Schüsse von Bela, der rasch herumschwang, wie ein Affe an einem Seil. Eine Salve von dem schnurrbärtigen Mann in der Ecke. Manny spürte, wie er langsam nach vorn kippte, und er wunderte sich, daß sein Gelächter in ein seltsames Husten übergegangen war. Er versuchte nicht einmal, den Abzug zu ziehen. Manny Rosen, der auf Menschen schießt? Nie. Niemals in dieser Welt.

Als die beiden Dreiergruppen zusammentrafen, galt Martins erste Frage Manny Rosen, und er wußte schon die Antwort, bevor Rogo sprach. Martin hatte den Holländer und seine Tochter vom Gang in den Kesselraum geführt. Er hatte sich bereits so sehr an das Durcheinander des gekenterten Schiffes gewöhnt, daß ihn das Staunen der anderen fast überraschte.
Der Raum bot einen völlig chaotischen Anblick, gespenstisch erleuchtet durch einen Brand, der noch immer an einer der Wände aufloderte. Die Kessel waren aus ihren Verankerungen gerissen und herabgeschleudert worden. Manche lagen wie gewaltige Schalen da. Andere waren zerborsten und sahen aus wie riesige aufgeschlagene Eier auf einem Bett von zerstörten Maschinen, Armaturen, Rohren und Pumpen. Alle Oberflächen trugen eine Ölschicht, und viele Male glitten sie aus, als sie sich zum anderen Ende des Raumes durcharbeiteten. Einige Male hörte Martin, wie Coby aufstöhnte, als sie eine weitere, zusammengekrümmte Leiche sah. Martin bemerkte sie kaum noch. Er hatte sich an den Aufenthalt in einem Leichenhaus gewöhnt. Am anderen Ende des Raumes gelangten sie an eine offene Tür, die zu einem Korridor führte. Martin erinnerte sich, daß dieser von der Besatzung Broadway genannt wurde. Mit diesem Korridor verbunden waren

alle Lagerräume, Kühlabteilungen, Bäckereien und die vielen anderen Serviceräume, die das Wohlergehen der Passagiere ermöglichten. Mehrere Treppenhäuser und weitere Korridore führten von ihm weg. Es würde leicht sein, sich hier zu verbergen. Martin, Klaas und Coby hockten sich zwischen den Trümmern nieder, darauf gefaßt, erneut wegzurennen, falls die kaltblütigen Gangster durch die Tür kommen sollten.

Vom Tiger gab es keine Anzeichen. Martin hatte den Broadway entlanggespäht. Das Licht war schwach, doch es war klar, daß der Tiger nicht dort sein konnte. Er mußte viel tiefer in das Schiff hinein geflüchtet sein. Vielleicht war er ertrunken. Martin konnte nicht erkennen, wo der Korridor ins Wasser hineinreichte, doch nach dem Winkel in der Schiffslage zu urteilen, mußten sie sich dicht über der Wasserlinie befinden. In diesem Augenblick dachte er voller Grausen daran, daß das Schiff sehr bald sinken würde. Der Gedanke daran war durch die Gangster mit ihren Pistolen und durch die Angst vor dem Tiger weggewischt worden. Wie sollten sie noch herauskommen? Sie steckten in der Falle.

Er sah, wie Rogo vorsichtig seinen Kopf durch die Öffnung steckte und sich umblickte. Dann sah er den jungen Amerikaner und das Mädchen im nassen Anzug. Die Lampe hatte ihnen den Weg gewiesen. Von Manny war nichts zu sehen. Als er fragte, erklärte Rogo mit kurzen Worten, was vorgefallen war.

»Sie haben ihn erwischt. Wir hörten die Schüsse.« Rogo machte eine Pause und wischte sich mit öliger Hand die Stirn ab. »Warum hat er auch so etwas Verrücktes gemacht? Er wußte doch, daß die verdammte Pistole kaputt war.«

Er hatte Manny gemocht. Beide Rosens hatten ihm gefallen. Rogo sah seine Arbeit als Polizist dadurch gerechtfertigt, daß er Menschen wie die Rosens schützen konnte. Die kleinen, die armen, die anständigen Leute, sie alle brauchten jemanden wie Rogo, damit sie nicht in die Enge getrieben wurden. Rogo erschien es falsch, daß ein ruhiger alter Bursche wie Manny für ihn sterben mußte.

Er kletterte weiter, um einen Kessel herum und vorsichtig über die Trümmer hinweg.

»Warum hat er es getan, Martin? Du lieber Himmel, das war doch Selbstmord!«
»Genau das war es, Mr. Rogo«, sagte Martin. Er reichte dem Polizisten eine Hand, um ihn auf die Plattform hinaufzuziehen, wo sie warteten. »Er wollte ohne seine Belle nicht mehr leben. Sie wissen ja, wie die beiden zueinander hielten.«
Er wandte sich an Coby. »Sie liebten einander wirklich, Manny und Belle.« Dann erklärte er es auch Klaas. »Ich wußte es, ich sah es in seinen Augen. Er wollte sterben, und dabei ermöglichte er uns allen die Rettung.«
Rogo kratzte sich am Kopf. »Man kennt sich nie aus! Ein netter Bursche, aber wer würde ihn für einen Helden halten? Sie hätten sehen müssen, Martin, wie er diese Kerle eingeschüchtert hat.«
Der Augenblick der Erinnerung wurde rüde durch den Klang von Stimmen unterbrochen, die aus einiger Entfernung zu hören waren. Hastig zog sich die Gruppe aus dem Kesselraum zurück und verbarg sich in dem langen, Broadway genannten Korridor. Für Rogo und Martin hatte die neue Umgebung nichts Überraschendes an sich, doch die anderen, denen die auf dem Kopf stehende Welt noch ungewohnt war, entsetzten sich vor der Unwirklichkeit dieses Anblicks. Die vielen Rohre und Leitungen, die früher die Decke fast gänzlich überzogen hatten, waren jetzt auf dem Fußboden, und das Vorankommen gestaltete sich langsam und beschwerlich. Durch das Gewirr der Räume und Kammern drang nur wenig Licht zum Mittelkorridor. Der Geruch war entsetzlich. Der dumpfe Gestank des Meerwassers war untermischt mit Gerüchen, die aus den Lagerräumen stammten, mit Ausdünstungen von Speisen, Getränken und allen erdenklichen Vorräten, die beim Kentern des Schiffes in diese Brühe geraten waren. Helys Lampe beleuchtete von Zeit zu Zeit Leichen, die manchmal einzeln, manchmal auch zu mehreren in jammervollen Haufen zusammengepfercht dalagen.
Sie waren erst ein kleines Stück weitergelangt, als Rogo stehenblieb. Jetzt war die Zeit zum Nachdenken gekommen, doch die

Entscheidung mußte schnell fallen. Es war in der Hauptsache Jason, dem er seinen Plan vorlegte und dessen Einwilligung er suchte.
»Was meinen Sie dazu, Cowboy?« sagte er. »Martin kennt diesen verrückten Kahn ein wenig – er bringt Klaas und die Mädchen weiter in das Schiff hinunter und sucht ein Versteck, während wir diese Gauner willkommen heißen.«
Jason war einverstanden. »Ja, das sollten wir tun. Hely bleibt aber bei mir. Wir haben uns an das Zusammenspiel gewöhnt und wollen es nicht unterbrechen. Vielleicht brauche ich auch jemand, der wieder einen Tiger losläßt.« Sein Arm umfaßte ihre Hüfte.
»Okay«, sagte Rogo, während er etwas nervös nach vorn spähte. »Ich wüßte gern, wo der verdammte Tiger jetzt ist. Die Bestie macht mir gar keinen Spaß.«
Klaas schaltete sich ein. »Mr. Rogo, ich fürchte, wir haben einen großen Fehler begangen, indem wir hier hergelaufen sind. Das Schiff wird sinken, und dieses Tier ist los. Wir stecken in der Falle.«
Rogo fühlte sich kritisiert und wurde gleich ungeduldig. »Haben Sie eine bessere Idee? Wären wir dort geblieben, hätte man uns bestimmt niedergeschossen. Wenigstens bleibt uns hier eine Chance.«
»Welche Chance?« Dieses Mal war es Martin.
»Okay, ich werde es Ihnen sagen«, erwiderte Rogo. »Diese Burschen werden nach uns suchen. Ich und Jason können sie vielleicht überlisten. Wenn wir ihre Waffen in die Hand bekommen, können wir uns freischießen. Verstanden?«
»Er hat recht.« Rogo war erleichtert über Jasons Zustimmung. »Es ist keine große Chance, aber die einzige Hoffnung, die uns bleibt. Rogo und ich können uns unseren Platz aussuchen, und ihr anderen sucht euch das beste Versteck, bis es vorüber ist.«
Seine Worte schienen allen etwas Hoffnung zu geben. »Ich würde gern bei Ihnen bleiben, Jason«, bot sich Coby an. »Ich habe keine Angst.« Sie sah, daß er sie anlächelte, doch die Art, wie er es tat,

gefiel ihr nicht. Er nickte ihr freundlich zu, wie einem Kind, dem man Mut zusprechen will.

»Danke, Coby, aber es ist besser, wenn Sie sich Martin anschließen«, sagte er. Sie wollte gerade protestieren, als aus der Ferne ein Rufen zu hören war. Es klang wie Belas Stimme. Rogo ergriff Jason am Arm und flüsterte heiser: »Okay, Jason, Sie können das Frauenzimmer bei sich behalten, das ist Ihre Sache. Aber es geht hier nur um uns beide. Wir sind die einzigen, die es mit diesen Burschen aufnehmen können. Ich muß Ihnen trauen, aber ich bin nicht sicher, ob das richtig ist.«

»Wer hat Sie herausgeholt, als Sie das letzte Mal in der Patsche waren, Batman?«

»Ja, dafür danke ich, aber ich habe noch viele Fragen an Sie zu stellen, Jason. Jetzt hat es Zeit damit.«

Jasons Stimme hatte wieder den spöttelnden Unterton. »Sie brauchen nur ein wenig Vertrauen, Batman.«

»Hören Sie auf, mich Batman zu nennen, verdammt noch mal.« Aber in Rogos Stimme klang nicht mehr die gleiche Verdrossenheit wie zuvor. Die ursprüngliche Gegnerschaft war nicht mehr vorhanden, auch wenn noch ein gewisses Mißtrauen bestehenblieb. In Lebensanschauung und Temperament waren die beiden zu verschieden, doch sie hatten gegenseitig eine achtenswerte Eigenschaft erkannt, nämlich Mut. Ihr Dialog nahm allmählich den Charakter einer gewissen wechselseitigen Würdigung an.

In Jasons Antwort klang sogar etwas wie Freundschaft an: »Machen Sie sich keine Gedanken, Rogo. Wir werden diese Gorillas in den Urwald jagen.«

Er blickte in die Räume, die vom Korridor abzweigten, und versuchte, im trüben Licht etwas zu erkennen. »Leuchte mal hier herüber, Hely. Ja, hier gefällt mir's.«

Es war der Frisiersalon. Als sie beide hineinblickten, flüsterte Jason ihr zu: »Ist Madame an einer neuen Frisur interessiert?«

Auch Rogo ging wankend von Tür zu Tür. »Was für ein Unsinn!« sagte er wie zu sich selbst. »Mich Batman zu nennen.« Er hob seine

Stimme und rief Jason zu: »Sie wissen doch wohl, daß Sie dann Robin Hood sind!«

Das kleine Kino war genau der Raum, den Rogo gesucht hatte. Er war nahezu pechschwarz. Er hatte nur etwa ein Dutzend Sitzreihen, die am Boden, der jetzigen Decke, festgeschraubt waren; die Rückenlehnen hingen wie Fahnen an einem windstillen Tag in ihren Angeln. Rogo konnte die Sitze nahezu mit der Hand erreichen, wenn er sich hochreckte. Das Kino war ideal für seinen Plan. Rogo kannte sich mit Fallen aus. Er war im Leben in zu viele Fallen geraten, um nicht zu wissen, auf welch einfachen Grundsätzen sie beruhten. Eine Falle funktionierte wie ein Zaubertrick: Die Zuschauer blickten auf die linke Hand, während die rechte die Arbeit leistete. So einfach! Er glitt vorsichtig in den dunklen Raum. Suchend schwenkte er den Fuß herum. Er stieß an einen Stuhl. Das sollte genügen. Er war fast zufrieden. Gefahren machten ihm nichts aus, solange er sich wehren konnte. Der Tiger hatte ihn in Schrecken versetzt wegen der unerwarteten, ursprünglichen Kraft, die von ihm ausging. Unter Belas Waffendrohung hatte er sich frustriert gefühlt, da er nicht zurückschlagen konnte. Wie auch die Chancen standen, Mike Rogo hatte nicht die Absicht, bei dem bevorstehenden Kampf klein beizugeben. Und Jason kam noch hinzu. Martin war ein forscher kleiner Bursche, doch er hatte nicht die gehörige Erfahrung – die Erfahrung im Ring, wie es hieß, als Rogo noch Boxer war. Klaas war keine Kämpfernatur, das war ganz klar. Doch Jasons Aussehen und Verhalten deuteten darauf hin, daß mit ihm etwas anzufangen war. Allein schon die Art, wie er sich dem Tiger in den Weg gestellt hatte – der Mann hatte die Nerven behalten. Rogo entschied, daß es sich mit Jason zusammen gut kämpfen ließ. Er war froh, daß dieser Bursche ihm zur Seite stand. Die Fragen würden warten müssen.
Rogo löste die Träger, die seine Smokinghose hielten. Er hatte einen Gürtel tragen wollen, doch Linda hatte auf Hosenträgern bestanden: Sie würde nicht mit ihm zum Essen gehen, wenn er wie

ein Müllmann aussähe, hatte sie gesagt. Seltsam, dachte er, jetzt konnte dies ihm das Leben retten. Man weiß eben nie, wie es kommt. Seine Hose rutschte erneut, er zog sie hoch und fluchte in der Dunkelheit vor sich hin.

Die bizarren Auswirkungen, die das Kentern der ›Poseidon‹ verursacht hatte, zeigten sich nirgends so anschaulich wie im Frisiersalon. Helys Lampe enthüllte eine außergewöhnliche Welt vertrauter Gegenstände, die plötzlich fremd wirkten. Die großen, dick gepolsterten Stühle hingen an ihren verchromten Untersätzen. Aus den Waschbecken baumelten die Stöpsel sinnlos an ihren Ketten. Auf dem Fußboden sammelten sich Stapel von Perücken, Haarnetzen, Lockenwicklern, Flaschen, Shampoos, Kämmen und Bürsten.

Jason erkundete den Raum nach seinen Möglichkeiten. »Ja, das wird gehen«, sagte er. »Das Problem ist, ich kann zwar die Falle auslegen, aber wie kann ich die Ratte dazu bringen, daß sie hineinläuft?«

»Wie meinst du das?« Hely untersuchte die Einzelheiten ihrer Umgebung.

»Nun«, erklärte er, »er wird durch diese Tür ziemlich vorsichtig kommen, auch wenn wir nicht bewaffnet sind. Und wenn er mich sieht, bevor ich ihn erwische . . .« Er machte die Handbewegung des Abschießens.

»Ich werde dafür sorgen, daß er in deine Falle läuft«, sagte Hely.

Er machte ein erstauntes Gesicht. »Wie denn?«

»Auf die älteste Art der Welt.« Hely zog den Reißverschluß an der Vorderseite ihres nassen Anzuges herunter. Er fiel auseinander. Ihr entblößter Körper glänzte im trüben Dämmerlicht. »Vielleicht ist er dann eine Minute lang von Sinnen.«

Jason ließ seine Hand in die geöffnete Hülle gleiten und fühlte, wie sich die Kurve ihres Rückens unter seiner Berührung straffte. Sie war wie eine gespannte Feder, und ihr Körper bäumte sich in seinen Händen auf, als sie sich gegen ihn drängte. Sie streckte ihm

den geöffneten Mund entgegen. Dann lehnte sie sich zurück und blickte ihn an.
»Von Anfang an wollte ich dich«, sagte sie. »Du bist ein richtiger Mann, das habe ich sofort gewußt. Auch Rogo erkannte es, deshalb war er auch gereizt. Du und der Tiger, das war das Mutigste, das ich je erlebt habe. Bitte, Jason, du mußt mich auch wollen!«
»Du suchst dir wirklich seltsame Situationen aus, um einen Mann scharf zu machen.« Seine Stimme hatte aber nicht den leichtherzigen Ton, der sonst seine Art war. »Ja, ich will dich auch, Hely. Wir sind Leute, die zusammenpassen. Wir sind besondere Menschen. Du und ich, wir gehören zueinander.«
Es war die seltene Übereinkunft zweier unabhängiger Menschen, die nie zuvor das leidvolle Gefühl des Verlangens kennengelernt hatten. Sie waren einander wie zwei Champions begegnet, die sich gegenseitig hochschätzten. Während er sie noch immer umfaßt hielt, besiegelten seine Worte eine im Angesicht des Untergangs getroffene Vereinbarung.
Doch Hely konnte die Tasche an ihrem Gürtel nicht vergessen. In ihr waren die Ringe und die anderen Schmuckstücke, die sie verraten konnten. Sie mußte herausfinden, ob Jason nicht nur stark, sondern auch skrupellos war. Sein Verhalten dem Polizisten gegenüber deutete darauf hin, daß er Gesetz und Ordnung nicht sehr respektierte. Doch die Abfuhr, die er Bela erteilt hatte, ließ vermuten, daß er ein Mann mit Grundsätzen war. Hely mußte herausfinden, woran sie war.
»Du hättest mit Bela einen Handel machen können«, sagte sie. »Warum hast du es nicht getan? Weil er für Geld Leute umbringt?«
Seine Hände lagen um ihre Hüfte. Sein Gesicht verzog sich zu einem Grinsen. »Nein, das ist es nicht. Ich kümmere mich kaum noch darum, was die Welt Moral nennt. Früher tat ich es, glaube mir. Und was das betrifft, erst wurde ich als Held gefeiert, dann zum Mörder abgestempelt und schließlich verachtet. Die Moral ist wie das Wetter. Man kann sich nicht darauf verlassen.«

Ihre Hände streichelten leicht sein Gesicht. »Ich verstehe das nicht«, sagte sie.
Er blickte sie versonnen an. Eine Kränkung, die er nicht verwinden konnte, lag in seinem Blick. »Vietnam. Okay? Sie schickten mich dorthin. Um für die Freiheit zu kämpfen, um die Schufte mit den schwarzen Hüten und die Banditen aus der Stadt zu jagen. Doch dann meinte man, die Burschen mit den schwarzen Hüten seien keine solchen Bösewichte, man überließ ihnen die Stadt, und mein Status als Held, verschob sich zu dem eines Mörders.«
Hely begann zu verstehen. »Macht es etwas aus, was die Leute denken?« fragte sie.
Er sann noch immer den Ereignissen nach. »Nein, das glaube ich nicht. Doch es macht etwas aus, was ich über mich selbst denke. Ich habe viele von den kleinen braunen Burschen niedergeschossen, weil ich dachte, *sie* wären Mörder. Jetzt sagen alle Leute, es seien nette, heimatliebende, steuerzahlende Bürger gewesen, die nur ihr Land auf ihre Weise gestalten wollten. Und ich? Kann ich Menschen, die ich umbrachte, wieder zum Leben erwecken? Dabei bin ich eigentlich ein umgänglicher Mensch. Einen von ihnen hatte ich gut gekannt. Manchmal ging ich mit ihm ein Bier trinken. Brachte ihm das Pokerspielen bei. Lernte seine Familie kennen. Er war ein prachtvoller Bursche. Wenn er über die Zukunft nachdachte, sagte ich: ›Mach dir keine Sorgen, Onkel Sam steht hinter euch. Wir bringen euch durch.‹ An dem Tage, als wir das Land verließen, sah ich ihn in der Menge. Er stand da und beobachtete uns. Er winkte nicht, und er brauchte mich nicht einen Verräter zu nennen, aber ich wußte, was er dachte. Wir haben ihn im Stich gelassen, besser gesagt, ich ließ ihn im Stich. Die Vietkongs müssen ihn dann erwischt haben. Wenn ich die Augen schließe, dann sehe ich häufig sein Gesicht von mir.«
Bei aller Leidenschaft, die sie für ihn empfand, spürte Hely klar, daß sie mit einem anständigen Mann sprach. Sie wußte, daß er nie herausfinden durfte, was sich in ihrer Tasche befand. Er würde es nicht tolerieren. Womit er sich jetzt beschäftigte, mochte zwar il-

legal sein, doch die Lebensweise, die sie führte, ließ sich mit der seinen nicht vergleichen. Er würde es nie erfahren.
»Und was ist mit mir?« fragte Hely. »Du weißt nichts über mich. Ich könnte so sein wie Bela. Ich könnte eine Räuberin sein oder eine Hure.«
Er blickte sie belustigt an. »Auch wenn man noch nie Gold gesehen hat, weiß man beim ersten Anblick, was man vor sich hat. Du bist Gold.«
Sie küßte ihn wieder, diesmal etwas zurückhaltender, und wußte, daß sie seiner sicher sein konnte.
Die Stimmen, die den Broadway entlang schallten, drangen bis zu ihnen. »Schnell!« flüsterte Jason Hely zu. »Du weißt, was du zu tun hast. Du angelst, und ich schlage zu.«

Martin stand in der Tür, die zur Schiffsbibliothek führte, und betrachtete das Durcheinander, soweit es das Dämmerlicht gestattete. Als das Schiff kenterte, kippten auch die Regale, die den Raum umgaben, und der Inhalt breitete sich auf der Decke, dem jetzigen Fußboden aus. Überall lagen Bücher umher, in großen, mit Feuchtigkeit durchtränkten Haufen. An manchen Stellen türmten sich die Reste zersplitterter Tische und Stühle. Ein Regal war unerklärlicherweise fast völlig intakt geblieben. Ein paar Schrauben hielten es an der Wand fest, und fast alle Bücher standen noch in Reih und Glied. In der wüsten Umgebung machte das Regal einen seltsam ordentlichen Eindruck.
»Hier müßten wir sicher sein«, sagte Martin, während er Coby und ihren Vater hineinführte.
Das Ganze ist eine Zumutung, dachte Martin. Wo immer eine Gefahr drohte, wurde er den Nichtkombattanten zugeordnet, den alten Männern und den Frauen. Er war auch nicht weniger tapfer als die anderen. Rogo hatte sich mehr als er vor dem Tiger gefürchtet. Hätte man ihm eine Chance gegeben, dann wäre er Bela mutig entgegengetreten. Der demütigende Verlauf seines Lebens wiederholte sich ständig. Armer kleiner James! Spiele nicht mit

den großen Jungen, James. Du bist zu klein für die Fußballmannschaft, James. Streite nicht mit ihm, er ist stärker als du, James. Sein ganzes Leben lang hatten sie ihm Sand ins Gesicht gestreut, und jetzt taten sie es wieder. Sie hatten ihn mit dem friedfertigen Holländer und dem jungen Mädchen zusammengetan und ihm gesagt, er solle sich verstecken, bis alles vorüber war. Er war verärgert, und, wie gewöhnlich, kümmerte sich niemand darum.
Er war mit Klaas und dem Mädchen den Broadway entlanggegangen, bis sie auf das Wasser gestoßen waren. Fast wären sie hineingelaufen. Das Meer wartete still und bösartig auf den Augenblick, wo es den Rest des Schiffes überfluten konnte. Dann hatte er sie zurückgeführt zu dem ersten Raum, der frei von Wasser war. Er schätzte, daß sie etwa sechzig Meter weiter im Schiffsinneren waren als Rogo und Jason. Nun, er hatte wenigstens getan, was man von ihm verlangt hatte. Er hatte einen Zufluchtsort gefunden.
Das Mädchen hielt seinen Arm umklammert. Ein hübsches Mädchen, dachte er. Er spürte, wie ihre Finger seinen Arm fast umschlossen, und wieder hatte er das Gefühl der Unterlegenheit. Rogos Arm hätte sie kaum mit beiden Händen umspannen können. Und er hatte auch bemerkt, wie ihre Blicke an Jason gehangen hatten. Niemand hatte James Martin jemals so bewundernd angeblickt. Er streichelte ihre Finger und sagte: »Machen Sie sich keine Gedanken, ich kümmere mich um Sie.« Es hörte sich durchaus männlich an.
Ihre Finger preßten seinen Arm. »Danke«, sagte sie. »Ich weiß, Jason wird uns alle aus diesen Schwierigkeiten helfen. Meinen Sie nicht auch, daß er ein ganz besonderer Mann ist?«
Der heimliche Unmut, den er ein ganzes Leben hindurch gegenüber allen diesen Jasons empfunden hatte, machte sich Luft. »Ich würde ihm nicht allzusehr trauen, Miss. Wir wissen nicht einmal, weshalb er hierhergekommen ist. Man sollte sich auf einen solchen Menschen nicht verlassen. Er kommt mir wie ein Gauner vor.«
»Aber nein!« Coby war entgeistert. »Er hat uns doch gerettet, oder etwa nicht?«

Martin taten seine Worte schon leid, während er noch sprach. »Ich glaube, er interessiert sich am meisten dafür, diese Blondine zu retten, und wir wissen wohl alle, warum.«
In ihren Augen blitzte die Eifersucht einer erwachenden jungen Frau. »Damit wollen Sie sagen«, meinte Coby, »daß sie von Anfang an hinter ihm her gewesen ist . . .«
Der erste Schrei unterbrach sie mitten im Satz. Er war hoch und schrill und hörte erst auf, als die Stimme versagte. Es folgte ein zweiter, dann ein dritter Schrei. Es war ein verzweiflungsvoller Aufschrei. Es gab keinen Zweifel, aus welcher Richtung er kam. Er kam aus dem Inneren der Bibliothek.

9 Die Fallen

Kapitän Bela betrachtete mit Abscheu den grauen Ölrand, der sich auf seiner Manschette abzeichnete. Sie war schmutzig. Die ganze Operation war schmutzig geworden. Kapitän Bela, der sich immer rühmte, daß seine Arbeit so sei wie seine Manschetten, sauber und makellos, war irritiert, daß dies im Augenblick nicht zutraf.
Er stand im Inneren des Behälters. Der Strahl seiner Lampe zeigte ganz deutlich auf die Beute, die ihn zur ›Poseidon‹ gelockt hatte, doch der Triumph war ihm verdorben.
Die stark vernagelten und verdrahteten Verpackungskisten hatten fast alle die Schlingerbewegungen des Schiffes überstanden. Eine von ihnen, die in die Ecke neben der Tür geschleudert worden war, war zersplittert, und einige Goldbarren waren herausgefallen. Bela nahm einen davon in die linke Hand. Er warf das Licht der Lampe schimmernd zurück. Er war klein und schmal, wie ein Streifen Schokolade. Auf das Metall geprägt waren die Worte ›Ein Kilo Gold‹. Der Barren mußte viertausend Dollar wert sein. Und da war auch noch die Prägung der berühmten ›vier Neunen‹ –

999.9. Selbst Gold ist nicht völlig perfekt, dachte Bela. Doch er wußte auch, daß die Magie des Goldes jenseits von Abmessungen und Wertbestimmungen wirkte. Gold ist wie eine Frau, dachte Bela. Man kann ihre Maße auf Papier festhalten, doch man kann die Macht ihrer Schönheit nicht messen. Gold und Frauen: Die Unberechenbaren, die Unwägbaren, die Währung der Macht.

Er behielt den Barren in der Hand, während er sich in Richtung zu dem Rechteck auf den Weg machte, das seine Männer in die Schiffswand geschnitten hatten. Das Gold war da, um in Besitz genommen zu werden. Zweifellos. Das meiste davon müßte er seinen Auftraggebern in Athen zurückgeben, die ihn für seine Tatkraft und sein Stillschweigen reichlich belohnen würden. Doch da niemand es wagen konnte, Fragen nach dem Verbleib zu stellen, war Kapitän Bela der Meinung, daß mehrere Barren verschwinden sollten, wodurch sich sein Schweizer Bankkonto erheblich aufbessern würde.

Er fluchte leise über die Schwierigkeiten, die sich ihm in den Weg stellten, während er über die Metalltrümmer hinwegstieg. Es war, dachte er, die Tragödie der westlichen Länder, daß sie nicht einmal die Grundregeln verstanden, auf denen sie ihre Lebensanschauung aufbauten. Sie erfaßten nicht einmal den Grundstein ihrer eigenen kindischen Ethik: den Marktpreis. Ein solches Beispiel hatte er gerade erlebt. Jason hatte sich in einer angemessenen Verhandlungsposition befunden, denn Bela hatte ihm den Preis angeboten, der sich aus der Situation ergab. Doch der Amerikaner hatte dann aus einem irrationalen Impuls heraus reagiert und damit alles durcheinandergebracht. Jason war ein Romantiker, und Bela fluchte über seine eigene Dummheit: daß er versucht hatte, mit ihm zu verhandeln. Solche Menschen brachten immer rein subjektive Beweggründe in klare Geschäftsabmachungen hinein. Ihre Reaktionen ließen sich nicht vorhersehen. Und dennoch, seufzte Bela, galten die Amerikaner als die großen Kapitalisten, die es verstanden, Geschäfte zu machen.

Er hätte sich nicht überrumpeln lassen sollen. Er hatte von Jasons

Tätigkeit im Mittelmeerraum gehört, und er hätte sich mit einem solchen Romantiker mit verschwommenen Grundsätzen nicht einlassen dürfen. Wie Bela schien auch Jason sich nicht an die Gesetze gebunden zu fühlen. Auch seine Tätigkeit schien gefährlich zu sein. Doch während Bela sich nach klaren Grundsätzen richtete, die durch den Marktpreis geregelt waren, traf dies auf Jason nicht zu.

Bela war Jason zum ersten Mal begegnet, als die ›Komarevo‹ zur Zeit der türkischen Invasion griechische Zyprioten von der Insel abgeholt hatte. Menschen und Waffen mußte schnell und stillschweigend befördert werden. Manche Flüchtlinge, die für ihre Rechnung bezahlt hatten, mußten erleben, wie Bela lächelnd eine zweite Zahlung entgegennahm und sie an ihre Feinde auslieferte. Das gehörte zum Geschäft. Auch Jason hatte Menschen und Waffen befördert, doch häufig ohne jegliches Entgelt, wie man hörte. Dies verdarb natürlich das Geschäft für berufsmäßige Dunkelmänner wie Bela. Für Jason als Amerikaner gab es weder einen persönlichen noch einen politischen Anlaß, mit dem Leben solcher Menschen, die ihre Angelegenheiten nicht selbst regeln konnten, Handel zu treiben. Andere Gerüchte besagten, daß der blonde Amerikaner seine Hand bei unerlaubten Seehandelsgeschäften im Spiel hatte, Gerüchte über seinen Wagemut und seine Unerschrockenheit. Kapitän Bela wußte, daß Jason ein Mann war, den man respektieren mußte. Ein Kapitalist, der mit Verlust arbeitete – kein Wunder, daß der Westen in die Brüche ging!

Bela legte den flachen Barren auf ein Sims neben der Strickleiter. Dieser eine Barren würde ausreichen, um eine Anzahl seiner Schneiderrechnungen zu bezahlen. Doch im Augenblick war es erforderlich, etwas Ordnung in dieses Geschäft zu bringen. Er hatte Fehler begangen, und er mußte sie schnell korrigieren. Er hätte sich nicht auf ein Streitgespräch mit Jason einlassen dürfen, sondern ihn sofort beseitigen müssen. Es stimmte, Jason hatte viele Freunde, und vielleicht hätte sich Bela hinter den Eisernen Vorhang zurückziehen und eine Zeitlang ein spartanisches Leben

führen müssen. Dies wäre zwar eine Unbequemlichkeit – aber Jason mußte sterben. Dies galt auch für den Polizisten. So war es mit seinen Auftraggebern vereinbart.
Sein anderer Fehler war, daß er seinen Gleichmut verloren hatte. Bela geriet sonst nie aus der Fassung. Dies war seine beste Eigenschaft. Er behielt immer seine Gelassenheit, und das hielt ihn bei klarem Verstand. Dieses eine Mal hatte er versagt, und es ärgerte ihn. Vielleicht lag es an Jasons aufreizenden Worten, vielleicht an dem hartnäckigen Polizisten, vielleicht war es der Schock, den der Tiger bewirkte, oder die Dummheit des alten Mannes, der mit einer Pistole auf ihn zielte. Was immer Anlaß gewesen sein mochte, er hatte seine Selbstkontrolle verloren, als er ansehen mußte, wie die Leute ins Schiffsinnere entflohen, und spontan hatte er Anton und den anderen befohlen, die Flüchtlinge zu fangen. Besser wäre gewesen, er hätte sie ihrem Schicksal überlassen, denn das Schiff würde ohnehin bald sinken. Er hätte auch abwarten und sie umbringen können, wenn sie den Versuch zur Rückkehr unternahmen. Es war jedenfalls nutzlos, das Risiko einer Jagd nach ihnen auf sich zu nehmen. Anton und seine Männer verstanden jedoch glücklicherweise ihr Handwerk, und Jasons zusammengewürfelte Gruppe war unbewaffnet; also sollte sich die Angelegenheit leicht regeln lassen.
Soweit in Ordnung, dachte er. Blieben nur noch zwei Überlegungen übrig. Zunächst mußte das Gold transportiert werden. Er brauchte zehn bis zwölf Mann von der ›Komarevo‹, um die Barren schnellstens auf sein Schiff zu bringen. Und sie mußten bewaffnet sein, um mit Jason und den anderen fertig zu werden, falls Anton dies nicht gelingen sollte. Es war bereits sehr viel Zeit vergeudet worden.
Ein leichtes Lächeln erschien auf seinem scharfgeschnittenen, intelligenten Gesicht. Trotz der Schwierigkeiten hatte er das Problem auf recht einfache Weise geklärt. Mit entschlossenen, schnellen Schritten kletterte er die Strickleiter empor, und kaum oben angelangt, erteilte er dem Mann in der Pinasse bereits An-

weisungen. Das Lächeln verschwand. Er hatte sich einen Kopf vom Blazer abgerissen.

Teils laufend, teils kletternd bahnten sich Anton und die beiden anderen Pistolenmänner ihren Weg über die Trümmer des Kesselraums. Bela hatte sie mit lauten, wütenden Rufen angetrieben: »Hinterher! Bringt sie um! Seid ihr etwa Schlappschwänze?« Einen solchen Wutausbruch hatten sie bei ihrem Kapitän noch nie kennengelernt, und so stürzten sie sich den Schiffsgang entlang ins Innere, so schnell sie laufen konnten.
Anton war mißgestimmt. Selbst ihm war jetzt klar geworden, daß die Dinge nicht nach Plan abliefen. Kapitän Belas Wut bestätigte dies. Anton war der erste, der an der offenen Tür des Kesselraums anlangte. Schweratmend blieb er stehen und beleuchtete den vor ihm liegenden Korridor mit seiner Lampe. Seine Nase blutete. Er hatte Magenschmerzen. Seine Zehe tat ihm weh. Der Polizist hatte ihn überlistet. Anton hatte nicht mit ihm spielen können. Er empfand warme Vorfreude bei dem Gedanken, wie er den kleinen Polizisten quälen könnte, wenn er ihn erwischte, und wie der Bursche schreien würde, wenn er dessen Körper zusammendrückte.
Es dauerte mehrere Sekunden, bis er merkte, daß dies ein wirklicher Schrei war, nicht der Aufschrei, den er sich erträumte. Es war ein langer, hoher Jammerruf, dem noch zwei weitere folgten, und er kam von weither, vom Ende des Korridors, jenseits der Umrisse der Wände und Türen, die er im Lampenschein erkennen konnte. Es mußte sich um eines der beiden Mädchen handeln, die sich dort unten versteckt hielten. Anton wollte der erste sein, der sie fand, weil dies vergnüglich zu werden versprach und weil Kapitän Bela ihn mit einem Lächeln auszeichnen würde.
Er machte sich auf den Weg ins Dunkle, immer wieder über Hindernisse stolpernd. Er wollte sie finden. Dann würde es abends Vergnügen und Geld, Mädchen und Wodka geben.
Die anderen beiden sahen zu, wie er loslief. Der Einäugige – über

dem anderen Auge trug er eine Klappe – hatte in der Panik beim Ausbruch des Tigers seine Pistole verloren. Doch er hatte sie wiedergefunden, und jetzt leuchtete er Anton mit seiner Lampe hinterher, der den Korridor entlangtrabte. »Lassen wir ihn laufen«, sagte er zu dem anderen Mann. »Wir werden vorsichtiger sein. Die anderen sind nicht bewaffnet, aber wir werden es nicht darauf ankommen lassen.«

Der andere nickte zustimmend. Er war ein schmalgesichtiger, bleicher Mann. Ein dünner Schnurrbart hing von seiner Oberlippe herab. Die Ereignisse im Maschinenraum hatten auch ihn aus der Fassung gebracht. Doch er hatte sich rechtzeitig gefangen und den alten Mann erschossen. Auch er hielt die Lampe in der einen, die Pistole in der anderen Hand. »Anton ist verrückt«, murmelte er.

Vorsichtig, mit eingezogenen Köpfen, machten sie sich den Broadway entlang auf den Weg. Sie kümmerten sich nicht um die Leichen, an die sie mit den Füßen stießen; Tote erschreckten sie nicht. Auch der beißende Geruch störte sie nicht.

Der Einäugige übernahm die linke Seite. Nach ein paar Schritten gelangte er an mehrere Türen, die zum Teil offenstanden. Der nächstliegende Raum war ein Vorratsraum gewesen, wie er an den zerbrochenen Regalen und umherliegenden Büchsen erkannte. Hier konnte sich niemand verbergen. Auch in zwei weiteren Räumen war nichts zu entdecken. Sein Gefährte war ihm um mehrere Schritte voraus, da er weniger Räume zu durchforschen hatte. Von hinten betrachtet, glich er einem schlurfenden Schatten.

Beim nächsten Raum dauerte es länger. Es war das Spielzimmer der Kinder. Dies bedeutete, daß sie sich in dem Teil des Korridors befanden, der den Passagieren zur Verfügung stand. Vergeblich suchte er hinter den umgestürzten Spielzeughäuschen. Nichts war da, das seinen Verdacht erregte.

Die nächste Tür stand bereits offen. Wiederum stand er lauschend da; aus dem wirren Durcheinander, das ihn umgab, erkannte er allmählich, daß es sich um den Frisiersalon handelte. Ruckartig schnellte er seine Pistole hoch, als der Strahl seiner Lampe plötzlich das Mädchen beleuchtete. Sie stand an der gegenüberliegenden Wand mit ausgebreiteten Armen und ausgestreckten Händen. Der Reißverschluß ihres Anzugs war geöffnet, und die braunen und goldenen Tönungen ihres Körpers brannten wie Flammen in dem kalten schwarzen Sarg des Schiffes. Ihre Haltung, mit gespreizten Beinen, zurückgeworfenem Kopf und geöffneten Lippen, war unzweideutig. Sie bewegte eine Hand und winkte ihn mit den Fingern heran. Ihr Körper bog sich nach hinten, und eine Strähne ihres silbrigen Haars fiel über ihre Schulter. Wie gebannt bewegte er sich auf sie zu, die Lampe, die Pistole und sein Auge auf diesen straff gespannten Körper gerichtet.

In Sekundenbruchteilen kann der Geist ein Bild lediglich registrieren, ohne es zu analysieren oder zu überdenken. Er sah ganz klar das Mädchen. Er sah auch, daß sich in das Bild ein Bein hineinbewegte. Von oben, aus der Dunkelheit heraus. Es erschien wie ein einzelnes, amputiertes Bein. Und es bewegte sich schnell. Was sein Auge registrierte, war das ausgeblichene Blau des Stoffes, das am Knie fast weiß war. Das war alles. Die beiden Trugbilder, das halbnackte Mädchen und das körperlose Bein, zerplatzten, als der Fuß auf seine Kehle trat. Der Tritt traf den Hals direkt unter dem Kinn und war unvermittelt und hart. Er hustete kurz auf und sackte nach hinten zusammen. Seine Trugbilder erstarben mit ihm.

An dem Knacken, das Jason unter seinem Fuß verspürte, erkannte er, daß der Mann sein Genick gebrochen hatte. Jason ließ den an der Decke hängenden Stuhl los, an dem er sich wie ein Affe festgeklammert hatte, und glitt langsam zum Fußboden herab.

Er drehte den Mann um. Das eine Auge starrte ihn an. Er war tot.

»Mädchen kann er nun wohl nicht mehr behelligen«, sagte Jason.

»Du warst großartig, Hely. Das war ein Schauspiel für Kenner. Beinahe vergaß ich, auf den Kerl loszuspringen.«

»Das war keine Schauspielerei, Jason«, sagte Hely. Er blickte sie an. »Nein, Jason. Es war für dich. Jetzt!«

Der Ton war gebieterisch. Jason richtete sich auf und schritt auf sie zu. Als sich ihre Blicke trafen, erkannten beide die Kraft, die sie zueinander zog. Sie ging über Zuneigung und Liebe hinaus. Sie überstieg sogar Begierde und Sexualität. Sie war eine jener dunklen, elementaren Mächte, die jenseits aller Moralbegriffe liegen – ein Naturtrieb, der alles andere in den Schatten stellte. Dieser Trieb war Leben und Tod, die sich vereinen. Und eine Zeitlang drehte sich die ganze Erde um die Achse ihrer Körper, die einander begehrten, bis sie sich schließlich erschöpft in die Arme sanken.

So natürlich, wie die Schreie und Seufzer aus ihrem Mund gekommen waren, liefen jetzt die Tränen aus Helys Augen. Sie schluchzte selig an seiner Schulter. Sie weinte Tränen der Wonne. Sie hatte in sich neue Fähigkeiten der Empfindung entdeckt. Sie war nicht mehr frei und ungebunden. Sie war nicht mehr unberührt von der Umwelt. Sie fühlte sich als Teil der Umwelt, und sie weinte sich aus.

Sie würde die Ringe wegwerfen, dachte sie. Die Ringe spielten jetzt keine Rolle mehr. Sie lag in seinem Schoß, während er sich mit hochgezogenen Knien an die Wand lehnte. Sie hörte seine tröstende Stimme, während die Tränen ihr noch immer über die Wangen liefen.

Er erzählte über seine frühen Jahre. Er war in irgendeiner kleinen Stadt aufgewachsen, wo er als Junge zum Angeln gegangen war. Er erzählte auch von Menschen, die schlitzäugig genannt wurden und die plötzlich auch ganz normale Wesen zu sein schienen, und von einem Freund, der mit ihm zum Angeln ging und der ihm später, als er mit dem Hubschrauber wegflog, nicht mehr nachwinkte, sondern zurückblieb, um zu sterben.

Er sprach von denen, die er »die kleinen Leute« nannte, den Opfern der internationalen Politik, die durch diktatorische oder willkürliche Maßnahmen aus der Bahn geworfen wurden. Von den kleinen Leuten überall auf der Welt, deren Leben im Namen des Fortschritts aufs Spiel gesetzt werden.

Wie in Trance hörte sie seine Stimme: »Alles, was ich gelernt habe, hatte mit Krieg zu tun. Ich kann mit allen Waffen umgehen,

kann einen Panzer fahren, kann einen Hubschrauber fliegen, kann ein Boot steuern, auf einen Berg klettern, sogar mit bloßen Händen töten. Das ist mein Handwerk. Erst jetzt versuche ich, eine Schuld auszugleichen, die ich nicht voll zurückzahlen kann.«
Manches davon verstand sie. Alles, was er sagte, enthüllte einen Menschen, der von seinem Gewissen vorangetrieben wurde, einem Gewissen, das mit Bestimmtheit auch ihr Leben wandeln würde, so wie es sein Leben verändert hatte.

Der Schnurrbart war nicht so gewachsen, wie er es erhofft hatte. Mit dem Handrücken strich er darüber hinweg, und er fühlte sich weich und schütter an. Es war nicht leicht, als Zwanzigjähriger bereits für einen ganzen Kerl gehalten zu werden, wenn man nicht einmal einen männlichen Schnurrbart vorweisen konnte.
Er stieß die Tür zu seiner Rechten auf. Der Raum sah wie ein kleines Theater aus. Vom Korridor aus war nicht viel zu erkennen, und deshalb wollte er das Zimmer anschließend mit seiner Lampe auskundschaften.
Bisher war dies kein erfolgreicher Tag für sie alle gewesen. Es ärgerte ihn, daß ihn die anderen Männer von der ›Komarevo‹ nicht für voll nahmen und ihn wegen seiner Jugend, wegen seines schwachen Körperbaus und seines lächerlichen Schnurrbarts neckten. Sogar Bela hatte gesagt, daß der Bart wie der eines Mäusebabys aussehe, und die anderen hatten gelacht.
Und dann kam der Ausbruch des Tigers. Er war nicht weggelaufen, sondern wie erstarrt in der Ecke herumgestanden, die Pistole nutzlos in der Hand. Als er sich dann erholt hatte, erschoß er den dummen alten Mann, und der Kapitän gab auch noch zwei Schüsse auf ihn ab. Bela war wütend über den schlechten Verlauf der Unternehmung. Aber jetzt bot sich ihm eine Chance, seinem Chef zu imponieren und die Situation zu retten. Es handelte sich nur um vier Männer und zwei Mädchen, die alle unbewaffnet waren. Er würde sie aufspüren und erledigen. Dann würde ihn Bela respektieren, und die anderen würden aufhören, ihn wie ein Kind zu behandeln.

Langsam schritt er durch die geöffnete Tür. Seinen rechten Zeigefinger hielt er schußbereit am Abzug. Mit der Linken hielt er die Lampe und stützte gleichzeitig den Lauf der Waffe. Er durfte jetzt keinen Fehler machen.
Ja, dies war ein Theater. Seine Lampe beleuchtete die herabhängenden Sitze. Dieses Gefühl, alles auf den Kopf gestellt betrachten zu müssen, war wirklich seltsam. Die Luft war dumpf und drükkend. Er mußte seine Beine spreizen, um auf der gewölbten Decke seine aufrechte Haltung beizubehalten. Seine Füße bewegten sich langsam vorwärts, bis sie an einen schweren, weichen Gegenstand stießen. Er wußte, um was es sich handelte. Eine Leiche. Seine Lampe beleuchtete weitere drei oder vier von ihnen: Männer, nach der Kleidung zu urteilen. Zwei von ihnen trugen Dinnerjacketts. Ein weiterer war im Unterhemd. Warum mochte er wohl am Neujahrsabend halb ausgezogen erschienen sein? Nun, wenigstens hatte er es sich bequem gemacht, bevor er starb.
Irgendetwas stimmte nicht mit den Sitzen über seinem Kopf. Einer von ihnen, nur einer, hing nicht kopfüber. Eine Art Band pendelte von ihm herab. Der Sitz fiel plötzlich polternd nach unten, und er fühlte, wie seine Nerven zerrten und sein Magen sich zusammenkrümmte. Pistole und Lampe zielten auf den Sitz. Weshalb hatte sich plötzlich etwas bewegt? Sein linkes Bein ruhte auf dem Rücken einer der Leichen; es war der mit dem Unterhemd. Augen, Lampe, Pistole und Nerven, alles war auf diesen Sitz gerichtet, der die perfekte Symmetrie dieser Reihe umgekehrter Grabsteine vervollständigt hatte.
Seltsam, diese Bewegung des Sitzes. Noch etwas anderes war seltsam. Doch als er erkannte, was es war, war es schon zu spät. Es war der Körper unter seinem Bein: Er war *warm*. Bevor er eine Möglichkeit hatte, den Gedanken weiterzuverfolgen, war er schon in die Luft und durch den Raum katapultiert worden. Der unter ihm liegende Körper hatte ihn drei bis vier Meter weggeschleudert. Er landete auf dem Gesicht, Arme und Beine zappelten, und ein paar Augenblicke drehte er sich, wie ein gefallener Eisläufer,

auf einer glatten Glasoberfläche. Seine Pistole war weg. Wohin war sie gerutscht? Wild fuchtelnd schwenkte er die Lampe. Die Pistole mußte irgendwo in der Nähe sein. Plötzlich sah er, daß der tote Mann aufstand. Die stämmige Gestalt im Unterhemd bewegte sich auf ihn zu, mit gebeugten Armen, die eine Schnur oder etwas Ähnliches hielten. Halb aufgerichtet erfaßte er die Lampe mit beiden Hände, um den Lichtschein zu stabilisieren. Er mußte die Pistole finden, bevor dieser höchst lebendige Leichnam ihn erwischen konnte.
Der Lichtschein erfaßte endlich die Pistole, die etwa vier Meter weiter nach links an die Wand gerutscht war. Er brauchte nur zwei Sprünge, zwei Katzensprünge zu machen, um sie zu erreichen. Aber er hatte keine Zeit mehr. Die Gestalt hatte ihn schon fast erreicht. Plötzlich gab es ein krachendes, splitterndes Geräusch. Die Gestalt versank um eine Fußlänge im Boden, blickte verdutzt auf und rief mit erhobenen Händen: »Verdammter Mist!« Natürlich, die Beleuchtungskörper! Die Theaterlichter waren gläserne, in die Decke eingelassene Lampen. Auf dieser Glasfläche war er gerutscht. Und der stämmige Mann war durchgebrochen. Um seine Waden herum hielten ihn scharfe, gläserne Messer fest.
Belas Mann stieß ein Triumphgeheul aus und sprang auf die Pistole zu. Er landete auf halbem Wege und sprang erneut. Doch der in die Falle geratene Mann faßte sich an die Beine, zog sie aus den scharfen Glassplittern und warf sich ihm entgegen.
Verzweifelt kämpfte sich Belas Mann vor, um seine Pistole wiederzuerlangen. Sie war noch handwarm. Statt einem Seufzer der Erleichterung entrang sich ihm jedoch ein Schmerzensschrei, als er fühlte, wie zwei Knie gleich Prellböcken in seinen Rücken stießen. Dann spürte er, wie rauhes, stoppeliges Material an seinem Gesicht entlangfuhr und sich um seinen Hals herum straffte. Er bekam keine Luft mehr, nicht einmal die verbrauchte Luft, die vorher da war. Weiße Lichter erschienen hinter seinen Augen, und seine Zunge wurde dick wie ein Ballon. Dann erloschen die blendenden Lichter in seinem Kopf.

Rogo blieb eine ganze Minute danach auf dem Rücken liegen und hielt dabei seine Hosenträger so fest gespannt, wie seine Hände es vermochten. Dann richtete er sich auf, um den Toten umzudrehen. Er sah in ein kleines, hohlwangiges Gesicht mit Härchen, die wohl einen Schnurrbart darstellen sollten. Es war noch ein sehr junger Mann. Wie Girlanden hingen Rogos Hosenträger um seinen Hals, und das Licht zeigte die Schmuckpferde, die auf ihnen prangten.

Linda hatte die Hosenträger als Weihnachtsgeschenk für ihn gekauft. Wann war das? Erst vor einer Woche. Sie hatte Träger mit Pferdemuster besorgt, weil sie meinte, sie hätten Klasse. Pferde! Klasse! Pferde sind nicht mein Stil, hatte Rogo gesagt, doch was sollte das jetzt noch? Linda war tot, und Rogo hatte mit den Hosenträgern einen Mann umgebracht. Eines haben Klasse-Hosenträger wenigstens für sich: Sie reißen nicht, wenn man Burschen mit ihnen zu erdrosseln hat. Er löste Lindas Geschenk vom Hals des Toten und stand auf.

Die Falle hatte funktioniert. Nur ein Paar Hosenträger und ein Theatersitz. Es war der älteste Trick der Welt. Man muß den Kerl dazu kriegen, anderswo hinzusehen, und dann plötzlich zuschlagen. Er war programmgemäß darauf hereingefallen. Fast hätte es schlimm ausgehen können, dachte er, als der junge Bursche auf ihn trat. Und diese verdammten Glaslampen! Er fühlte, wie das warme Blut in seine Schuhe lief. Er nahm die Lampe aus der Hand des Mannes, der sich nun nicht mehr wehren konnte, und strahlte mit ihr nach unten. Die Hose seines Abendanzugs, die schon zuvor fleckig, ölig und ausgebeult war, zeigte unter den Knien tiefe Risse. Er sah jetzt wirklich wie ein Schiffbrüchiger aus. Durch die langen, geraden Risse an seinen Hosenbeinen drangen Blutstropfen. Ist doch ganz egal, wie ich aussehe, dachte er. Mike Rogo war nie eine Schönheit und hat das auch gar nicht nötig.

10 Der Tunnel des Todes

Es war der Anblick des vertrauten, sommersprossigen Gesichts, das die schreiende Frau wieder zur Besinnung brachte.

»Sie müssen mich noch kennen«, stieß Martin hervor. Er drehte ihr Gesicht zu sich herum. »Mein Name ist Martin, Sie wissen doch, der Mann, der immer wieder Vitamintabletten von Ihnen haben wollte!«

»Oh, Mr. Martin!« Sie stöhnte vor Erleichterung auf. »Ja, Sie wollten immer wieder Pillen. Und ich sagte Ihnen, daß sie Ihnen nicht helfen würden.«

Er grinste zu Coby und Klaas empor, die ihm nachgekommen waren, als er bei der schluchzenden Frau in der Bibliothek kniete. »Seit dem gestrigen Abendessen habe ich keine mehr eingenommen, und es geht mir gut. Sie müssen recht gehabt haben.«

Nachdem der Schreck, den die Schreie verursacht hatten, abgeklungen war, hatten sie erkannt, woher das jammervolle Geräusch gekommen war. Sie hatten sich dann ihren Weg über Bücherberge hinweg zur hintersten Ecke der Bibliothek gebahnt, wo der zusammengekrümmte Körper der Frau zitterte und stöhnte.

Zunächst erkannte Martin sie nicht. Sie war völlig durchnäßt und schmutzig. Der makellos weiße Kittel war jetzt ein zerrissener, erbärmlicher Fetzen. Von ihrem Autorität gebietenden Äußeren war nichts mehr zu erkennen. Das ehedem streng zurückgekämmte Haar war mit Wasser und Öl durchzogen und hing ihr in Strähnen übers Gesicht. Er konnte sich kaum noch vorstellen, daß dieses jammervolle Geschöpf einst eine leutselige Despotin gewesen war, die er als Krankenschwester des Schiffes gekannt hatte. Er hatte sie zuletzt zusammen mit dem Arzt gesehen, als sie eine Gruppe Passagiere den Broadway entlang in Richtung Schiffsbug führten. Sie waren überzeugt, daß dies der richtige Fluchtweg sei. Was war mit all diesen Menschen geschehen?

Martins Gerede und seine Pillengeschichte brachten sie wieder in die Wirklichkeit zurück. Sie setzte sich auf und betrachtete die kleine Gruppe. Beim Anblick von Coby, einer Frau, wenn auch einer jungen, machte sie den vergeblichen Versuch, ihre völlig zerzauste Frisur zu ordnen. Dann erzählte sie. Sie war vom Arzt beauftragt worden, als letzte im Zug der Flüchtlinge zu gehen. Sie waren zuversichtlich, daß sie einen Fluchtweg finden würden. Ganz unvermittelt war dann das Wasser auf sie zugestürzt, als der Arzt eine wasserdichte Tür öffnete, und die Gewalt der hereinrauschenden Flut hatte sie von den Füßen gerissen.
Es war ihr gelungen, ein kleines Stück zu rennen, bevor das Wasser sie erreichte und den Broadway entlang spülte. Die Strömung wirbelte sie durch das Schiff und in die Bibliothek hinein, und dort hielt sie sich am oberen Regal fest, wo sich eine Luftblase gebildet hatte, als der Wasserspiegel sich einpendelte. Als das Schiff das letzte Mal seine Lage veränderte, war das Wasser aus dem Raum versickert, und sie ließ sich einfach auf den Boden gleiten. Seitdem hatte sie dort gelegen, verängstigt, orientierungslos und vor sich hinjammernd.
Allmählich gewann sie ihre berufsmäßige Selbstbeherrschung zurück, und Martin war gerade dabei, ihr die neue Situation zu erklären, als sie vom Korridor her das Geräusch schwerer Schritte und heiserer Flüche vernahmen. Aber es waren keine englischen Laute, also mußte einer von Belas Männern in der Nähe sein. Ängstlich lauschten sie nach draußen.
»Können wir etwas unternehmen?« fragte Coby.
Martin wurde noch mehr irritiert, als Klaas zu ihm sagte: »Wie können wir sie bekämpfen, da sie doch Waffen haben!«
Als er antwortete, freute er sich, daß seine Stimme ganz fest klang. »Wir sind nun einmal auf uns selbst gestellt. Wir müssen zu kämpfen versuchen. Haben Sie keine Angst, Coby, auch die anderen haben nur zwei Arme und zwei Beine wie wir.«
Er blickte den anderen ins Gesicht, um festzustellen, ob er ihnen Zuversicht einflößen konnte. Sie sahen nicht sehr hoffnungsvoll

auf ihn. Er verstand. Es fiel ihnen schwer, in einen kleinen Burschen mit rotem Haar und kindlichen Augen Vertrauen zu setzen.
Auf Zehenspitzen ging er näher an die Tür heran und winkte den anderen zu, ihm zu folgen. Die Krankenschwester richtete sich auf. Klaas schüttelte zweifelnd den Kopf. Coby betrachtete Martin ungläubig, doch sie folgte ihm und drückte seinen Arm, um ihn zu ermutigen.
Martins Kampfeseifer wurde schwächer, als er die Gestalt sah, die in der Tür stand. Es war der Kerl, den sie Anton genannt hatten, der Riese, der Rogo quälen wollte. Martin spürte, wie sein Herz schneller schlug.
Anton trat ein und durchsuchte den Raum mit der Lampe. Er war sicher, daß sie sich in diesem Raum befinden mußten, und sie waren auch da. Der alte Seemann. Das hübsche Mädchen. Eine Frau, die er zuvor nicht gesehen hatte. Der magere kleine Mann. Anton kicherte, griff nach der Pistole in seinem Gürtel und schaukelte ihnen entgegen.
Martin erkannte, daß dies der richtige Moment war. »Los, auf ihn, Leute!« brüllte er. Doch eine Sekunde lang hatte er keine Vorstellung davon, was er als nächstes tun sollte. Dann grapschte er nach einem Buch und schleuderte es auf den Riesen. Es traf Anton direkt unter dem Auge.
Anton schwankte unbeholfen. Um das Gleichgewicht wiederzugewinnen, setzte er den Fuß zurück, doch rutschte er dabei auf einem Stapel durchnäßter Bücher aus. Seine dicken Arme fuchtelten wild umher, und der Strahl seiner Lampe beleuchtete flackernd die Ecken des Raumes.
Ein weiteres Buch traf ihn an der Schläfe. »Großartig, Coby!« sagte Martin. Sie war die erste, die seinem Beispiel folgte. Dann machte auch Klaas mit, und schließlich die Krankenschwester.
Plötzlich war die Luft voller Bücher. Manche halboffenen Bände drehten sich und flatterten umher, andere, die das Wasser verklebt hatte, flogen zielsicher wie Steinbrocken. Anton torkelte umher,

durch das Dämmerlicht verwirrt und durch den Büchersturm erschreckt. Sein Kopf zuckte zurück, und seine Arme versuchten, die Wucht der Bücher abzuwehren.

Martin brach in Jubelrufe aus. »Mehr, mehr, Coby! Jetzt haben wir ihn erwischt!«

Die Krankenschwester hatte sich inzwischen erholt. Sie schleuderte ein Buch, das Anton am Ohr traf. »Da hast du's, du fette Bestie!« schrie sie und strich sich dabei eine Strähne ihres gefärbten Blondhaars zurück.

Es war wie bei einer Bärenhetze. Anton war die starke, mächtige Bestie, die die kleinen Terrier, die ihn peinigten, nicht abschütteln konnte, und je ärgerlicher er wurde, desto weniger konnte er klar denken. Seine Pistole war weg. Als er versuchte, die Lampe nach vorn zu halten, um seine Peiniger zu erkennen, traf ihn ein schwerer, von Klaas geschleuderter Band mitten ins Gesicht. Er verlor das Gleichgewicht. Wie ein abgesägter Baum krachte er nach hinten. Sie hatten ihn gefällt.

Ein Freudentaumel erfüllte Martin. Sie hatten es geschafft. Sie hatten den Riesen besiegt. Wozu brauchten sie noch Jason? Nun würde ihn Rogo mit mehr Respekt behandeln müssen! Ohne weiter nachzudenken, ergriff Martin einen schweren Buchband, um den entscheidenden Schlag auszuführen.

Es gibt immer einen Terrier, der dem Bären zu nahe kommt. Anton war nicht einmal verwundet. Er war nur benommen und fühlte sich frustriert. Er war umgefallen, hatte sich jedoch mit Hilfe einer Hand in Sitzstellung gebracht, während er mit der anderen noch immer die herabregnenden Bücher abzuwehren suchte. Außer kleinen Abschürfungen und Schnitten hatte er keine Verletzungen. Und als er den angriffslustigen kleinen Mann mit hoch über dem Kopf erhobenem Buch auf sich zueilen sah, erfaßte er mit einer Hand Martins erhobenen Fuß. Martins Angriffslust verwandelte sich in Zweifel und dann in Entsetzen, als er hilflos auf dem Rücken landete und sein Fuß von einem gnadenlosen Griff umschlossen blieb.

Er wand und drehte sich, doch der Zugriff wurde nicht lockerer. Er schrie vor Schmerzen auf. Er spürte, wie die Knochen zusammengedrückt wurden, als sei kein Fleisch und keine Sehnen dazwischen, bis sie aneinander zu schaben schienen. Er versuchte zu entfliehen, indem er sich auf den Bauch drehte und auf dem Boden weiterrutschte, doch da hörte er Antons Gelächter und spürte, wie der Riese ihn erneut an der Wade packte und heranzog. Vergeblich versuchte er, die umherliegenden Bücher zu ergreifen, doch er fand keinen Halt.
Noch immer prallten die Bücher von Anton ab. Blut floß ihm aus der Nase, doch er lachte nur darüber. Zweifel und Verwirrung waren jetzt überwunden, denn er hatte einen von ihnen in seinem Griff. Er würde zunächst die Knochen dieses kleinen Mannes brechen und dann die anderen zermalmen, einen nach dem anderen. Die Wurfgeschosse, die an seinen Kopf prallten, machten ihm nichts mehr aus. Er ließ auch die schmächtige Gestalt unbeachtet, die sich in seinen Rücken geschlichen hatte, und konzentrierte sich darauf, den sich windenden Körper des kleinen Mannes in seine Fangarme zu ziehen.
Coby eilte an Anton vorbei und tastete sich über die Bücherberge, bis sie das Gesuchte gefunden hatte. Sie wandte sich um, konzentrierte sich auf Antons Rücken, hob die Hände hoch über den Kopf und schleuderte einen schön gebundenen, goldgeprägten und besonders schweren Band der ›Encyclopaedia Britannica‹ auf ihn. Durch die Wucht wäre selbst ein Stier zu Boden gegangen.
Das Bücherschleudern fand plötzlich ein Ende. Martin blickte über seine Schulter nach hinten, und Coby blickte auf ihre Hände, die das Buch gehalten hatten.
Der Schrei ähnelte dem eines Kindes, das ein plötzlicher Schmerz zum Jammern bringt. Wie eine Schildkröte zog Anton seinen Kopf zwischen die Schultern. Er hob die Hände und bedeckte mit ihnen Gesicht und Ohren, blind für alles, was weiter um ihn geschah.
»Weg von hier!« Klaas schob die Krankenschwester vor sich her, der Tür entgegen. Martins Gesicht war kreidebleich; ängstlich

kroch er auf allen vieren um Anton herum, und Coby half ihm auf die Füße.
»Wir müssen uns beeilen, James!« Sie keuchte und zog Martin am Arm, als Anton sich zu regen begann. »Schnell, sonst erwischt er uns noch einmal!«
Doch Martin blieb an der Tür stehen. Klaas drängte die Krankenschwester schon auf dem Korridor weiter. »Ich komme gleich nach«, sagte Martin. Anton schwankte ihm entgegen. Schmerz flackerte in Martins Blick auf, als er seinen verletzten Fuß auf den Boden setzte. Mit beiden Händen packte er die Rückseite des einen noch intakt gebliebenen Bücherregals. Es enthielt noch die meisten der ursprünglich vorhandenen Bände und wurde von ein paar Schrauben an der Wand gehalten. Er rüttelte kräftig daran und fühlte, wie die Schrauben etwas lockerer wurden. Das Gewicht der Bücher ließ das Regal etwas schwanken, doch dann kam es wieder an der Wand zum Stillstand. Es lief ihm eiskalt den Rücken herunter.
»Er kommt, James! Er wird dich wieder packen! Lauf schnell weg, bitte!« Er hörte Cobys ängstliche Worte, die sie ihm aus dem Flur zurief, aber er hatte nur Augen für Anton, der sich über Bücherhaufen zu ihm vorarbeitete.
Alle vergangenen Ängste stiegen erneut in dem kleinen Verkäufer hoch, und wiederum besiegte er die Furcht. Er lief nicht weg. Er rüttelte noch einmal an der Seite des Regals, bis die scharfe Kante tief in seine Finger einschnitt. Seine Schultergelenke knackten. Die ganze Konstruktion der Bücherregale knirschte, als die letzten Schrauben ihren Halt verloren und der vier Meter hohe, mit Büchern vollgepackte Rahmen sich schließlich senkte. Die Bücher schlugen auf Anton herab. Martin beeilte sich, zur Tür zu kommen. Seine Abenteuerlust war gesättigt.

Lauschend hatte Rogo fünfzehn oder sogar zwanzig Minuten lang an der Innenseite der Tür zum Theater ausgeharrt. In der rechten Hand hielt er die Pistole, in der linken die abgeschaltete Lampe und seine Hosenträger. Der Tiger hat einen der Halunken getötet, dachte er. Einen weiteren hatte er selbst erledigt. Doch er war sicher, noch einen Mann auf dem Gang gehört zu haben. Rogo wußte nicht, wie viele Männer der ›Komarevo‹ noch am Leben waren und wo sie sich befanden. Für Risiken war jetzt nicht die richtige Zeit.

Vorsichtig trat er auf den Broadway hinaus. Alles lag verlassen und still da, soweit er dies im Dämmerlicht erkennen konnte. Er entschloß sich, zunächst im Kesselraum nachzusehen, ob er jemand von den Killern entdecken konnte, und dann nach seinen Gefährten zu suchen. Langsam und schrittweise arbeitete er sich weiter vor.

»Hände hoch, Imperialistenschwein!« Die zischende Stimme, der fremde Akzent wurden unterstrichen durch den harten Pistolenlauf, der sich in seinen Rücken bohrte. Er nahm die Arme hoch. Gleichzeitig fühlte er, wie ihm die Hose herunterrutschte, und er stand da im blendenden Lichtschein, mit Pistole, Lampe und Hosenträgern über dem Kopf, die Beine in weiten Unterhosen, die ihm bis an die Knie reichten.

Jason lachte schallend auf. »In Ihrer Unterkleidung sehen Sie aber sehr sexy aus, Batman«, sagte er. Rogo drehte sich langsam zu dem jungen Amerikaner und dem französischen Mädchen um, die ihn fröhlich anlachten. »Beinahe hätte ich gewettet, Sie würden auch schwarze Spitze tragen«, fügte Jason hinzu. »Man kann nämlich nie wissen.«

»Zum Donnerwetter!« explodierte Rogo. »Haben Sie den Verstand verloren? Was sollen diese verdammten Mätzchen?« Er befestigte seine Hosenträger und versuchte, seine Würde wiederzugewinnen, allerdings mit wenig Erfolg. »Abends, wenn man Dienst hat und der Wind vom Meer her weht, dann nützen einem die verdammten kurzen Slips nicht viel, verstehen Sie!« Er erlaubte sich selbst ein halbes Lächeln. »Spaß beiseite. Ihr Bursche ist doch erledigt, okay?«

»Ohne Schwierigkeit«, antwortete Jason. »Es war der Einäugige.«

»Na ja, schlimm kann es auch nicht gewesen sein, Sie waren ja zu zweit gegen ihn.«

Jason verschränkte die Arme. »Na, und mit wem hatten Sie es zu tun? Doch nicht etwa mit dem Bürschchen mit dem angeklebten Schnurrbart, der in der Ecke heulte, als der Tiger ausbrach? Rogo, Sie sollten sich schämen. Er war noch ein Wickelkind.«

»Wirklich? Nun, ich brauchte wenigstens kein Kindermädchen mitzunehmen.« Rogo grinste, denn diese Runde war an ihn gegangen.

Jason überließ Rogo den Sieg nach Punkten. Hely, ihren Kopf an seine Schulter gelehnt, lächelte ihn an.

»Noch etwas«, sagte Rogo, und sein Blick wanderte zwischen den beiden hin und her. »Was zum Teufel haben Sie denn die ganze Zeit da drin getrieben?«

»Wir sprachen über die Nichtigkeit des menschlichen Daseins, doch ich würde nicht erwarten, daß ein dummer Polizist viel darüber weiß«, konterte Jason.

»Nein? Vielleicht haben Sie recht. Doch ein dummer Polizist kennt ein paar Tricks. Er merkt zum Beispiel, wenn eine Dame beim Betreten eines Raumes ihren Gürtel über ihrer Gummijacke trägt, beim Herauskommen aber darunter!«

Hely blickte an sich herunter; einen Augenblick lang hatte sie Angst, nach dem Inhalt ihrer Tasche befragt zu werden. Auch Jason blickte sie an. »Der dumme Polizist ist gar nicht einmal so dumm«, sagte er.

Rogo verzog sein Gesicht zu einem breiten Grinsen. »Da haben Sie es, Cowboy. Die Nichtigkeit des menschlichen Daseins!« Er war wieder ernster, als er fortfuhr: »Jedenfalls hat es geklappt, Jason. Wir haben die Pistole hier. Zwar nicht meine alte Polizeiwaffe, aber immerhin ist sie besser als die Damenpistole, die man mir gegeben hatte.«

»Ihre Polizeiwaffe!« sagte Jason skeptisch. »Solche Pistolen waren schon in den Indianerkriegen bei Little Big Horn unmodern, Rogo. Was Sie da haben, ist eine Stechkin, eine der besten vollautomatischen Pistolen, die es gibt. Jedenfalls ist sie die beste russische Pistole. Belas Leute bekommen nur das Beste in die Hände.«

Rogo ließ sich nicht beeindrucken. »Es kann nur ein lausiges Ding sein, wenn's die Roten gemacht haben. Sagen Sie, wo mag dieser unverschämte Kerl jetzt sein, Belly oder Bellhop oder wie Sie den Schweinehund nennen?«

»Sie werden ihn nicht hier unten treffen, Rogo«, antwortete Jason. »Er schickt seine Gorillas aus, um die Schmutzarbeit zu tun. Doch wir sind jetzt recht gut bestückt. Wir haben zwei Pistolen und zwei Lampen.«

»Ja.« Rogo grinste. »Jetzt müssen wir ihn herausschmeißen und schnell das Gold holen.«

Hely hörte schweigend zu. Sie fragte sich, wie es gekommen war, daß diese beiden so ungleichen und ursprünglich so feindlichen Männer sich plötzlich einander zu ergänzen schienen. Sie benahmen sich wie Fußballer, die sich nach dem Spiel im Duschraum Witze erzählen. Doch Hely brachte sie wieder auf den Boden der Tatsachen. »Ich meine, wir sollten herausfinden, wo sich die anderen versteckt halten«, sagte sie.

Rogos Augenbrauen zogen sich zusammen. »Wenn ich richtig gehört habe, ist der große Affe, der auf mich losgelassen wurde, noch immer in der Nähe. Mit ihm hätte ich ein paar Punkte zu klären, die sich auf die Nichtigkeit des menschlichen Daseins beziehen . . .«

Das Geräusch schlurfender Füße unterbrach ihn mitten im Satz. Alle drei blickten auf und sahen, wie eine Frau sich an der Wand des Ganges auf sie zu bewegte.

»Ist denn das möglich!« sagte Rogo. »Die Schiffsschwester!«

»Schnell!« schluchzte sie, während sie weiterlief. »Der große starke Mann. Er hat den netten Mr. Martin erwischt!«

Sie fiel Rogo in die Arme. Er sprach ihr mit tröstender Stimme Mut zu. »Ist schon gut, machen Sie sich keine Gedanken. Bald geht es Ihnen wieder besser, Miss. Was ist nun mit Martin und . . .«

Bevor Rogo den Satz beenden konnte, war Jason schon unterwegs,

den Korridor entlang. Mit seinen leichten Segelschuhen an den Füßen fiel es ihm nicht schwer, über die Trümmer hinwegzusteigen. »Wartet hier«, rief er über seine Schulter. »Paß gut auf ihn auf, Hely. Du weißt, er fürchtet sich in der Dunkelheit.«
Rogo war hilflos, da die Krankenschwester ihre Arme um ihn geschlungen hatte. Er konnte nur die Stirn runzeln und den Kopf schütteln. »Eines Tages . . .«, sagte er seufzend, »eines Tages erwische ich noch einmal diesen frechen Burschen . . .«
»Frecher Bursche?« sagte Hely. »Ist er nicht vielmehr ein ganzer Kerl?«

Die Szene außerhalb der Bibliothek war chaotisch. Alle sprachen gleichzeitig aufeinander ein, und die Einigkeit, die die drei Menschen während des Kampfes verbunden hatte, war dahin. Klaas versuchte, Coby mit sich fortzuziehen, und bat sie immer wieder zu fliehen. Sie weigerte sich und wollte auf Martin warten. Der kleine Martin, in dessen Gesicht sich Schreck und Schmerz abzeichneten, wollte noch ausharren, doch in seinen Worten war wenig Überzeugungskraft.
»Ich kann ihn noch einmal erwischen, wenn er herauskommt«, sagte er immer wieder und fragte sich selbst, was er damit meinte. Er zitterte ein wenig, als er die Flüche und das Poltern hörte, das aus dem Inneren des Raumes drang.
Als Jason mit großen Schritten hinzukam, spürte Martin wiederum eine stechende Abneigung diesem Mann gegenüber. »Oh, Jason!« rief ihm Coby aufgeregt zu, »James war so tapfer. Er hat mit dem großen starken Mann gekämpft und hat ihn besiegt. Sie hätten das sehen müssen, Kapitän Jason.« Sie erwähnte nicht, daß sie ihn gerettet hatte, als Anton ihn am Fuß gepackt hielt.
Jason erfaßte die Situation schnell. Er blickte dem kleinen Mann in die Augen und rüttelte anerkennend seine Schulter. »Das war großartig, Martin«, sagte er. »Ich wußte, daß die beiden gut bei Ihnen aufgehoben sind.«
Martin versuchte ein paar bescheidene, doch rühmende Worte:

»Nun ja, wir versuchen alle unser Bestes . . .«
»Sind Sie noch fit genug, um etwas anderes zu machen?« unterbrach ihn Jason.
»Aber sicher!« sagte Martin schnell.
»Können Sie diese beiden zu Rogo zurückbringen?«
Martin zögerte.
»Ich brauche Ihre Hilfe«, fügte Jason hinzu.
»Okay«, stimmte er schließlich zu. Er sah plötzlich, wie die Gestalt in der Tür hinter Jason erschien, und sein Warnruf kam fast zu spät.
Jason sprang zur Seite. Das zerborstene Regal, das Anton mit beiden Händen auf ihn schleuderte, verfehlte seinen Kopf. Es hätte ihn zertrümmern können. Statt dessen traf es nur seine Hand. Die Pistole flog ihm aus den Fingern, und man konnte hören, wie sie über den Fußboden schleuderte und irgendwo ins Wasser fiel. Nun war eine der Waffen, um die sie so hart gekämpft hatten, bereits verloren.
»Schnell weg!« raunte Jason den anderen zu. Martin warf noch rasch einen Blick auf die Gestalt, die sich in der Tür abzeichnete, und dann lief er mit den beiden anderen strauchelnd davon.
Jason und Anton standen sich im Gang gegenüber. Der Riese lehnte gegen den Türrahmen, schnaufend vor Anstrengung. Das Brett in seiner Hand war über einen Meter lang. Seine Wollmütze war vom Kopf gefallen, und sein Haar war mit Blut durchtränkt. An einem Auge war eine häßliche Schwellung erkennbar. Die Mordlust stand ihm im Gesicht geschrieben. Ihm gegenüber schien Jason fast schmächtig. Aber er beobachtete Anton ruhig und aufmerksam.
Mit den Fingerspitzen tastete er die Wand ab, denn er meinte, daß hinter ihm in einigen Metern Entfernung ein Seitengang im rechten Winkel abzweigte. Er mußte Anton ablenken und dorthin locken, denn wenn dieser wildgewordene Riese die anderen noch einmal überfiel, dann würde er sie in Stücke reißen.
Er mußte einen Zweikampf mit ihm vermeiden. Er ahnte, welche

Urkraft in dem Mann steckte, und noch dazu war Anton mit dem abgebrochenen Brett bewaffnet. Er sah, wie Antons Blicke zwischen ihm und den wegrennenden Gestalten hin- und hergingen. Jason zog sich langsam ein wenig zurück, dem unbekannten Seitengang entgegen. Auf irgendeine Weise mußte er Anton überlisten.

Er begann zu sprechen. Jason redete in dem Tonfall, in dem man mit Hunden und kleinen Kindern spricht, wenn der Klang der Stimme wichtiger ist als die Worte. »Anton«, begann er langsam und lockend, »Anton, komm her, Kleiner. Sei ein lieber Junge. Nun komm schon. Komm zu mir herüber.«

Jason schnurrte fast wie eine Katze. Antons beschädigtes Gesicht drückte Verblüffung aus. Er konnte nicht begreifen, weshalb dieser Mann solch sanfte Töne anschlug.

»Armer kleiner Anton!« Jason blieb dabei, den Namen zu wiederholen. »Hat er sich am Kopf gestoßen? Soll die Mami ihn streicheln?« Langsam ging er rückwärts den Korridor entlang, und Anton folgte, neugierig und verständnislos.

Schlagartig änderte Jason seinen Ton. Er richtete sich auf und brüllte verachtungsvoll: »Du großer dummer Affe, Anton! Du Muskelprotz ohne Verstand, Anton! Du verstehst, was ich sage, ja? Du hast das alles schon gehört, Anton, ja? Vielleicht nicht auf englisch, aber es ist immer wieder dasselbe. Sie nennen dich Dikkerchen, nicht, Anton? Nicht wahr? Dickerchen!«

Seine Stimme dröhnte in Antons Ohren. Zunächst schien er bei dem Gebrüll zusammenzuzucken. Doch dann erfaßte er offenbar den veränderten Tonfall. Wutentbrannt wankte er auf den Quälgeist zu, das lange Brett wie eine Axt schwingend.

Jason warf sich schnell zur Seite. Das Brett zersplitterte an der Wand. Anton blickte auf das kurze Holzstück, das in seiner Hand verblieben war, dann näherte er sich mit knirschenden Zähnen seinem Gegner.

Vorsichtig rückwärts tretend, bewegte sich Jason den Korridor entlang, wobei er den Strahl seiner Lampe auf Anton gerichtet

hielt, um dessen Verwirrung zu steigern. Wieder redete er spottend auf ihn ein.
»Spatzengehirn, so nennen sie dich doch, nicht wahr, Anton? Blödmann! Alle lachen dich aus, nicht wahr, Anton? Sie denken, du bist ein großer Ochse. Und das bist du auch, ein großer, dummer, einfältiger Ochse!«
Die Schmähworte schienen in seinen Kopf zu dringen. Bei jeder Erwähnung seines Namens geriet Anton in noch größere Wut. Strauchelnd bewegte er sich hinter dem Licht und der grausamen Stimme her. Dann warf er plötzlich den Rest des Brettes weg und begann tölpelhaft zu rennen, wobei er seine großen Knochenbrecher-Hände krampfhaft ausgestreckt hielt.
Jason drehte sich auf den Fußballen herum und sprang ein paar Meter weiter. Dann wandte er sich wieder dem Gegner zu und beendete sein Spottlied.
»Komm doch, du Blödmann! Komm her, dummer Hund! Du kriegst mich doch nicht. Du bist zu dick und zu dämlich!« Jason reckte sein Gesicht in den Strahl der Lampe und stieß mit dem Zeigefinger an die Stirn. Dieses über alle Grenzen hinweg verständliche Signal brachte Anton völlig aus der Fassung. Wutentbrannt versuchte er, sich auf die beleuchtete, spottende Maske zu stürzen. Er geriet dabei aus dem Gleichgewicht, und als seine Hände gerade zupacken wollten, ging das Licht aus.
Jason hatte gewartet, bis der Riese ihn nahezu ergriffen hatte. Dann schaltete er blitzartig das Licht ab, ließ sich auf ein Knie fallen und stieß die schwere Stablampe wie einen Knüppel in Antons Magengrube. Anton fiel nach hinten und ging krachend zu Boden.
Schnell rollte sich Jason zur Seite und sprang auf die Füße. Einen Augenblick lang dachte er daran, den Kampf zu beenden. Doch dann erinnerte er sich daran, daß der Kerl übermäßig kräftig war. Langsam bewegte sich Jason weiter. Irgendwie würde er sich bewaffnen müssen. Jedenfalls mußte er den Riesen weiter schwächen und sich vor diesen gewalttätigen Händen in acht nehmen.

Er blieb vor Verwunderung fast stehen, als er erkannte, welche Veränderung mit ihm vorgegangen war. Es war so, als ob er in einen Spiegel sähe und ein falsches Gesicht erblickte. Er grinste. Hier, im Inneren eines sinkenden Schiffes und von einem mordlüsternen Verrückten gejagt, empfand er eine Gemütsregung, die er seit Jahren nicht verspürt hatte. Er fühlte sich glücklich. Er empfand eine wirkliche Freude, die seine Glieder durchdrang. Doch weshalb? Um Himmels willen, weshalb gerade jetzt? Es könnte das Mädchen sein, die Verheißung, daß dieses Zauberwesen seine Zukunft, die ihm bisher grau erschienen war, ausfüllen würde. Es könnte sogar der New Yorker Polizist sein: In der Rechtschaffenheit dieses Mannes erkannte Jason etwas von einer unkomplizierteren Welt, die einst sein Leben bestimmt hatte. Es könnte vielleicht auch die Tatsache sein, daß er kämpfte, daß es einen hinterhältigen Feind zu vernichten galt. Vielleicht lag es aber auch nur daran, daß die Schleier seiner Verwirrung verschwunden waren, daß die diffusen Grautöne, die Recht und Unrecht verhangen hatten, weggefegt waren und Schwarz und Weiß nunmehr klar erkennbar wurden.

Am Ende des Korridors konnte er einen Lichtfleck erkennen. Er kannte den Grundriß von Schiffen. Dort würde wahrscheinlich ein Platz sein, an dem Treppen und Gänge zusammenliefen. Er mußte weiter nach oben gelangen, dachte er, um sich vom Wasser fernzuhalten. Hinter sich hörte er, wie Anton schnaufend wieder auf die Füße kam.

Jason eilte dem hellen Platz entgegen. Er war so beschaffen, wie er es sich gedacht hatte, allerdings mit einer Ausnahme. Links befand sich eine Treppe. Direkt vor ihm war der runde Zugang zu einer Röhre und der Maschendraht, der von den Menschen bei ihrer Flucht vermutlich abgerissen worden war. Doch er registrierte diese Tatsachen nur oberflächlich, denn zwischen diesen beiden möglichen Fluchtwegen stand der Tiger, bewegungslos und still.

Der Anblick war erschreckend. Vom Kopf bis zur Schwanzspitze maß er nahezu drei Meter und an der Schulter war er über einen

Meter hoch. Seine grellen Farben waren so stark ausgeprägt, daß er wie die Malerei eines Kindes aussah.
Immer noch unbeweglich, beobachtete er Jason. Dann kräuselte sich die weiße Schwanzspitze, die Zähne blitzten kurz auf, und ein Knurren war zu hören. Es war ein tiefes, brummendes Geräusch, eine Warnung, ein Vorzeichen. Jasons Mund wurde trocken, und seine Handflächen schwitzten.
Er behielt den Tiger im Auge und bewegte sich seitwärts, der Röhre entgegen. Zentimeterweise kam er voran. Zunächst stellte er den rechten Fuß langsam vor. Dann brachte er den linken Fuß daneben. Vorsichtig, ohne zu eilen, glitt er weiter. Wieder knurrte der Tiger. Jason war noch zwei Schritte von der etwa einen Meter weiten Öffnung der Röhre entfernt. Mit einem Hechtsprung verschwand er in der Röhre und fühlte erleichtert den kühlen Stahl um seinen Körper. Auf Händen und Füßen arbeitete er sich weiter vor und achtete nicht auf den Schmerz, als sein Kopf an die Oberkante stieß und er sich die Haut an Händen und Knien abschürfte. Wie eine Kugel im Kanonenrohr trieb ihn die Furcht.
Seine Lampe zeigte ihm den glänzenden Stahl der Röhre und den dunklen Kreis, wo sie zu Ende ging. Angestrengt überlegte er. Der Tunnel würde zum Mittelschacht führen, von dem aus bei Schiffen dieser Bauart alle Decks erreichbar waren. Was würde in dem Schacht sein? Da er durch das Schiff hindurchführte, mußte der untere Teil unter Wasser liegen. Für die Maschinisten und die Besatzung würde, ja müßte dort eine Leiter vorhanden sein, die völlig das Schiff durchquerte . . .
Er hetzte dem vor ihm liegenden, größer werdenden dunklen Kreis entgegen.
Hinter sich hörte er ein Krachen und wirre Schreckenslaute. Jason drehte sich um und leuchtete den rückwärtigen Teil der Röhre aus. Der Strahl erfaßte die Umrisse der massigen Gestalt Antons, sogar in dieser Entfernung ein unförmiges Schreckensbild. Auch er hatte den einzig möglichen Fluchtweg gesucht. Dann hörte Jason, wie Antons Jammerlaute in einem gewaltigen Getöse untergin-

gen. Das Gebrüll, in der hohlen Röhre hin- und herschallend, war markerschütternd und raubte ihm fast den Verstand.
Der Tiger hatte sich aufgemacht und verfolgte die beiden Männer. Der dröhnende Schall schien Jason wie eine Flutwelle vor sich herzuschieben. Doch so schnell er sich auch bewegte, Anton war ebenso schnell hinter ihm her.
Das Ende der Röhre kam wie eine Klippe auf Jason zu. Er legte keine Pause ein, sondern zögerte nur einen winzigen Moment, als er die Betriebsleiter erkannte. Entschlossen tat er einen mächtigen Sprung nach rechts. In der Dunkelheit schien er ohne Bestimmung von Raum und Zeit ins Nichts zu wirbeln. Dann fühlten seine Finger den gastlichen kalten Stahl der Sprossen, und seine Füße fanden auf einem Zwischenstück Halt. Die Lampe war in seiner Hand geblieben. Er griff mit dem freien Arm um die Leiter und beschien mit der Lampe die schwarze, fast einen Meter entfernte Öffnung der Röhre.
Jason konnte nicht erkennen, ob Anton ihn oder den Lichtschein gesehen hatte. Schließlich erschien er im Lichtkreis und starrte ungläubig in die gähnende Tiefe unter sich. Dann wandte er sich mit angewinkelten Beinen um, und Gebrüll erfüllte den Schacht. Jason erkannte wiederum die grellen Farben, die bösartig fauchende Fratze und die Pranke, die an der den Weg versperrenden Gestalt zerrte.
Anton ließ auf den Kopf der großen Bestie sinnlose Boxhiebe los. Jason konnte es kaum begreifen. Anton versuchte, den Tiger mit bloßen Händen zu bekämpfen. Seine einzige Gabe, die unnatürliche Kraft seiner Muskeln, warf er gegen das Tier in die Waagschale. Immer wieder trafen seine schweren Fäuste, und zweimal zog das Tier vor den wilden Hieben den Kopf zurück.
Dann sprang der Tiger. Eine Stille trat ein, die erschreckender war als der Tumult des Kampfes. Jason sah, wie die beiden ineinander verschlungenen Gestalten, die Bestie und der Unhold, in die Tiefe stürzten. Der Strahl seiner Lampe reichte nicht aus, um sie zu beleuchten. Er hörte nur das Aufklatschen im Wasser, ein letztes

gurgelndes Stöhnen von Anton, und schließlich nahm auch das schmerzvolle Gebrüll ein Ende.
Erst jetzt begriff Jason die Zusammenhänge. Als Anton beim Angriff des Tigers nach hinten blickte, mußte er zum ersten Mal Furcht vor dem Herabstürzen empfunden haben. Diese Furcht war überwältigender als seine Angst vor dem Tiger, denn er hatte sich an die Bestie geklammert, als er zu Tode stürzte.
Augenblicke vergingen. Die kalte Stille des weiten Schachtes ließ Jason frösteln. Er schüttelte das Unbehagen ab und begann, nach oben zu klettern.

11 Die Tasche

Ihr Verhältnis zu den anderen in der Gruppe hatte sich gewandelt. Zunächst konnte Hely den Grund nicht begreifen, und sie suchte nach einer Erklärung, während alle wieder im Broadway zusammenkamen und die zurückliegenden Ereignisse besprachen.
Die Krankenschwester erklärte dem Polizisten noch einmal, wie es gekommen war, daß sie überlebt hatte. Sie untersuchte auch Martins Fuß. »Du liebe Güte«, rief sie aus, während sie ihn vorsichtig befühlte. »Er muß fast alle Knochen gebrochen haben!«
Sie sprachen sehr wenig mit Hely, und wenn sie es taten, betraf es fast immer Jason. »Seien Sie unbesorgt«, sagte Klaas zu ihr. »Er ist ein sehr tüchtiger junger Mann. Er wird schon heil zurückkommen.« Sogar Martin, der jetzt mehr Interesse für Coby zeigte, sprach ein paar aufmunternde Worte zu ihr. »Anton wird sich nicht an ihn herantrauen«, sagte er. »Bald wird er wieder bei uns sein.«
Coby schaltete sich ein. »Es war toll, wie Sie es mit Anton aufgenommen haben, James«, sagte sie zu Martin. »Keiner hätte sich so tapfer geschlagen wie Sie. Sie waren wunderbar.«

Martin errötete trotz der Schmerzen. Der Gedanke daran, daß Coby ihn retten mußte, als Anton seinen Fuß gepackt hielt, war ihm unangenehm. Offenbar wollte sie aber nichts davon erwähnen, und er war dankbar dafür. »Ich hätte ohne Sie nichts ausrichten können«, antwortete er. Vor Schmerz biß er sich auf die Lippen, als er versuchte, seine Socke über den verletzten Fuß zu ziehen. Er blickte Hely an und sagte: »Ihr Jason wäre sicher stolz auf uns.«

»Bestimmt wäre er es«, sagte Hely. Jetzt wußte sie plötzlich, was es war. In der kurzen Zeit ihres Zusammenseins war sie von den anderen als die zu Jason gehörende Frau akzeptiert worden. Sie war ein Anhängsel dieses geheimnisvollen Amerikaners. Sie war sich nicht sicher, wie sie sich verhalten sollte. Nie im Leben hatte sie etwas von ihrer Unabhängigkeit preisgegeben. Sie hatte immer allein dagestanden. Jetzt behandelte man sie wie eine Frau, deren Mann geschäftlich unterwegs war. Der Gedanke belustigte sie, und schließlich gefiel es ihr sogar, so angesehen zu werden.

Doch wie unvollständig erschien ihr die Gruppe ohne Jason! Sie standen auf dem Korridor in einem engen Kreis. Die Gesichter waren von zwei Lampen beschienen. Der Polizist machte einen abgespannten Eindruck. Seine Augen hoben sich weiß von seinem öligen, verschmutzten Gesicht ab, und seine Kleidung bestand nur noch aus Fetzen. Martin, der sich seine Socke und einen Schuh ausgezogen hatte, balancierte auf einem Bein, den Arm um Coby gelegt, und befand sich am Rande totaler Erschöpfung. Die Schmerzen hatten seinen Gesichtsausdruck verändert. Die Krankenschwester hatte ihre berufsmäßige Haltung wiedergewonnen, doch auch sie ähnelte einer Vogelscheuche mit ihrem in langen Strähnen herabhängenden öligen Haar. Klaas und Coby wirkten in dieser Gesellschaft fast elegant; doch die Anstrengung war auch Cobys Vater anzusehen.

»Wir sind jetzt seit etwa einer Stunde an Bord«, sagte Klaas, auf seine Uhr blickend. »Ich schätze, daß Rettungsschiffe etwa zwei Stunden benötigen, um hierher zu gelangen. Die ›Poseidon‹ wird sich nicht so lange über Wasser halten können.«

Rogo strich sich mit seinen dicken Fingern durch das verfilzte Haar. »Ich frage mich, wie es überhaupt möglich ist, daß ein sogenanntes ›Schiff aus der guten alten Zeit‹ umkippen kann.«
»Vielleicht wird das nie jemand erfahren«, antwortete Klaas. »Doch eines ist sicher, Mr. Rogo. Dies ist nicht mehr das würdige Passagierschiff, das es einmal war. Die griechischen Eigner sind keine rechtschaffenen Leute, sondern Gangster. Doch das soll nicht unsere Sorge sein. Wir müssen uns darauf konzentrieren, so schnell wie möglich zur ›Magt‹ zurückzukehren.«
»Und was ist mit Jason?« fragte Hely schnell.
Klaas zuckte die Schultern. »Er ist ein Mann, der auf sich selbst aufpassen kann. Sehen Sie, ich will ihn nicht etwa im Stich lassen, aber ich muß an meine Tochter denken. Und an Martin, der eine Verletzung hat. Jedenfalls kann Jason den Rückweg ebenso leicht wie wir finden.«
»Ich kenne ihn nicht«, warf die Krankenschwester ein. »Aber ich weiß nicht, was es ihm nützen soll, wenn wir weiter hier herumstehen.«
Alle blickten Rogo an. Er überlegte. Schließlich warf er den Kopf zurück und sagte: »Ja, Sie haben recht. Er ist ein zäher Bursche. Ich will versuchen, Sie alle nach oben zu bringen. Aber ich bleibe bei dem Gold. Sie können gehen.« Er blickte auf die Pistole in seiner Hand. »Wir haben nur eine Pistole. Wenn der Kerl, dieser Bela, noch mehr abgerichtete Gorillas hat . . .«
Klaas schaltete sich ein. »Sicher hat er noch viele Männer. Für seine Bergungsarbeiten braucht er normalerweise eine Besatzung von dreißig Mann. Vielleicht noch mehr.«
»Du Allmächtiger!« Rogo warf seinen Kopf zurück. »Die anderen Burschen sind vielleicht sogar mit Panzerfäusten bewaffnet! Selbst wenn Jason zurückkommt, haben wir nur zwei Handfeuerwaffen.«
»Eine, Mr. Rogo«, warf Martin ein.
Rogo starrte die einbeinige Gestalt an. »Zwei. Jason holte sich eine von dem Kerl, den er erledigte.«

»Diese meine ich ja«, fuhr Martin fort. »Anton schlug sie ihm aus der Hand. Ich hörte, wie sie ins Wasser fiel.«
»Verdammt nochmal!« Rogo schlug sich an die Stirn. »Wie kann man nur so blöd sein! Ausgerechnet jetzt eine Waffe verlieren! Ich hätte wissen müssen, daß er alles vermurkst, dieser Herumtreiber!«
Klaas sah mit Sorge den Wutausbruch des Polizisten. Die Situation war schon schwierig genug.
»Wir sollten nachsehen, ob der Kesselraum wieder frei ist«, sagte er. »Dann können wir vielleicht aus dieser Todesfalle entfliehen.«
Rogo zeigte kein großes Interesse an der Erkundung. »Okay, Klaas. Nehmen Sie meine Lampe und sehen Sie nach.«
Der Holländer übernahm die Lampe und machte sich auf den Weg. Rogo blickte ihm nach. Er dachte noch immer an Jason und die verlorengegangene Pistole. Er ärgerte sich weniger über Jason als über das allgemeine Mißgeschick. Hely meinte, etwas sagen zu müssen.
»Sie haben Jasons Hilfe gut gebrauchen können«, erinnerte sie ihn. »Bela hätte Sie erschossen, wenn er nicht eingesprungen wäre.«
Er wandte ihr den Kopf zu und sah sie ungerührt an. »Ich hätte es auch ohne ihn geschafft«, sagte er. »Mit Ihnen stimmt auch etwas nicht, meine Dame. Sie haben uns etwas vorgemacht. Was hatten Sie überhaupt hier zu suchen? Und schwindeln Sie mir nicht noch mehr vor.«
Sein Blick war kalt geworden. Er fühlte sich frustriert und ließ seine Enttäuschung an ihr aus.
Hely erkannte, daß sie ohne Jason verwundbar war. Sie fühlte sich allein. Sie blickte die anderen an. Martins Gedanken konzentrierten sich ganz auf das holländische Mädchen. Coby hatte ihr von Anfang an die kalte Schulter gezeigt. Die Krankenschwester betrachtete Rogo als den Mann, der das Kommando führte.
»Ich habe Ihnen doch schon alles erzählt«, sagte sie zu Rogo. »Wir suchten nach Überlebenden.«

Es klang schwächer als je zuvor. Hely spürte, daß sie das Vertrauen in ihre Fähigkeit zu täuschen verloren hatte. Diese Gabe, die sie früher ganz natürlich gehandhabt hatte, schien ihr irgendwie abhanden gekommen. Dem Angriff des Polizisten fühlte sie sich hilflos ausgesetzt. Die Tasche an ihrem Gürtel wog plötzlich zentnerschwer.
»Ich weiß nicht, warum Sie auf mir herumhacken«, sagte sie schwach. »Sie würden das nicht wagen, wenn Jason hier wäre.«
»Ach nein?« Rogo geriet in Fahrt. »Sie haben sich bei ihm nur eingeschmeichelt, als Sie sich ihm an den Hals warfen. Ich habe das schon tausendmal gesehen. Sie sind eine Puppe, wie so viele andere. Meine Linda . . .«
Mitten im Satz brach er ab. Die Krankenschwester schaltete sich höflich ein: »Wo ist Ihre Frau, Mr. Rogo? Ist sie gut vom Schiff weggekommen?«
Er blickte sie starr an. Sie konnte ja nicht wissen, was geschehen war. Die Krankenschwester fuhr fort: »Ja, sie hatte wirklich unter der Seekrankheit zu leiden, war es nicht so? Ich besuchte sie in Ihrer Kabine, erinnern Sie sich?«
»Ja, ich erinnere mich.« Rogo sprach sehr leise. »Sie ist tot. Sie stürzte. Es war . . .« Die Bestimmung von Tagen und Stunden fiel ihm schwer, die Ereignisse hatten den Zeitbegriff verwischt. »Es war heute, möchte ich sagen. Sehr früh heute morgen.« Er ließ den Daumen unter die Hosenträger gleiten und blickte auf das Pferdemuster. Klasse, genau wie Linda.
Hely stieß einen Seufzer der Erleichterung aus. Sie hätte die hartnäckigen Fragen des Polizisten nicht viel länger ertragen. Die Tasche erschien ihr geradezu angeschwollen und durchsichtig zu sein. Es kam ihr vor, als ob alle darauf starrten. Sie mußte unverzüglich den Inhalt loswerden.
Sie suchte nach Wohlwollen in den Gesichtern der anderen. »Sie entschuldigen mich – ich will nur kurz den Waschraum aufsuchen«, sagte sie mit einem gewinnenden Lächeln, das aber nicht die vorgesehene Wirkung auslöste. Betont lässig ging sie den Kor-

ridor entlang, wobei sie spürte, daß sie ihre Ängstlichkeit nicht verbergen konnte. Martin hatte nichts bemerkt. Rogo war in Gedanken versunken. Doch das holländische Mädchen hatte sie aufmerksam betrachtet. Hely spürte, wie sich Cobys Blicke in ihren Rücken bohrten.

Sie wandte sich an der ersten Tür zur Seite. Es war ein Vorratsraum. Hely trat in die Dunkelheit und zerrte mit nervösen Fingern am Verschluß der Tasche. Sie wußte, daß sie nichts zu fürchten hatte, wenn sie den Inhalt losgeworden war. Rogo konnte zwar Verdächtigungen aussprechen, aber nichts beweisen. Nur der Schmuck stand zwischen ihr und einem neuen Leben mit Jason. Sie faßte mit der Hand in das Innere der Tasche, um den ganzen Reichtum ihrer Beute zu befühlen. Nur wenige Stunden zuvor hätte sie noch darum gekämpft; jetzt war sie im Begriff, diesen Schatz wegzuwerfen. Was würde Jason denken, wenn er je davon erführe?

»Was machen Sie da?«

Die Frage kam wie ein Schuß. Ihr Herz hämmerte. Das Mädchen Coby blickte scharf beobachtend durch die Türöffnung. »Was haben Sie in der Tasche?«

Keine Antwort. Hely suchte nach etwas Verständnis oder Wohlwollen im Gesicht des Mädchens, doch nur Mißtrauen und Verdacht waren zu erkennen.

»Mr. Rogo!« rief Coby über ihre Schulter. »Sie hat etwas in dieser seltsamen Gummitasche.«

Hely hörte Rogos schweren Schritt und sah, wie er in der Türöffnung erschien. Er hatte die gespannte Atmosphäre gespürt, doch jetzt war er ganz gelassen. »Okay, Coby«, sagte er, »ich werde das regeln.« Als er dann Hely ansprach, war seine Erregung völlig verschwunden. »Sagen Sie uns jetzt alles, meine Dame. Wir müssen es einmal erfahren.«

Alles sollte ihr nun wieder weggenommen werden. Ihre Zukunft, die sie mit Jason teilen wollte, sollte durch dieses böse Überbleibsel aus ihrem Vorleben zerstört werden. Es gab nichts auf der Welt,

das sie sagen oder tun könnte, um den harten Mann, der vor ihr stand, zu erweichen. Sie besann sich auf ihre früheren Lebensgewohnheiten, und so setzte sie alles auf eine Karte und blickte Rogo offen in die Augen.
»Lassen Sie mich zufrieden, und ich mache alles, was Sie wollen.«
Aus ihren Worten klang keine Sinnlichkeit. Es war nicht der Akt eines Vamps, mit dem sie zuvor den Mann von der ›Komarevo‹ in den Raum gelockt hatte. Verführungskünste spielten jetzt keine Rolle mehr. Es war ein direktes, emotionsloses Angebot, eine Art Handel. »Alles«, wiederholte sie. Doch sie wußte bereits, daß er ihre Worte völlig verstanden hatte, denn er starrte sie verblüfft und mit offenem Mund an.
Die wortlose Spannung zerplatzte, als Klaas in den Raum gelaufen kam. Er bemerkte nichts, und die Worte sprudelten aus seinem Mund. »Mr. Rogo! Sie sind weg! Ich bin bis zum Maschinenraum gelangt, niemand ist mehr da. Wir können gehen. Wir müssen dieses Schiff verlassen, bevor sie zurückkommen und bevor es sinkt. Es ist unsere letzte Chance!«
Rogo kratzte sich am unrasierten Kinn. Klaas konnte nicht begreifen, warum Rogo zögerte.
»Um Gottes willen, sehen Sie das nicht ein?« fuhr er in seinem Redefluß fort. »Ich muß für meine Tochter sorgen. Und die anderen Frauen an Bord. Miss Hely und die Krankenschwester. Sie tragen eine Mitverantwortung dafür, daß sie das Schiff verlassen, was immer Sie selbst zu tun beabsichtigen.«
Rogo traf seine Entscheidung. Er beruhigte den Holländer. »Okay, okay. Ich habe Sie schon verstanden, Klaas.«
Er warf Hely einen langen, vielsagenden Blick zu. »Die Sache ist noch nicht ausgestanden, das wissen Sie. Doch jetzt ist keine Zeit dazu. Wir müssen zuerst von diesem Kahn herunter.«
Mit einer Handbewegung wies er sie an, vor ihm aus dem Raum zu treten. Dann rief er den anderen zu: »Also weiter, verdammt nochmal! Worauf warten wir noch? Abmarschiert!«
Die erschöpfte, zerlumpte Gruppe machte sich auf den Rückweg

durch das Schiff nach oben. Hely fragte sich, weshalb das ehrbare Leben so viel schwieriger war als die Unehrenhaftigkeit. Rogo hätte sie haben können. Ein letztes Mal hätte auch nichts mehr ausgemacht. Es war etwas, das sie schon tausendmal getan hatte. Plötzlich wünschte sie sich, ohnmächtig zu werden. Sie wußte nicht, wie Rogos Reaktion ausgefallen wäre.

Es gibt immer ein Heim, zu dem man zurückkehren kann. Das war die Zuversicht, an die er sich während der Greuel des Vietnam-Krieges geklammert hatte. Jason erinnerte sich ganz klar daran, während er weiterkletterte. Mit gleichmäßigen Bewegungen erklomm er die Leiter an der Innenseite des Schachtes. Hand über Hand, Schritt um Schritt, Sprosse um Sprosse. Es war ein langer Weg. Die Silberstreifen der Sprossen erstreckten sich über den Strahlungsbereich seiner Lampe hinaus.

Er erinnerte sich daran, wie er sich gesagt hatte, daß eines Tages alles vorüber wäre, daß er dann wieder in die heile Welt zurückkehren würde, die ihm vertraut war. Zuerst war ihm alles recht aufregend erschienen. Er hatte sich vorzustellen versucht, wie es in Vietnam aussehen würde. Lastwagen voller amerikanischer Soldaten, die in kleine Ortschaften einfuhren, die Straßen voller Menschen, die ihnen Blumen zuwarfen, Jubel und Begeisterung für die Helden.

Menschenmengen hatte er auch wirklich kennengelernt. Massen von Huren, Zuhältern, Käufern, Verkäufern und Schiebern, und zu jedem Lächeln gehörte ein Preisschild. Alle Mädchen liebten ihn. Aber nur zu einem bestimmten Preis. Es war schwer, sich danach als Held zu fühlen.

Und es war auch schwer zu begreifen, weshalb er dort war. Alles war so klar, bevor er ankam. Demokratie und Freiheit waren die Dinge, die er sein ganzes Leben lang als abstrakte Begriffe anerkannt hatte. Patriotismus war so einfach wie Fußball. Doch es wurde anders, als die schwarzen Blätter das gefährliche Blau des vietnamesischen Himmels verdunkelten und als sich das Rauschen

in den Blättern in einen Feuersturm verwandelte. Dann lag zu seinen Füßen ein kleiner, zuckender Körper mit fremdem braunem Gesicht. Und danach fielen sie von den Bäumen wie reife Äpfel, denn dies war der Wille des amerikanischen Volkes. Plötzlich war es dann auf einmal nicht mehr der Wille des amerikanischen Volkes. Hubschrauber holten sie vom Boden jenes leidenden Landes ab, und alles, was ihm blieb, war die Erinnerung an jenes braune Gesicht, das einzige, das nie ein Preisschild getragen hatte.
Die Sprossen fühlten sich kalt an. Er erinnerte sich, im Hubschrauber gedacht zu haben, daß nun alles vorüber sei. Er war auf dem Weg nach Hause. Zurück zu einem normalen Leben, zu sauberen Straßen, zu alten Freunden und alten Gewohnheiten, und die Wärme der Vertrautheit würde das Schaudern aus seinen Gliedern verjagen. Doch sein alter Vater hatte seine Hand ergriffen und etwas von einem schrecklichen Fehler gemurmelt. Die friedfertige Stimmung in der Heimat wandelte sich in eine sengende Scham. Niemand wollte über Vietnam sprechen. Man versuchte, ihn vor seinen eigenen Schuldgefühlen zu beschützen, und seine Anwesenheit diente nur dazu, die Gewissensbisse der anderen zu unterdrücken.
Jason stürzte sich danach auf die Kriege der anderen. Auf Zypern, im Libanon, in Afrika. Er wurde Amateursöldner und nahm den Kummer der Welt auf sich, um seinen eigenen Schmerz zu besänftigen.
Er hatte falsch gehandelt. Er wußte es, als er sich dem oberen Ende der Leiter näherte. Doch dieses eine Mal wenigstens hatte er sich richtig verhalten, war er sich über die Notwendigkeit seines Handelns im klaren. Rogos rauhe Integrität durfte vor der Bösartigkeit Belas nicht kapitulieren. Und auch Hely war noch da. Jason hatte endlich ein Motiv und einen Lohn für sein Handeln gefunden.
Am oberen Ende des Schachtes erblickte er die Öffnung zur letzten Röhre, lehnte sich hinüber und schwang sich hinein. Er befand sich jetzt am obersten Rand des gekenterten Schiffes. Er begann zu kriechen.

12 »Sagt Ihnen das Geschenk zu, Rogo?«

Zum zweiten Mal an diesem Morgen legte die hübsch angestrichene Pinasse der ›Komarevo‹ an den aus dem Wasser ragenden Überresten der ›Poseidon‹ an. Auf diese zweite folgte eine dritte Fahrt des Bootes, und jedes Mal wurden acht Mann befördert. Jeder hatte eine Stechkin-Pistole bei sich. Sie waren einheitlich mit bräunlichen Pullovern und Wollmützen bekleidet. Eine Kampftruppe – so sahen sie aus und das waren sie auch.

Kapitän Bela betrachtete sie voller Stolz. Das Aussehen der Männer deckte sich mit seinen Vorstellungen von Disziplin und Ordnung. Dieses Mal, dachte er, würden keine Fehler vorkommen. Er blickte auf seine Uhr. Er hatte kaum eine halbe Stunde gebraucht, um diesen Stoßtrupp zu organisieren. Bis zur Ankunft einer Bergungsflottille würde noch mindestens eine Stunde vergehen. Er hatte ausreichend Männer, um die Ladung schnell zu befördern. Es waren erfahrene Leute und entsprechend bewaffnet, sie konnten mit Zwischenfällen fertig werden. Kapitän Bela sog an seiner Zigarre. Er gestand sich ganz bewußt ein wenig Selbstzufriedenheit zu in dem Gedanken, die Situation bestens gelöst zu haben.

Anton und die beiden anderen, dachte er, würden mit Sicherheit Jason und seine Freunde durch das Schiff hetzen. Vielleicht hatten sie die Leute getötet, vielleicht auch nicht. Es wäre gut, wenn sie rechtzeitig vor Abschluß des Goldtransportes zur ›Komarevo‹ zurückkehrten. Sonst würden sie zusammen mit den Überlebenden umkommen, wenn die ›Poseidon‹ endgültig versank. Denn sinken mußte das Schiff unbedingt. Die Handgranaten, die er an seinem Hüftgürtel trug, konnten dazu beitragen, dem Schiff den Rest zu geben. Eine schmutzige Affäre würde schließlich in sauberer Weise zu Ende geführt werden. Die ›Magt‹ würde natürlich mit in die Tiefe gezogen werden, zur Bestürzung der ganzen Welt, daß

die Bergungsoperation mit einer solchen Tragödie endete. Doch die Welt, dachte der Kapitän, war leicht über manche Ereignisse bestürzt. Er schleuderte seinen Zigarrenstummel ins Wasser und betrachtete die ruhige See. Nie war das Meer so unbewegt gewesen, dachte er. Um so besser, denn der Transport der Ladung würde dadurch viel leichter und schneller vonstatten gehen.
Er richtete sich im Bug auf, während seine Männer das Boot am walförmigen Rumpf der ›Poseidon‹ festmachten. Dann griff er nach oben zum Rand der Öffnung, die sie zuvor in die Schiffswand geschnitten hatten. Er wollte die Gruppe an Bord führen. Als er sich mit dem Fuß abstieß, fühlte er, wie eine scharfe Stahlkante seinen Finger schnitt. »Verdammt!« rief er aus und ließ sich zurück ins Boot fallen. Sonst hätte ihn der Schuß zwischen die Augen getroffen.
Er spürte, wie ihm der Schweiß ausbrach, und hielt seinen eingeritzten Finger an die Lippen. Das muß Jason sein, dachte er. Schnell und ohne Panik überlegte er. Die einzigen Waffen an Bord waren die Pistolen, die seine Männer bei sich hatten. Irgendwie mußte es Jason und den anderen gelungen sein, wenigstens einen von ihnen zu entwaffnen. Allerhöchstens könnten sie drei Pistolen haben, was aber für seine Mannschaft kein großes Hindernis darstellte.
Schnell erklärte er seinen Männern die Situation. »Geht wie ein Spähtrupp vor«, wies er sie an. »Sie können euch nur erkennen, wenn ihr euch gegen den Himmel abhebt. Rollt euch schnell hinein, und sie werden euch in der Dunkelheit aus den Augen verlieren. Rückt weiter vor zum Heck, unter die Schraubenschächte. Dort gibt es reichlich Deckung. Im Maschinenraum liegt alles in Trümmern.«
Ohne zu fragen oder zu zögern, standen die Männer auf und gehorchten.

»Haben Sie ihn getroffen?«
Rogo beantwortete Martins Frage mit einem enttäuschten Kopf-

schütteln. »Nein, der Schuft duckte sich gerade, als ich den Schuß abgab. Die Kugel war vergeudet.«
Sie hockten hinter einer großen Dampfturbine, die sich beim Kentern des Schiffes aus ihrer Verankerung gelöst hatte und zwischen dem Behälter und dem zum Schornstein führenden Schacht niedergekracht war. Sie waren hoffnungsvoll in dem vermeintlich sicheren Maschinenraum angekommen. Doch als Klaas auf die Strickleiter gestiegen war, erkannten sie die Gefahr. Von der ›Komarevo‹ steuerten Boote mit bewaffneten Männern auf sie zu. Die Turbine bot die beste Deckung, und außerdem bedeutete dies, wie Rogo betonte, daß sie Bela hindern konnten, an das Gold heranzukommen. Darüber hinaus reichten ihre Pläne nicht.
»Wie viele sind es, Klaas?« fragte Rogo.
»Mehr als ein Dutzend«, antwortete der Holländer. »Sie sind schwer bewaffnet, soweit ich das erkennen konnte, mit diesen großen Maschinenpistolen, glaube ich.«
»Du lieber Himmel!« sagte Rogo, mehr zu sich selbst als zu den anderen. Er warf einen verzweifelten Blick um sich. Ein Holländer, dem das Kämpfen nicht lag, ein Herrenausstatter auf einem Bein, eine Krankenschwester, ein Schulmädchen und eine suspekte Taucherin. Er hatte die einzige Waffe, und sie standen einem guten Dutzend gut bewaffneter und ausgebildeter Killer gegenüber. Da konnten sie gleich einen Kampf gegen einen gesamten Truppenverband wagen!
Er blieb in Hockstellung und spähte um die Seite der großen Maschine herum durch das Schiffsinnere zu dem Viereck, durch das der blaue Himmel schien. Hinter ihm stand etwas nach rechts hin die Tür des Behälters offen, und die Goldbarren schimmerten im Dämmerlicht. Der Geruch, den der Tiger ausgeströmt hatte, war noch immer in der Luft.
»Welche Chancen haben wir?« fragte Martin. Er hatte sich gegen die Turbine gelehnt und stützte den verletzten, nackten Fuß auf ein abgebrochenes Rohr. Sein Gesicht schien vor Schmerz und Furcht eingesunken zu sein, und von seinem Eifer war nichts mehr zu bemerken.

Rogo dachte nicht daran, schonungsvoll zu antworten. Er fiel auf seinen Sarkasmus zurück, sein übliches Abwehrmittel. »Oh, das ist kein Problem, Martin«, sagte er. »Gehen Sie nur hinüber zu dem roten Piraten und sagen Sie ihm, Sie müßten bald Ihren Laden aufmachen; dann bringt er Sie nach Hause. Meinen Sie nicht?«

Coby machte große Augen, die aus ihrem hübschen Gesicht herauszukullern schienen. »Wir müssen doch etwas tun können, Mr. Rogo!«

Er blickte sie schräg an und sagte, ein bißchen weniger unfreundlich: »Vergessen Sie nicht, daß hier amerikanischer Zaster liegt. Sie werden schon kommen. Wir können nur hoffen, diese Haie lange genug davon fernzuhalten.« Er hob den Lauf der Pistole an. »Aber lange wird es nicht dauern, bis sie herausfinden, daß wir nur eine Waffe haben.«

Die Krankenschwester begann zu jammern. Hely, die seit ihrer Auseinandersetzung mit Rogo nichts gesagt hatte, legte einen Arm um sie. Klaas blickte auf seine Uhr. Er sah sehr ernst aus, als er Rogo ansprach. »Eine spezielle Bergungsflottille kann noch nicht hier sein. Und vorbeifahrende Schiffe werden vermuten, daß Belas Bergungsschiff die Arbeit übernommen hat.«

Rogo blickte noch immer zum Eingang, wohin auch seine Waffe zielte. »Vielleicht können wir sie zehn oder fünfzehn Minuten lang aufhalten. Danach ist unsere Feuerkraft zu Ende und die Show vorüber, Leute.«

Er sah die anderen an. »Tut mir leid«, fügte er hinzu, und sie nickten stumm. Sie verstanden, daß ihn seine Machtlosigkeit peinigte. Sie begriffen auch, daß der Polizist bei all seiner Zähigkeit unter großem Streß gestanden hatte. Ohne Jason schien er jetzt auf verlorenem Posten zu stehen.

»Hier kommen sie, die stinkenden Halunken«, murmelte Rogo zwischen zusammengepreßten Zähnen. Das blaue Viereck änderte für einen Augenblick seine Form, ein abgeflachter Körper rollte über die Kante, und sie hörten ein krachendes Geräusch, als er zu

Boden ging. Rogo schoß, doch sein gemurmelter Kraftausdruck zeigte, daß er sein Ziel verfehlt hatte. Er stützte seinen Arm gegen das Verteidigungsbollwerk, bereit für den nächsten Schuß. Noch einmal zeichneten sich am Rand des blauen Vierecks die Umrisse einer Gestalt ab, und wiederum zeigte Rogos Fluchen, daß sein Schuß fehlgegangen war.

Er wandte sich um und setzte sich zwischen die anderen. »Laß sie kommen«, sagte er und senkte den Pistolenlauf auf den Boden.

Die Krankenschwester hörte auf zu jammern. »Mr. Rogo«, flüsterte sie. »Bitte geben Sie nicht auf. Sie sind unsere einzige Hoffnung.«

Er sah alt und verbraucht aus, als er zu ihr aufschaute. »Ich vergeude nur die Munition. Ich kann nach dort keinen gezielten Schuß abgeben. Wir müssen sie kommen lassen und dann sehen, wie wir sie erledigen.«

Sie hörten die scharrenden Schritte der Männer der ›Komarevo‹, die an Bord gingen. Dem Geräusch nach bewegten sie sich dem Ende des Hecks zu.

Rogo zuckte zurück. Ein kleiner, scharfer Gegenstand war von seinem Kopf abgeprallt. Er fiel neben seinen Fuß. Rogo hob ihn auf. Es war eine Schraube. Er duckte sich, als ihn wieder etwas streifte, diesmal am Ohr. »Was zum Teufel . . .«, murmelte er und blickte nach oben.

»Stören Sie die Fliegen, Batman?«

Von der vertrauten Stimme aufgeschreckt, starrten alle in die Höhe. Sechs Meter über ihnen hockte Jason lässig auf einem abgebrochenen Geländerstück, wie eine Eule auf einem Zweig. Er ließ noch eine Schraube auf Rogo fallen, schwang sich auf ein unteres Rohr und sprang dann ganz herab. Er landete in Hockstellung vor Rogos Füßen, grinste und sagte zu ihm: »Ich mußte zurückkommen, Rogo, denn nirgendwo sonst ist etwas los.«

Helys verschlossene Gesichtszüge wurden plötzlich lebendig. Sie schlang die Arme um ihn und verbarg das strahlende Gesicht an seiner Schulter. Jason küßte flüchtig ihr schimmerndes Haar.

»Wie war es bloß möglich . . .«, begann Rogo, doch Jason schnitt ihm das Wort ab. »Nicht jetzt, Rogo. Erklärungen später, okay? Wir müssen die Besucher unterhalten.« Er wies zum Heck hin. »Wie viele sind es?«
»Mehr als ein Dutzend«, antwortete der Polizist grimmig. »Mit Stechkin-Pistolen, und wir haben nur diese eine Waffe, und drei Kugeln sind schon vergeudet.«
Er war überrascht, daß Jason bei diesen düsteren Aussichten keine große Enttäuschung zeigte. »Kommt alle nach«, flüsterte Jason und führte die Gruppe dem Behälter zu, wobei er Rogo, der hinter ihm ging, erklärende Worte zuraunte.
»Erinnern Sie sich an meine Pakete, Rogo? Es ist wohl etwas spät für Weihnachtsgeschenke, doch ich habe etwas speziell für Sie.« Er zerrte im rückwärtigen Teil des Behälters an den zerbrochenen Verpackungskisten. »Wie der alte Manny zu sagen pflegte, ich habe für Sie . . . eine Überraschung.«
Er wandte sich um und warf Rogo etwas in die Hände. Es war ein Gewehr. Ein altmodisches Gewehr aus dem Zweiten Weltkrieg. Doch es war ein Gewehr.
Mit einem unterdrückten Freudenruf sprang Rogo an Jasons Seite. Die Kiste war vollgepackt mit gut eingeölten und polierten Garand-Gewehren. Aus einer weiteren beschädigten Kiste holte Jason Munition hervor.
Alle scharten sich um Rogo, der die Waffen austeilte. Draußen ertönten wieder die Knallgeräusche von Schüssen, die im Maschinenraum widerhallten. Belas Männer beharkten den ganzen Raum mit Kugeln, um das Versteck ihrer Gegner auszukundschaften.
Die Krankenschwester weigerte sich, die ihr von Jason angebotene Waffe anzunehmen. »Ich werde beim Nachladen behilflich sein«, sagte sie. Alle anderen wurden bewaffnet, und Jason geleitete sie aus dem Behälter in das Versteck hinter der Turbine. Flüsternd redete er auf sie ein.
»Wissen Sie damit umzugehen, Martin?«

»In den Geschäften bei uns zu Hause gab es so etwas zu kaufen«, erwiderte der kleine Ladenbesitzer. »In der Waffenmeisterei ließ ich mir die Handhabung erklären, ich weiß also Bescheid . . .«

»Großartig!« Jason ließ sich auf ein Knie fallen und spähte um den Rand der Metallbarriere. Er gab einen Probeschuß ab, dann einen weiteren.

»Klappt es bei Ihnen?« Rogo richtete die Frage an Klaas. Dann sah er, daß der Kapitän wie ein Berufssoldat die Waffe inspizierte. Er prüfte den Mechanismus, wischte etwas Öl ab, zog den Verschluß zurück und spähte durch den Lauf. Dann richtete er sich bis zur Oberkante der Turbine auf und feuerte in die Dunkelheit.

»Donnerwetter!« sagte Rogo. »Tut mir leid, Skipper.«

»Alle Europäer meines Alters hatten mit Waffen zu tun, Mr. Rogo«, betonte der Holländer. »Wir hatten ein kleines Problem, als ich ein junger Mann war. Vielleicht haben Sie in Amerika auch davon gehört?«

»Was soll das heißen – alle Europäer?« Rogo kniete sich neben Jason und gab einige Probeschüsse ab. »Wer hat euch denn aus dem Schlamassel herausgeholt? Ich mußte eine dieser verdammten Waffen von der Atlantikküste bis zum Rhein schleppen.«

»Ach, tatsächlich? Ich wußte gar nicht, daß Sie in Ihrer Jugend ein ehrbarer Mensch gewesen sind, Rogo«, mischte sich Jason ein. Sein Lächeln verschwand, als er Hely beobachtete. Sie hockte neben Klaas und feuerte mit der vollendeten Stetigkeit einer berufsmäßigen Schützin. Sie bemerkte seinen Blick. »Hasenjagd«, erklärte sie, und sein Lächeln kehrte zurück.

Sogar Martin schaltete sich ein. »Sagen Sie, Mr. Jason«, meinte er mit gedämpfter Stimme, »die Adresse auf diesen Verpackungskisten war Mexicana Street in Anaheim. Ich kenne dort keine Mexicana Street.«

»Das stimmt«, erwiderte Jason leise. »Und dies hier sind keine Dosen mit Tomaten, wie es in den Papieren heißt.« Hinter der Turbine hockend, gab er einen schnellen Schuß ab. »Diese Griechen stellen nicht allzu viele Fragen, wenn sie gut bezahlt werden.«

»Wie zum Teufel sind Sie überhaupt hierher gelangt?« fragte Rogo Jason zwischen zwei Schüssen. Jason erzählte seine Erlebnisse mit wenigen Worten. Er war im Mittelschacht bis zum unteren, dem jetzigen oberen Ende des Schiffes geklettert und gelangte durch die von den Maschinisten benutzten Gänge weiter. Er wußte, daß sie ihn zum Maschinenraum führen würden.
Sie standen mit dem Rücken gegen die schützende Stahlwand und schoben neue Magazine in die Waffen. »Und was geschah mit Ihrem Spielkameraden?« fragte Rogo.
Mit geheucheltem Kummer erwiderte Jason: »Er hat sich mit dem Tiger davongemacht. Sie starben in inniger Umarmung.«
Belas Männer verhielten sich ruhig, nur die langanhaltenden Salven aus ihren automatischen Waffen unterbrachen immer wieder die Stille. Coby schrak zusammen, als ein wilder Kugelhagel auf ihrer Seite des Raumes niederging. Doch keine Kugel erreichte ihren Zufluchtsort zwischen der Turbine und der Rückseite des Schotts.
Das einzige Licht kam noch immer aus der zwei Meter breiten, in die Schiffswand geschnittenen rechteckigen Öffnung. Die Morgensonne schien jetzt etwas heller, und ein breiter Strahl drang bis in den Maschinenraum vor und tauchte die Kampfszene in ein Dämmerlicht.
Nach Belas Anweisungen hatten sich seine Männer in das hintere Ende des Raumes zurückgezogen; ihre Stellungen waren durch Wälle umgestürzter Dynamos, Rotoren und Generatoren gedeckt. Hier fühlten sie sich vollständig sicher und jagten über den Raum hinweg Salve um Salve in Richtung auf die große Turbine, die Jasons bunt zusammengewürfelter Kampfgruppe Schutz bot.
Vergeblich warteten die Männer von der ›Komarevo‹ darauf, daß sie auf einen vorgestreckten Arm oder ein allzu neugieriges Gesicht zielen konnten. Alle ihre Salven prallten wirkungslos gegen die Turbine und das Schott.
Andererseits fanden Jason und Rogo bald heraus, daß sie ihre Dekkung nicht lange genug verlassen konnten, um das Feuer gezielt zu erwidern. Eine Pattsituation hatte sich ergeben.

Jason sah die Auseinandersetzung als eine Art Guerillakampf. Die umgestürzten Maschinen und zerborstenen Leitungen waren vergleichbar mit dem Berggelände und Dschungel von Vietnam, und der Sieg würde dem zufallen, der das Gelände geschickt auszunutzen verstand. Es mußte einen Weg geben, um den Würgegriff abzuschütteln und Bela in die Enge zu treiben.
Dann kam ihm die rettende Idee. Er verständigte die anderen im Flüsterton und sah, wie ein flüchtiges, grimmiges Lächeln über die ermatteten Gesichter huschte.
Mit Ausnahme der Krankenschwester knieten alle in kurzer, gerader Reihe im Deckungsbereich der Turbine nieder und hoben ihre Gewehre bis zu einem Winkel von fünfundvierzig Grad. Die Präzision, mit der dieses Manöver ablief, stand in seltsamem Gegensatz zum abgerissenen Aussehen der Gruppe. Sie glichen einem fremdartigen militärischen Kommando, das im Begriff ist, Salut zu schießen.
»Feuer!« Auf Jasons Kommando lösten sich gleichzeitig aus allen sechs Gewehren die Schüsse. Coby fiel durch den Rückstoß nach hinten über, nahm aber schnell ihre Stellung wieder ein und begann wieder zu schießen. Es fiel ihr schwer, mit dem Garand-Gewehr umzugehen. Martin mußte sich anstrengen, um den Schußwinkel beizubehalten. Schuß um Schuß feuerten sie in die undurchdringliche Dunkelheit der Oberseite des Schiffsrumpfes ab.
Ein Aufschrei, gefolgt von wilden Ausrufen und Flüchen, drang von der anderen Seite des Raumes herüber. Jasons Plan war geglückt. Sie hatten ihr Feuer auf die gewölbeartige Rumpfdecke konzentriert, damit die Querschläger auf ihre übermütigen Gegner herabhageln würden. Tatsächlich schienen zwei oder drei von Belas Männern getroffen, und Jason hoffte, die Gegner zumindest zeitweilig aus der Fassung gebracht zu haben.
Jason und Rogo richteten sich Schulter an Schulter auf und hoben vorsichtig die Köpfe. Die Männer der ›Komarevo‹ waren zu sehr damit beschäftigt, neue Positionen einzunehmen, um auf ihre

Gegner zu achten. Rogo sah einen winzigen Augenblick lang ein weißes Gesicht aufscheinen, auf das er sofort schoß. Der Wutschrei sagte ihm, daß er sein Ziel getroffen hatte. Auch Jason begann, direkt durch den Raum hindurch in die Dunkelheit zu feuern, und immer wiederkehrende panische Ausrufe deuteten darauf hin, daß er die Verwirrung seiner Gegner noch gesteigert hatte. Die Pattsituation war überwunden. Jetzt standen Bela und seine Männer unter Druck. Glücklicherweise konnten sie Jasons Taktik nicht nachahmen, da sich an der Schottwand hinter Jasons Gruppe keine Rundungen befanden, an denen Querschläger abprallten.
Rogo und Jason beobachteten weiter und gaben auf jeden Schatten, der sich bewegte, Schüsse ab. Sie flüsterten miteinander wie Soldaten im Einsatz, wie Männer, die der gleichen Bedrohung mit der gleichen Entschlossenheit entgegentreten.
»Sagt Ihnen das Geschenk zu, Rogo?« fragte Jason spöttisch.
»Mir sagt es schon zu, aber Bela ist nicht so beeindruckt. Also dies war Ihr kleines Paket, Cowboy? Ich hätte Sie nie für einen Waffenschieber gehalten.«
Auch wenn es ohne kritischen Unterton gesagt war, ließ Jason den Vorwurf nicht auf sich sitzen. »Ich bin kein Waffenschieber. Jedenfalls kein Schieber von Belas Art.«
»Schon gut, schon gut, regen Sie sich nicht auf.« Diesmal war es der Polizist, der Öl auf die Wogen goß. »Wohin sollten die Waffen denn gehen?«
»Zunächst sollten sie an Leute geliefert werden, die ich im Libanon kenne. Die Entscheidung fiel in der Zeit, als die Christen bedroht waren. Jetzt weiß ich nicht mehr, ob es richtig ist, sie zu unterstützen. Vielleicht werde ich die Lieferung nach Afrika umleiten. Dort gibt es ein paar nette Leute, die sich in den Kopf gesetzt haben, neue Diktatoren zu vertreiben. Vielleicht kann ich ihnen helfen.«
In Rogos Antwort klang ein wenig Bewunderung durch. »Cowboy, Sie sehen vielleicht wie ein Herumtreiber aus, aber Sie wissen, wie man mit einer Waffe umgeht. Vietnam?«

»Ja.« Jason feuerte methodisch drei Schüsse ab, die von der Rumpfseite abprallten, und grinste, als er den Widerhall hörte. »Ja, irgendwie hat Vietnam meinen Kopf verdreht. Verstehen Sie?«

Zu Jasons Überraschung nickte Rogo. »Vielen netten Jungen ist es so ergangen.«

Beide duckten sich, als hin und wieder Kugeln an ihnen vorbeiflogen. Belas Mannschaft gruppierte sich offenbar neu, nachdem die Männer ihre Fassung wiedergewonnen hatten.

Rogo richtete sich schnell auf, feuerte, ließ das leere Magazin herausfallen und setzte ein neues ein. Die Krankenschwester eilte mit Munition von einem Schützen zum anderen. Von der anderen Seite verstärkte sich die Schußfolge, und die Schüsse, die Martin und die anderen abgaben, trafen zumeist ins Leere.

»Was soll denn dieser ganze ... Waffenhandel?« fragte Rogo.

»Es klingt verrückt, ich weiß, aber ich hoffte, ein paar Leuten zu helfen, von denen die Welt nichts wissen wollte. Vielleicht könnte man sagen: Ich ernannte mich selbst zum Welt-Sheriff.«

Rogo lachte. »Ein verrückter Job. Ich hätte nicht die Zeit, um die Welt in Ordnung zu bringen. In meinem Viertel gibt es genug zu tun.«

Sie standen nahe nebeneinander, mit ölverschmierten und verschwitzten Gesichtern, und tauschten verständnisvolle Blicke aus.

»Sie haben völlig recht, Batman. Von nun an werde ich nur noch vor meiner eigenen Tür kehren.«

»Gut«, antwortete Rogo. »Und jetzt haben wir den verdammten Roten vor unserer Tür und müssen überlegen, wie wir ihn durchlöchern können.«

Das Feuer aus den automatischen Waffen schwieg plötzlich. Vorsichtig hoben sie die Köpfe, als sie Belas klare, angenehme Stimme durch die Dunkelheit rufen hörten. »Ich möchte mit Ihnen sprechen, Kapitän Jason.«

»Sie haben mir nichts zu sagen, das mich interessieren könnte«, antwortete Jason, ohne zu zögern.

»Vielleicht werden Sie Ihre Meinung ändern, wenn Sie zuhören, Kollege.«
Bela hatte nachgedacht. Es ärgerte ihn, daß er den Vorteil des Angreifers in diesem Kampf verloren hatte. Zwei seiner Männer waren tot, drei weitere verwundet. Sie hatten zwischen den Trümmern neue Stellungen bezogen, wo die Querschläger sie nicht erreichen konnten, doch sahen sie sich einem langen Kampf gegenüber, bis sie an das Gold kommen konnten, besonders nachdem Jasons Gruppe über Gewehre und Munition verfügte.
Dann kam ihm ein Gedanke aus dem Unterbewußtsein, der ihn von Anfang an bewegt hatte. Dieses Mädchen, die Taucherin! Wie erklärte es sich, daß sie Seite an Seite mit einem bulligen, aber integren Polizisten und einem romantischen Idealisten wie Jason kämpfte? Das war die Schwäche der anderen! Er nahm sich vor, sie auszunutzen.
»Ich will Ihnen etwas sagen, Kapitän Jason. Wenn Sie hier herauskommen sollten – was sehr unwahrscheinlich ist –, wird man Sie fragen, warum Sie, der Vertreter von Gesetz und Ordnung, die Gesellschaft eines Leichenfledderers duldeten.«

13 Das Taucherlebnis

Bedrückendes Schweigen folgte seinen Worten. Rogo und Jason sahen sich verständnislos an. »Was für ein Ding will er jetzt drehen?« brummte Rogo. Martin, Klaas, Coby und die Krankenschwester blickten einander forschend in die Augen; sie fanden keine Erklärung. Hely hatte sich hingehockt und das Gewehr neben sich gelegt. Ihr Blick war nach unten gerichtet. Der schöne Traum ging seinem Ende entgegen.
»Was zum Teufel soll das bedeuten?« rief Jason zurück. Es klang weder besonders interessiert noch erregt.

Bela genoß den Eindruck, den seine Worte machten. »Die Taucherin, Jason. Sie und ihre Freunde waren Leichenfledderer, Diebe und Halunken, die den Leichen ihren Schmuck abgenommen haben. Meine Männer töteten die anderen, doch die Dame konnte entkommen. Fragen Sie sie selbst!«

Jasons Grinsen über diese absurde Behauptung erstarrte, als er in Rogos verdutztes Gesicht blickte, und es verschwand völlig, als er sich zu Hely umwandte. Sie war bleich wie ein Leichentuch und wagte nicht, zu ihm aufzusehen. Tränen schimmerten auf ihrem Gesicht. Er sackte nach hinten zusammen.

Entschlossen und sehr langsam richtete sich Rogo auf und ging zu ihr hinüber. Er sprach leise, aber bestimmt. »Wir wollen mal nachsehen, was in dieser Tasche ist, Schwester.« Sie versuchte nicht, ihn an seinem Vorhaben zu hindern.

Seine Hand wühlte sich tief in die Tasche hinein. Einen Moment schloß er die Augen. Dann zog er die Hand heraus, öffnete sie, so daß alle sehen konnten, was er in ihr hielt. Sogar im Dämmerlicht sprühte der Widerschein der Juwelen. Und inmitten des schimmernden Reichtums lag jener Finger, der an einem Ende in einen lackierten Nagel, am anderen in einen blutigen Stumpf überging.

Jason hob den Kopf und erfaßte die Situation. Sein ganzer Körper straffte sich. Sein Mund wurde zu einer schmalen Linie, die Wangenmuskeln spannten sich, und der Atem kam hart durch die Nase.

Dann sprach er, zunächst ruhig. »Ich hielt dich für aufrichtig. Ich glaubte an dich.« Seine Stimme begann lauter zu werden. »Du bist eine Schwindlerin, eine Betrügerin. Eine Lügnerin und Räuberin. Du bist der letzte Abschaum!« Wild hallten seine Worte um ihren gesenkten Kopf. »Geh weg! Laß dich bei mir nicht mehr sehen!«

Er legte seine Arme flach auf die gerundete Oberseite der Turbine, senkte sein verzerrtes Gesicht, tonloser Kummer erschütterte seinen muskulösen Körper.

Alle waren vor Schreck wie erstarrt. Hely hielt ihren Blick noch immer gesenkt; dann stand sie auf und bewegte sich wie ein Roboter dem Schiffsgang entgegen. Niemand machte den Versuch, sie anzusprechen. Sie schien plötzlich in einer Welt zu sein, die keine Berührung mit der Welt der Gruppe hatte. Alle starrten ihr nach. Sie war in ihrer Sünde allein.

Am Schiffsgang blieb sie stehen und nahm Maske und Flossen auf, Gewichtsgürtel und Luftzylinder, die noch an der gleichen Stelle lagen, wo sie sie zurückgelassen hatte, als sie aus dem Wasserloch aufgetaucht war.

Dann hob sie endlich den Kopf. Im Dämmerlicht sahen sie ein Gesicht, das fast nicht wiederzuerkennen war. Der Ausdruck war jenseits aller Schuld und aller Bitten um Vergebung. Keine Hoffnung oder Furcht lag in diesen wächsernen, noch immer schönen Gesichtszügen.

»Für dich, Jason, wäre ich ein Engel geworden.«

Die geflüsterten Worte schwangen in der dunklen Stille. Die zusammengeballten Fäuste des Amerikaners schlugen einen wüsten Trommelwirbel auf dem Stahl, und wiederum brüllte er: »Geh weg! Geh weg!« Als sie sich zu ihr umwandten, war sie gegangen.

Sie ging, weder langsam noch schnell, zurück in das Innere des Schiffes. Sie achtete nicht auf das flackernde Gelb der Brände im Kesselraum, auch nicht auf den fernen Klang der Schüsse.

Auf besondere Art, dachte sie, hätten die Juwelen in ihrer Tasche ein Beweis ihrer Fähigkeit zur Liebe sein können. Sie bewiesen auf alle Fälle, wie sie Körper und Geist so vollkommen beherrschte, daß sie alles werden und alles tun konnte. Nur wegen ihres Ehrgeizes hatte sie sich dazu hergegeben, die Toten zu berauben. Was hätte sie nicht alles aus Liebe erreicht? Sie hätte sich völlig Jasons Wünschen untergeordnet. Sie hätte der Tugend doppelt so viel Leidenschaft widmen können, wie sie bisher dem Laster gab. Doch wie hätte sie das Jason erklären können? Er hätte es nie verstanden.

Sie wachte aus ihren Träumen auf, als sie die halboffene Tür erblickte, die zum Frisiersalon führte. Sie sah hinein. Wie war es nur

möglich, daß die kurze Zeit, die sie in diesem zertrümmerten Raum verbrachte, ihr Leben völlig verändert hatte? Die Zeit hatte sie in der Zange: Es gab keine Vergangenheit, zu der sie zurückkehren, aber auch keine Zukunft, der sie entgegengehen konnte. Nur die Leere der Gegenwart umgab sie.
Hely stolperte weiter, an Theater und Bibliothek vorüber, bis sie an den Rand des Wassers kam, wo die schwachen Wellen des Meeres gegen die Wände des gekenterten Schiffes schlugen.
Mechanisch verfiel sie in die Routine der erfahrenen Taucherin. Sie spuckte in ihre Maske, um das Beschlagen zu verhindern, und zog sie über. Sie hob die beiden Luftzylinder auf den Rücken und schnallte die Riemen fest. Sie zog den Gewichtsgürtel über die anderen Riemen und befestigte die Flossen. Dann schritt sie ins Wasser hinein. Sie schwamm durch die dunklen, mit Wasser gefüllten Korridore und über Treppen hinweg hinunter in das Schiff, bis sie den Weg in das offene Meer gefunden hatte.
An der Wasseroberfläche hob sie ihre Gesichtsmaske und sah sich um, während sie Wasser trat. Die ›Naiad‹ hatte noch nicht abgedreht. Es mußte noch Zeit sein, die Jacht zu erreichen und diesen Ort der Selbstenthüllung und Selbstzerstörung hinter sich zu lassen.
Die spiegelglatte Oberfläche war besät mit Trümmern, die beim Kentern aus dem Schiff geschleudert worden waren, und der klare Horizont betonte nur das abscheuliche Durcheinander am Ort der Katastrophe. Sie erkannte schwimmende Schachteln und Flaschen, undefinierbare Kleidungsstücke, eine Offiziersmütze, Papiere, und ganz in ihrer Nähe einen Weihnachtsmann aus Kunststoff. Bretter und Bänke von den Decks schwammen als Treibholz herum, auch ein Rettungsring, den offenbar niemand benutzt hatte. Ein paar Minuten lang paddelte sie ziellos umher, unschlüssig, ob sie zu Jason zurückkehren sollte. Sie hätte Belas Kugeln oder der Feindseligkeit Rogos standgehalten, doch Jason konnte sie nicht gegenübertreten. Er würde nie glauben, daß diese Hely nicht diejenige war, die die Toten ausgeraubt hatte. So wie er ihre Hoff-

nungen zunichte gemacht hatte, hatte sie seine Träume zerstört, und sie begriff nun, weshalb sein Gesicht von Enttäuschung gezeichnet war.

Das Wasser war nicht blau. Sie hätte dies sofort bemerkt, wäre sie nicht so tief in Gedanken versunken gewesen. Sie sah sich noch einmal um. Der Himmel war klar und wolkenlos, und die Januarsonne schien hell, doch das sonst auch im Winter blau-grüne Meer hatte eine schleimige Färbung angenommen. Erstaunt ließ Hely ihre Hand über die Wasseroberfläche gleiten; wie ein Hochwasser führender Fluß erschien ihr das Meer, getrübt von Schmutzteilchen. Dann bemerkte sie noch etwas anderes: Es war nicht kalt. Und plötzlich kam ihr ein absurder, ganz unwahrscheinlicher Gedanke. Könnte es möglich sein . . .? Und Jason? Da blieb nur eines zu tun. Sie zog die Gesichtsmaske herunter und tauchte in die Tiefe. Die Einsicht, sofort handeln zu müssen, hatte über ihre Unentschlossenheit gesiegt.

Während sie schwamm, erkannte sie, daß Trümmer und ausgelaufenes Öl das Sonnenlicht verdunkelten, das kaum die Wasseroberfläche durchdrang. Sie konnte nur eine Entfernung von drei bis vier Metern überblicken.

Mit kräftigen Flossenbewegungen tauchte sie immer tiefer, ihre langen, silberblonden Haare wie einen Wimpel hinter sich herziehend. Sie blickte prüfend auf den Tiefenmesser. Dreißig Meter. Sie würde viel tiefer hinabtauchen müssen, um herauszufinden, ob sich ihr Verdacht bestätigte. Dies würde eine Tieftauchübung werden. Unter normalen Umständen würde sie so etwas nicht ohne weitere Taucher unternehmen, ohne Sicherheitsleine und alle jene Gerätschaften, die das Risiko verminderten. Doch dies alles galt nicht mehr. Dies war ein Akt kalkulierten Wahnsinns. Ihre Schwimmbewegungen trieben sie weiter nach unten. Das schmutzige Braun der Oberfläche hatte sich in das Blau der Tiefe verwandelt. Das Wasser wurde auch düsterer, und sie sah keine Fische, die sonst gern herbeischwimmen, um menschliche Eindringlinge zu beobachten.

Wiederum prüfte sie ihren Tiefenmesser. Dies war reiner Wahnsinn – sie konnte kaum zwei Meter weit sehen. Dann entdeckte sie tief unter sich einen winzigen Lichtpunkt. Die langen Flossen trieben sie weiter nach unten, und das Licht wurde zu einem Glühen, einem weißen Glühen auf dem Meeresgrund. Um sie herum war das Meer mit Schmutzteilchen durchsetzt, und es kam ihr vor, als schwimme sie in einem badewasserwarmen Hagelsturm.
Halb spürte sie, halb hörte sie ein entferntes Donnern. Die Hagelkörner wuchsen zu Kieseln und dann zu Felsbrocken, die mit Schwung durch das Wasser geschleudert wurden.
Das weiße Glühen schien sich zu verbreitern, und Hely sah die ganze Szene in gespenstischer Beleuchtung. Der Meeresgrund bewegte sich. Seine Klippen und Täler, normalerweise Bereiche von stiller Schönheit, zerfielen. Ein großer Bergrücken wurde angehoben und stürzte dann langsam in sich zusammen. Das Licht verstärkte sich. Das Poltern wurde zu einem Dröhnen, und der ganze Boden des Meeres schwoll in Form eines Kegels an und bebte.
Hely fühlte, wie es sie nach unten zog. Durch das zu tiefe Tauchen hatte sie ihren Auftrieb verloren. Sie sank auf die unter ihr bebende Erde hinab, obwohl sie ihre ganze athletische Muskelkraft gegen den Sog einsetzte. Sie arbeitete kräftig mit den Schwimmflossen, und allmählich bewegte sie sich wieder aufwärts.
Sie blickte auf ihren Tiefenmesser. Sie war viel zu tief hinabgetaucht. Doch es drohte keine Gefahr, wenn sie langsam, nicht mehr als achtzehn Meter in der Minute, nach oben schwimmen und häufige Pausen für den Druckausgleich einlegen würde. Sie zog die an ihrer Rettungsjacke befestigte Plastikkarte zu Rat und prüfte die Anzahl der Pausen, die sie einlegen mußte: zunächst eine Minute, dann sechs Minuten, dann zwölf Minuten . . . Das würde zu lange dauern. So viel Zeit konnte sie sich nicht gönnen. Es gab nur noch eine Möglichkeit, um zu Jason zurückzukehren.
Mit einer Hand schlug sie den Schnellauslösehaken ihres mit Bleigewichten verstärkten Gürtels auf und sah zu, wie er versank. Dann öffnete sie den Hahn ihres kleinen Luftzylinders und fühlte,

das Tageslicht durchschimmerte, vorzuarbeiten. Sie krochen durch die Stahltrümmer, um eine Stellung zu erreichen, von der aus sie ihr Feuer auf die enge Schlucht richten konnten, die ihren Gegnern Deckung bot. Die anderen gaben solange Feuerschutz.

»Allmächtiger!« Rogo erfaßte die Situation. Aus ihrem neuen Angriffswinkel heraus konnten Belas Männer den Bereich vor dem Behälter beschießen, und in diesen Teil ihres Zufluchtsortes pfiffen bereits die Kugeln.

Er erfaßte Cobys Arm und schob sie heftig dem noch geschützten Ende entgegen. »Schnell weg von hier!« Er half Martin auf die Füße und drückte auch die Krankenschwester aus der Gefahrenzone. Die Angreifer schossen gezielt in die Lücke, und die Kugeln pfiffen gegen die Tür und prallten in Richtung Turbine zurück. Wenigstens die Hälfte ihrer Zufluchtsstätte war bereits verlorengegangen.

»He, Cowboy!« Rogo schüttelte Jason an der Schulter, der noch immer an der Turbine zusammengesunken war. »Weitermachen, Freundchen! Heute müssen alle Mann ran.« Er blickte in Jasons Gesicht, das von Schreck und Kummer gezeichnet war. Er schüttelte ihn noch einmal und flüsterte: »Der alte Batman braucht Ihre Hilfe.«

Nichts schien ihn aus seiner Erstarrung lösen zu können. Jason schloß die Augen, öffnete sie wieder, und seine Stimme klang wie ein dumpfes Krächzen. »Gerade, als ich begann, wieder an etwas zu glauben, Rogo. Gerade, als ich dachte, einen aufrichtigen Menschen gefunden zu haben. Und es war Schwindel, so wie alles andere.«

Rogo legte ihm beide Hände auf die Schultern und drehte Jason zu sich um. Seine Stimme klang ungewöhnlich mitfühlend. »Ich weiß, Junge, ich verstehe. Aber wir müssen noch mit diesen Halunken fertig werden.«

Martin hatte sich bis zum vorderen Ende der Barriere geschleppt und versuchte, von hier aus Schüsse abzugeben. Coby war bei ihm, und sie feuerte entschlossen, obwohl der Rückstoß aus der

wie sich die den Auftrieb ausgleichende Rettungsjacke um sie aufblähte. Sie begann aufzusteigen, zunächst langsam, dann immer schneller und zuletzt wie ein menschlicher Korken dem dämmrigen Tageslicht entgegenschießend.
Sie fühlte sich schwindlig und fast zum Kichern aufgelegt und erkannte angstvoll, was dies bedeutete. Wie nannten es die Taucher? Tiefenrausch. Das war es. Die ersten Auswirkungen einer Stickstoffnarkose, wenn beim Atmen unter Druck Stickstoffblasen in den Blutstrom eindringen. Sie begriff dies so gut, wie ein Arzt seine eigenen Beschwerden diagnostizieren kann. Sie hatte zu oft gehört, wie vor der Luftdruckkrankheit gewarnt wurde, um nicht zu erkennen, was mit ihr vorging.
Sie bemühte sich, bei der schwierigen Aufgabe keine Fehler zu machen. Wiederum überfiel sie ein seltsames Gefühl. Es war wohl der Stickstoff, der das Gehirn schläfrig machte. Jetzt mußte sie handeln. Sie riß für einen Augenblick das Mundstück weg und begann, gleichmäßig auszuatmen. Das sollte bei ihrem raketenartigen Aufstieg zur Oberfläche ein Bersten der Lungen verhindern. Und sie mußte ihr Denkvermögen wieder beherrschen lernen. Sie versuchte, sich ein Bild von Jason zu machen. Sie mußte daran denken, daß sie zu Jason zurückging. Als sie an sich herabblickte, bemerkte sie, daß ihre Beine kraftlos herunterhingen. Sie war dabei, die Synchronisation zwischen Geist und Körper zu verlieren. Sie konzentrierte sich entschlossen und begann, die gleichmäßigen Arm- und Beinbewegungen der Schwimmflossen wiederaufzunehmen.
Sie fühlte sich schwerelos, wie ein Vogel im Himmelsblau schwebend. Schmerzen empfand sie nicht, doch sie hatte ein seltsam flaues, unwirkliches Gefühl in den Gliedern. Sie konnte nichts weiter erkennen als die Blasen, die aus ihrem Mund strömten. Silberblasen, hübsche Silberblasen, dachte sie, die wie Juwelen schimmern . . . Die Juwelen! Die Juwelen und Jason. Sie mußte sich an Jason erinnern. Sie mußte dieses Bild im Gedächtnis behalten, sein Gesicht und den durchdringenden Blick.

Und noch etwas gab es, an das sie zu denken hatte. Etwas, das ihr helfen würde. Alle Fachleute hatten ihr immer wieder gesagt, daß die Geschwindigkeit, mit der die Menschen der Luftdruckkrankheit erliegen, von der Willenskraft abhinge. Ein willensstarker Taucher konnte ihr viel länger widerstehen, als ein Mensch, der die Nerven verlor. Wenn sie nur an Jason dachte und sein Bild vor sich hatte, mochte sie es schaffen. Sie mußte die Wolken, die in ihren Kopf einzudringen schienen, bekämpfen. Die Willenskraft, die ihr ganzes Leben bestimmt hatte, würde sie auch auf dieser letzten Reise sicher führen. Dann würde Jason wissen, daß sie ein Engel hätte sein können. Dann würde er Verständnis zeigen. Nur auf diese Weise konnte sie es ihm beweisen.
Das Meer wurde jetzt allmählich heller. Sie hatte alle Stationen übergangen, an denen sie zum Druckausgleich hätte anhalten können. Es war zu spät. Wieder trieben Wolken durch ihren Kopf. Jason! Die Erinnerung an seinen Namen sollte ihr wieder Klarheit geben. Sie wollte ihm zeigen, daß sie ihn liebte, und das war alles, was jetzt noch Bedeutung für sie hatte.
Über sich bemerkte sie die verschwommenen Konturen eines kopfstehenden Schiffes. Sie konnte sich nicht vorstellen, weshalb das Schiff auf dem Kopf stand. Natürlich, das war die ›Poseidon‹. Jason war dort. Im Dämmerlicht erkannte sie, daß zwei Schornsteine zusammengeknickt auf der Seite lagen. Der dritte, dem Heck am nächsten, war intakt. Sie setzte ihr Mundstück wieder ein und schwamm an die Seite des Schornsteins. Sie fand die Inspektionsplatte und zog an den Handgriffen, denn sie hatte schon früher derartige Griffe gesehen. Sie erinnerte sich: Die Handgriffe an der Behältertür, der Tiger, Jason. Sie durfte nicht aufhören, an Jason zu denken. Sein Gesicht war noch immer da, von Wolken eingerahmt. Die Platte löste sich und trieb langsam in die Tiefe, und sie schlüpfte ins Innere. Sie sah die Röhren, deren Lauf sie folgen mußte. Mit den Händen vorfühlend, arbeitete sie sich mit Hilfe der Schwimmflossen weiter nach vorn. Sie war im oberen Heizraum und wußte, daß die gewundenen, den Rauch ableitenden Röhren zum Maschinenraum führten. Und zu Jason.

Plötzlich befand sie sich außerhalb des Wasser. Weshalb konnte sie nicht richtig sehen? Etwas war in ihrer Maske. Ihre Gedanken verwirrten sich. Da war eine Leiter. Ihre Finger schlossen sich um die Holme. Finger wie der, den sie abgeschnitten hatte. Wie der Finger in der Tasche, der sie Jason gekostet hatte. Er war oben an der Leiter. Schwankend erklomm sie die Leiter Sprosse um Sprosse. Sie sah, wie sich die Finger von der Sprosse lösten und fragte sich, ob sie die nächste fassen könnten. Sie taten es.
Dann war sie oben. Alles war still. Verzweifelt kämpfte sie gegen diese Wolken an, die sie zu überwältigen drohten. Sie begann zu kriechen. Sie sah das holländische Mädchen. Hely sprach. Sie war sicher, daß sie etwas sagte, obwohl sie nichts hörte, und das holländische Mädchen nickte. Und noch ein weiteres Gesicht war da – aber war es das Gesicht, das sie immer vor sich gesehen hatte? Und war es ein wirkliches Gesicht oder nur eines, das sie sich einbildete? Ihre Lippen bewegten sich, doch keine Worte formten sich. Jetzt weiß er alles, dachte sie, jetzt versteht er alles, nichts weiter zählt. Dann überzogen die Wolken ihren Geist.

14 Unter den Schatten

Als Hely, eine schwarze, tragische Gestalt, weggegangen war, hatte sich Bela unter die Schatten des Hecks zurückgleiten lassen. Er begann, im Flüsterton seine Anweisungen zu erteilen. Mit der Beschuldigung des Mädchens hatte er zwei Vorteile gewonnen. Jasons Mannschaft hatte ein bewaffnetes Mitglied weniger, und Bela konnte die Stellung seiner Gegner genauer feststellen. Jetzt mußte er schnell handeln, um an das Gold zu gelangen. Hätten die Dummköpfe Rogo ausgeliefert, dann wäre der ganze Transport schon erledigt, dachte er wütend.
Zwei seiner Männer begannen, sich in Richtung auf die Stelle, wo

alten Waffe sie jedesmal fast zum Stürzen brachte. Klaas erhob sich alle paar Sekunden, um zu schießen, und die Krankenschwester kniete hinter ihnen und war mit dem Laden und Austeilen der Gewehre beschäftigt. Jason nahm neben Klaas seinen Platz ein, doch er feuerte mechanisch und schwieg.

Ein kaum fünf Meter breiter Streifen war von dem geschützten Bereich übriggeblieben, und Rogo stand allein an dem gefährdeten Ende, das sich für Belas Schützen immer mehr öffnete. Alles hing jetzt von Rogo ab. Er schoß schnell hintereinander und redete ständig. Er verfluchte Bela mit gotteslästerlichen Ausdrücken und wandte sich dann wieder um und feuerte die anderen an. Ihre Kampfmoral wurde gestärkt durch den beherzten Polizisten. Nur der Anblick dieses unerschrockenen, schweißbedeckten Gesichts hielt sie aufrecht. Jasons Gesicht war hingegen ausdruckslos.

Während sich die Schatten am Rande des Raumes weiterbewegten, erweiterte sich auch deren Schußwinkel. Rogo wurde allmählich immer mehr zurückgedrängt. Unentwegt feuerte er weiter und warf hin und wieder verzweifelte Blicke zu Jason, von dem er Unterstützung erwartete. Der junge Amerikaner schien den Vorgängen kaum Beachtung zu schenken. Doch die Gefahr war groß, daß Belas Männer ihr Feuer direkt auf den Bereich richten konnten, wo Rogo und die anderen kauerten. Die Belagerung wäre dann schnell zu Ende gegangen.

Nur wenig wurde gesprochen. Klaas berührte einmal Cobys Arm und flüsterte: »Es tut mir leid, Coby. Ich hätte dich nicht hierher bringen dürfen.«

Sie versuchte, tapfer zu lächeln. »Es ist nicht deine Schuld, Papa. Du konntest es nicht wissen.«

Martin schaltete sich ein. »Sie sind eine sehr tapfere junge Dame, Coby.« Diesmal gelang ihr das Lächeln. »Es ist nicht so schlimm, wenn jemand wie Sie bei mir ist, James.« Und der kleine Verkäufer spürte trotz Schmerz und Erschöpfung, daß sich seine Haltung etwas straffte.

Rogo war inzwischen fast zu den anderen zurückgedrängt worden.

Nur eine kleine Insel war übriggeblieben. Bald würde auch dieser Bereich im Schußfeld liegen. Hastig redete Rogo auf die anderen ein, während er verzweifelt Schuß um Schuß ins Dunkel jagte.
»Hört zu, Leute. Bela, dieser Halunke, weiß jetzt Bescheid. Zwei von den Kerlen schleichen sich unter dem verdammten Loch durch, das sie in die Wand geschnitten haben. Es dauert nicht mehr lange, bis sie direkt hierher zielen können. Ich kann sie nicht erwischen, wenn ich gegen das Licht schießen muß. Das ist die Situation. Ich gehe auf Belas Handel ein. Ihr anderen könnt hier herauskommen, und ich werde sehen, wie ich mit ihm fertig werde.«
Rogo handelte sein Leben ein, um die anderen zu retten. Sie alle wußten, was er meinte, aber sie wußten nicht, wie sie darauf reagieren sollten. Klaas blickte seine Tochter an und überlegte einen Moment. »Nun, vielleicht . . .«, sagte er schließlich. Doch sie schnitt ihm das Wort ab. »Nein, Papa, ich werde das nicht zulassen.«
Zwischen zwei Schüssen erklärte Rogo seinen Standpunkt, heiser, aber eindringlich flüsternd. »Sehen Sie, Miss, ich bin Polizist. Für so was wie hier werden wir bezahlt. Wir müssen uns herumschlagen, wenn andere zu Hause im Bett liegen. So ist es nun einmal. Ich habe Glück gehabt, daß es bei mir überhaupt solange gedauert hat. Hauen Sie ab, solange es noch möglich ist. Er wird mich nicht lebendig davonlassen, aber was soll's, ich lasse wegen des Goldes nicht mit mir handeln.«
Im Dämmerlicht sahen sie in Rogos erschöpftes, flehendes Gesicht. »Nein!« Das Wort traf sie wie ein Hammerschlag. Jason hatte gesprochen. Er war wieder da, lebendig wie je zuvor. Rogos Angebot der Selbstaufopferung hatte den Panzer seiner Apathie durchbrochen. Seine Willenskraft hatte gesiegt.
»Lassen Sie das, Rogo. Was wir auch unternehmen, wir lassen uns nicht unterkriegen. Sie nicht, und keiner von uns.«
Die wiedergewonnene Lebenskraft dieses Mannes schien sie alle aufzumuntern.
»Und was wollen wir tun?« Rogos Frage hatte nicht den üblichen ironischen Unterton. Er suchte Hilfe.

»Okay, ich werde es Ihnen sagen. Wir holen uns die zwei Burschen, bevor sie uns erwischen.« Als er sprach, prasselte ein Kugelhagel hinter ihnen an das Schott. »Wenn ich Ihnen das Stichwort gebe, dann schalten Sie diese Lampe ein und richten Sie den vollen Strahl auf die Augen der beiden. Ich springe dort hinauf und versuche, sie zu treffen.« Er deutete auf die Oberseite der Turbine.

»Sie werden nach ein paar Sekunden tot sein«, antwortete Rogo.

»Sicher«, konterte Jason. »Aber es wird nicht ein paar Sekunden dauern. Bis die erkennen, daß sie angestrahlt werden und daß ich dort oben bin, bin ich schon wieder unten. Das geht wie ein Wirbelwind.«

»Okay.« Rogo hielt den Kopf geneigt. »Doch noch etwas. Sie schalten das Licht an, und ich übernehme das Schießen.«

Jason übergab die Lampe dem widerstrebenden Polizisten und prüfte sein Gewehr. »Tut mir leid, Rogo. Ich kann das nicht zulassen. Dies ist mein Spiel. Dort, wo ich gewesen bin, konnte man kaum hundert Meter weit laufen, ohne daß ein Heckenschütze einen Schuß abgab. Ich habe Übung darin. Übrigens kann ein alter Bursche wie Sie ohne Hilfe gar nicht dort hinaufklettern.«

Die Frage war geregelt. Rogo nickte zustimmend. »Aber machen Sie schnell, Jason. Diese roten Schleicher sind erfahrene Burschen.«

Er ließ sich auf den Boden gleiten und schob sich, schnaufend vor Anstrengung, auf den Ellbogen vorwärts, bis er den Rand der Stahlbarriere erreichte. Mit der Hand den Rand umfassend, schob er vorsichtig den Kopf vor, um die Stellung der gegnerischen Schützen abzuschätzen. Zufrieden grunzend, richtete er die Scheinwerferlampe so, bis er den Winkel genau gefunden hatte. Der Winkel muß stimmen, dachte er. Eine Chance wie diese bietet sich nicht mehr. Er lag still da und hörte sein Herz schlagen. Es kam nicht oft vor, daß Mike Rogo auf seinen eigenen Herzschlag achtete.

Jason ergriff ein Rohr, das aus der Turbine herausragte und

stemmte seinen rechten Fuß dagegen. Das linke Bein hielt er sprungbereit gebeugt. »Okay«, flüsterte er und sprang nach oben, vorwärts hechtend. Er kam auf die Füße, gewann mit einer kurzen Körperdrehung das Gleichgewicht, und hatte das Gewehr schon an der Schulter, als der starke weiße Lichtstrahl die Dunkelheit durchschnitt.

Im Lichtkreis zeichneten sich die Konturen der beiden Männer genau ab. Der eine kroch auf dem Bauch durch ein Gewirr von Metallstangen, der andere war in Hockstellung und lud gerade seine Waffe; beide hielten die Hände vor das Gesicht, um sich vor dem unerwarteten und unerklärlichen Lichtschein zu schützen. Die bestürzend grelle Beleuchtung überfiel die beiden so überraschend, daß sie die Phantomgestalt, die mit gespreizten Beinen über ihnen stand, erst bemerkten, als diese den ersten Schuß abgab.

Der Mann, der seine Pistole neu laden wollte, grunzte und kippte nach vorn. Der kriechende Mann zuckte und fiel dann still und bewegungslos zur Seite. Dann ertönte wüstes Schnellfeuer aus allen Maschinenpistolen, und irgendwo in der Dunkelheit hallte ein Jubelschrei. Jason schwankte und ließ sich dann krachend nach hinten fallen.

»Oh, Mr. Jason!« Die Krankenschwester keuchte und griff nach seiner Hand, um den Puls zu fühlen.

Sofort saß er wieder aufrecht. »Nun, hat es geklappt, Batman?« Er grinste und sah, daß sich der Triumph auf den Gesichtern der anderen widerspiegelte.

Die Krankenschwester riß seinen Ärmel auf, der sich über seinem Ellbogen langsam dunkel färbte. »Es blutet stark«, sagte sie, »aber es ist nur eine Fleischwunde.«

Rogo half Jason auf die Füße. »Gut getroffen«, sagte er. »Sagen Sie mir Bescheid, wenn Sie je den Entschluß fassen, sich der New Yorker Verbrecherwelt anzuschließen. Dann gehe ich in Pension.«

»In Ordnung«, sagte Jason. »Aber jetzt müssen wir uns mit den Verbrechern hier befassen.«

Die Zeit und das Gold glitten ihm durch die Finger. Kapitän Bela kniete in der Deckung einer zerborstenen Dynamomaschine und dachte über diesen feinsinnigen Vergleich nach. Schon eine halbe Stunde dauerte das Gefecht an. Wie viele dieser schönen schmalen Barren hätte seine Mannschaft in dieser Zeit abtransportieren können! Genügend, um ihn sein Leben lang zu einem reichen Mann zu machen. Er fluchte leise auf diesen Tag, der durch stümperhafte Unfähigkeit gekennzeichnet war, und forschte nach einer einfacheren, direkteren Lösung.

Zunächst war ganz offenkundig, daß Anton und die anderen umgekommen sein mußten. Eigentlich war es nicht vorstellbar, daß sie sich von ein paar zerlumpten Amateuren hatten überwältigen lassen. Aber mit ihnen war nicht mehr zu rechnen. Und dann, als sein neuer Plan nahezu gelungen war, wurde er erneut überlistet. Ein Lampenstrahl und zwei Kugeln. Und die Zeit verstrich. Bela fluchte auch auf sich selbst. Alles war eine Sache der Reflexe. Es hätte verhindert werden können, wenn er schnell genug seine Überraschung überwunden und geschossen hätte. Hinter dieser Barrikade standen noch immer zwei erstklassige Schützen: Jason und der Polizist. Er aber hatte fünf Mann verloren, und zumindest zwei weitere waren verwundet. Das machte nichts aus. Sie waren zu ersetzen. Was allein zählte, war die Tatsache, daß er seinen Versuch wiederholen mußte, den Polizisten auszuräuchern, während die goldenen Minuten ungenutzt verstrichen.

Es würde nicht wieder vorkommen. Er zielte beständig mit seiner Pistole auf die Stelle, wo Jason gestanden hatte. Zwei weitere seiner Männer arbeiteten sich unter der hellen Eingangsöffnung erneut vorwärts. Er fluchte; sie waren ihm zu langsam. Er wußte, daß sie jetzt vorsichtig und scharf beobachtend vorgingen. Ihre anfängliche Verachtung gegenüber jener bunt zusammengewürfelten Gruppe hatte sich in widerwilligen Respekt verwandelt, und sie waren nicht bereit, sich leichtsinnig Gefahren auszusetzen.

Er empfand Jason gegenüber keinen Groll. Bela war stolz auf seine Objektivität. Er hatte immer gewußt, daß Jason den Ruf hatte, ein schwieriger Mann zu sein. Er machte sich nicht die Mühe, die Motive eines Mannes zu ergründen, der sein Leben aufs Spiel setzte, um einen wertlosen Polizisten zu retten. Bela konnte den Einfallsreichtum dieses Mannes nur bewundern. Er wünschte nur deshalb Jasons Tod, weil er zwischen ihm und dem Gold stand. Doch gleichzeitig hätte Bela gern den Preis gewußt, für den ein solcher Mann sich kaufen ließ. Jeder hatte seinen Preis, und Bela hätte allzugern Jasons Könnerschaft gekauft. Eine verrückte Welt, wo zwei so hochqualifizierte Männer wie er und Jason im Namen obskurer politischer Grundsätze in verschiedenen Lagern arbeiteten! Was könnten sie gemeinsam alles erreichen! Immer noch zielte er auf die Stelle, wo dieser Mann gestanden hatte, den er so respektierte. Welch schreckliche Vergeudung, dachte er. Kapitän Bela haßte unsinnige Vergeudung.

Er versuchte noch einmal, sich die Überlegungen seiner Gegner vorzustellen. Was dachten sie, was hatten sie vor? Sie mußten sich darüber klar sein, daß sie diesen Trick nicht wiederholen konnten, daß er zur Abwehr bereit war. Sie mußten auch wissen, daß sie erledigt sein würden, sobald ihr Zufluchtsort in den Schußbereich geriet. Sie würden zermürbt werden, da sie an Schützen und Waffen Belas Mannschaft unterlegen waren. Sie würden sich mit ihm einigen müssen, oder umkommen, und er konnte nicht begreifen, warum sie sich nicht entsprechend verhielten.

Dann hörte er Geräusche aus dem Bereich hinter der Barrikade. Schüsse fielen jetzt nur noch vereinzelt, dagegen wurde viel geflüstert und gemurmelt. Er machte sich darauf gefaßt, daß Jason einen neuen Trick versuchen würde, und verwünschte wiederum die schnell verstreichende Zeit.

Der scharfe Geruch von Schießpulver erfüllte den Maschinenraum. Das Schnellfeuer der Stechkin-Pistolen war untermischt mit dem abgehackten Knallen der alten Gewehre, und der hohle Rumpf der gekenterten ›Poseidon‹ hallte wider, während Kugel um Kugel im Zickzack gegen das Stahlgewirr prallte. Eine drän-

gende, tödliche Auseinandersetzung wurde hier ausgetragen, und es blieb keine Zeit mehr für heroische Späße.
Belas Männer hatten sich wieder entlang der Seite des Rumpfes eingeschlichen. Salve um Salve schossen sie in den engen Bereich, den ihre Gegner noch hielten, und sie schoben sich immer weiter vor, um den Schußwinkel zu erweitern. Jason und Rogo knieten Seite an Seite und feuerten pausenlos, um sie abzuwehren. Doch sie wurden weiter zurückgedrängt. Mit ihren über dreißig Jahre alten Waffen konnten sie nur hoffen, das Vorrücken ihrer Gegner zu verlangsamen. Nur zentimeterweise gingen sie im letzten Augenblick zurück.
Klaas gesellte sich zu ihnen. Von der anderen Seite wurde jetzt wenig geschossen. Er lehnte sich gegen die Turbine, die ihnen Deckung geboten hatte, und feuerte blindlings in die Dunkelheit jenseits der erhellten Öffnung.
»Was erwarten Sie?« fragte er. Er schien kaum eine Antwort von den zwei grauen, grimmigen Gesichtern unter ihm zu erwarten.
Rogo blickte ihn düster an. »Eine ganze Schar Halunken«, murmelte er. Er brauchte nicht zu betonen, daß der Vorteil auf Belas Seite lag.
Selbst Coby erkannte die Lage. Sie blickte nach hinten und sah, daß die drei Männer beständig weiter zusammenrückten. »Sie werden zurückgedrängt, James«, flüsterte sie.
Martin drehte sich nicht um. Er war sich über ihre verzweifelte Lage im klaren. »Ich wünschte, Mr. Rogos Freunde würden sich beeilen und bald hier sein«, seufzte er. »Oder sie kommen zu spät.«
Die Männer von der ›Komarevo‹ konzentrierten ihr Feuer jetzt auf Jasons Ende der Barrikade, doch Coby strengte noch immer ihre Augen an, um ein Ziel zu finden. Sie konnte die Konturen der umgestürzten Maschinen ausmachen. Da fiel ihr, nur wenige Meter entfernt, unter den Schatten eine Bewegung auf. Etwas kam aus dem Loch, aus dem das Wasser ausgeflossen war, als sich das Schiff zur Seite neigte. Das holländische Mädchen riß das Gewehr an ihre

schmerzende Schulter. Ihr Finger lag nahe am Abzug, und sie versuchte zu zielen. Dann sah sie eine silberblonde Strähne, und sie erkannte Hely und ihr schimmerndes Haar. Hely kroch auf sie zu. Zweimal brach sie mit dem Gesicht nach unten zusammen, doch dann schleppte sie sich zentimeterweise vorwärts.

Coby ließ ihr Gewehr fallen und rannte auf sie zu. Sie stützte die zusammenbrechende Gestalt von unten und zog sie weiter, bis sie hinter der Turbine in Deckung war.

»Sehen Sie!« sagte sie zu Martin. »Hier ist die Taucherin. Ich glaube, sie stirbt.«

Sie zog Helys Gesichtsmaske hoch. Blut lief über ihre Lippen. Sie schnappte nach Luft, und ihre blutunterlaufenen Augen rollten, als ob sie etwas suchten. Ihre Haut wirkte durchscheinend.

»Was ist geschehen?« fragte Coby. »Können Sie mich verstehen?«

Ihre Lippen bewegten sich. Coby beugte sich herunter, so daß sie den Atem der schnaufenden Hely am Ohr spürte. Zwischen den Atemstößen formten sich verschwommene Worte.

»Ja, ja«, sagte Coby. »Ich höre Sie. Wie tief? Wie lange? Oh, nein!« Sie wandte sich an die Krankenschwester. »Können wir nichts tun?« Die Krankenschwester schüttelte den Kopf.

Dann war Jason an ihrer Seite. Er kniete nieder, hob Helys Kopf und nahm ihre schlaffen Schultern in die Arme. Seine Finger streichelten zärtlich ihr Silberhaar und wischten das Blut ab, das an ihrer Wange herablief. Sie bemühte sich, den Kopf gerade zu halten, und ihre Augen verengten sich bei dem Versuch, Konturen wahrzunehmen. Als sie dann sein Gesicht erkannte, blieb ihr Blick dort haften, und der Anflug eines Lächelns huschte über ihre Züge.

Ihre Stimme war ein körperloses Flüstern. »Jetzt begreifst du es«, sagte sie, unendlich leise und gedehnt. »Ich hätte dein Engel werden können.«

Seine blutbeschmierten Finger ruhten auf ihrer Wange. »Ich weiß«, sagte er. »Ich begreife es jetzt.«

Ihre Augen bekamen einen starren Glanz. Jason beugte seinen Kopf, und als er ihn wieder hob, waren seine Lippen blutrot. Coby berichtete schnell. »Sie ist bis zum Meeresgrund hinabgeschwommen, und sie sagt, daß unter dem Schiff ein Vulkan ausgebrochen ist.«

Die Krankenschwester sprach mit ernster Stimme zu Jason. »Es muß die Luftdruckkrankheit sein. Sehen Sie, sie hat ihren Gewichtsgürtel abgeworfen und ihre Rettungsjacke aufgeblasen. Sie muß wie eine Rakete hochgestiegen sein.«

Jason war für einen Augenblick verblüfft. »Sie meinen, sie ist ohne Pause und ohne Druckausgleich zurückgeschwommen?«

»So muß es gewesen sein«, antwortete die Krankenschwester. »Sie hat es absichtlich getan. Jeder Taucher weiß, daß er den Druckausgleich herstellen muß, und er weiß auch, was geschieht, wenn er es nicht tut. Es war ein kalkulierter Selbstmord.«

Jason sah niedergeschmettert aus, als er auf die eisige Maske in seinen Händen blickte. Coby erkannte kaum ihre eigene Stimme, als sie sagte: »Das war die Wahrheit, Jason. Sie liebte Sie so, daß sie dafür zum Sterben bereit war. Sie war wirklich ein Engel.«

15 »Wer braucht schon einen toten Polizisten?«

Das Herumlaufen und Murmeln hatte aufgehört. Die Männer von der ›Komarevo‹ spürten, daß sie im Vorteil waren und bereiteten ihren systematischen Angriff mit einem betäubenden Kugelhagel vor. Doch noch lauter hallte plötzlich der Aufschrei eines Mannes. Ein Schmerzensschrei, der in ein schwaches Stöhnen überging. Er kam aus dem Bereich hinter der Turbine. Einer von Belas Männern stieß einen Jubelruf aus.

Bela lächelte. Seine Leute machten Fortschritte.

»Bela!«

Er erkannte Jasons Stimme und antwortete sofort. »Ja, Kapitän Jason?«
»Können wir jetzt vernünftig sprechen?«
»Vielleicht.« Bela war vorsichtig. Schon zweimal hatte ihn der Amerikaner überlistet. Auf der anderen Seite war einer von Jasons Männern zumindest schwer verwundet, und Bela wußte genau, daß die Zeit so wertvoll wie Gold war.
»Wir schließen einen Handel ab.« Jason betonte jedes seiner Worte. »Wir gehen weg, und Sie behalten das Gold.«
Bela gab Befehl, das Schießen einzustellen, und trat in das Niemandsland zwischen den beiden Gruppen vor, schnell die Möglichkeiten dieser neuen Situation überdenkend. »Weshalb ziehen Sie plötzlich diese Lösung vor, Jason?«
Wiederum redete Jason in rein geschäftsmäßigem Ton. »Sie haben den Polizisten getroffen. Er war derjenige, der wegen des Goldes kämpfen wollte.«
Also von diesem Mann war der Schrei hergekommen, dachte Bela. »Und was ist mit Ihrem berühmten ... Paket, wie sie es wohl nannten?«
»Der Inhalt ist jetzt ziemlich abgenutzt. Es waren die Gewehre, mit denen wir geschossen haben.«
»Ach so.« Ein weiteres Geheimnis lüftete sich für Bela. Doch er zögerte noch. »Und wie kann ich sicher sein, daß Ihr dicker Polizist tot ist?«
»Kommen Sie und sehen Sie nach.«
»Vielleicht schießen Sie auf mich«, gab Bela zurück.
Die Antwort war schon unterwegs, bevor er den Satz beendet hatte. »Hören Sie damit auf, Bela. Ich bin nicht wie Sie. Sie wissen, daß Sie sicher sind.«
Ein befriedigtes Lächeln erhellte Kapitän Belas Gesicht. Er arbeitete sich über Maschinentrümmer zur anderen Seite des Raumes vor.
Als er den Rand der von Kugeln zerbeulten Turbine erreicht hatte, erfaßte er mit einem Blick die armselige Gruppe von Amateur-

kämpfern, die sich ihm in den Weg gestellt hatte. Nicht zu fassen, dachte er. Dann blickte er auf die Gestalt des Polizisten, die mit dem Gesicht nach unten auf dem Boden lag.

»Er ist tot.«

Jason nickte. »Ja, er ist tot. Einer von Ihren Halsabschneidern hat Glück gehabt und ihn an der Stirn getroffen.«

Bela stieß mit der Schuhspitze unter die schlaffe, schwere Gestalt. Sie kippte um, und die dicken Arme waren ausgebreitet, mit den Handflächen nach oben. Zwischen Haaransatz und Auge waren Blutstropfen erkennbar.

»Er war schon tot, bevor er zu Boden stürzte.« Eine Frau kniete neben der Gestalt, deren Handgelenke sie noch umklammert hielt. »Armer Mr. Rogo.«

Bela hatte sie zuvor nicht gesehen. »Wer sind Sie?«

Sie blickte auf. »Ich bin die Schiffsschwester. Die letzte Überlebende. Sie fanden mich zufällig.« Bela sah die Fetzen ihres einst gestärkten Kittels und nickte. Er war zufrieden.

»Sie können immer noch sein Herz abhorchen, Sie ungläubiger Kerl«, sagte Jason, doch Bela trat bereits auf die andere Seite zurück.

»Ich bin am Leben geblieben, weil ich immer vorsichtig gewesen bin, Jason. Es wird wohl nicht erforderlich sein, danke.« Er sah sich um und erblickte eine weitere leblose Gestalt, die Taucherin. »Also die ist auch tot, die hübsche kleine Grabräuberin«, sagte er.

Jasons ganzer Körper versteifte sich, und er schien vorspringen zu wollen. Doch Coby ergriff ihn fest am Arm und antwortete für ihn. »Ja, sie kam zurück, aber sie starb bald danach. Wie Sie sehen können«, fügte sie mit schwacher Stimme hinzu.

Wiederum nickte Bela flüchtig. Er sprach jetzt ganz sachlich. »Also gut. Es besteht kein Anlaß für Sie, noch länger hierzubleiben.«

»Noch etwas.« Jason war wieder entspannt. »Ich muß das Mädchen mitnehmen.«

Bela zuckte die Schultern. Er stieß mit dem Fuß an die stämmige

Gestalt des Polizisten. »Ihn auch?« Dabei beobachtete er Jasons Gesichtsausdruck.
Jason hob Hely ohne Anstrengung in seine Arme und begegnete Belas Blicken. »Wer braucht schon einen toten Polizisten. Er war ein netter Bursche, aber der Kampf ist vorüber.«
»Bitte!« Beide wandten sich um, offenbar gleichermaßen überrascht. Es war der Mann mit dem Kindergesicht. Wie ein furchtsamer kleiner Vogel stand er auf einem Bein. Sein anderer Fuß, den er hochhielt, war nackt. »Bitte, er war ein Freund von mir. Wir machten zusammen Urlaub. Wir saßen am gleichen Tisch, ich und Mike.«
Überdruß und Verachtung mischten sich in Belas Gesichtsausdruck. »Ich kann mir nicht vorstellen, was das für eine Bedeutung hat. Aber nehmen Sie ihn mit, wenn das Ihr Wunsch ist. Jetzt muß ich aber bitten, daß Sie schnell das Schiff verlassen. Ich habe hier noch etwas zu erledigen.«
Jason führte den traurigen Rückzug zu Belas Strickleiter an. Er blickte zu den anderen zurück, während er die weiche Gestalt in den Armen hielt, deren langes Silberhaar an der Seite herabhing. Klaas faßte Rogo unter den Armen an, Martin hob die Beine. Hüpfend und schwankend folgte er dem Holländer, den leblosen Körper vor sich herschiebend. Die Krankenschwester ging neben ihnen, leise schluchzend. Coby machte den Schluß. Ihr Gewehr hielt sie auf Bela gezielt, der auf der anderen Seite des Raumes stand.
Bela erteilte seinen Männern bereits Anweisungen, die Waffen abzulegen und mit dem Transport des Goldes zu beginnen. Er betrachtete das Mädchen mit einem Anflug von Humor in den Augen. »Was soll das heißen?« sagte er mit gespielter Überraschung. »Vertrauen Sie mir nicht?«
»So viel wie einem tollwütigen Hund!« rief sie zu ihm hinüber.
»Ach, es gibt so viele Helden, Mademoiselle.« Bela seufzte dramatisch. »Und so viele Heldinnen. Sie sollten Ihr Urteil nie von Ihren Gefühlen beherrschen lassen. Dies ist alles nur ein Geschäft.«

Er blickte zu Jason empor, dessen Gestalt für einen Augenblick in dem ausgeschnittenen Viereck erschien. »Es war mir ein Vergnügen, mit Ihnen ein Geschäft abzuschließen, Kapitän Jason«, rief er hinauf. »Vielleicht klappt es ein anderes Mal wieder?«
Jasons Antwort kam wie aus weiter Ferne. »Es sollte mich sehr wundern, Bela. Sehr wundern.«
Der elegante Kapitän lachte vergnügt, während die Gruppe das Schiff verließ. Coby strauchelte am Fuß der Leiter ein wenig. Doch dann kletterte sie schnell hinauf und verschwand am oberen Ende.
Bela schritt zum Behälter hinüber und schaltete seine Lampe an. Die schmalen Goldbarren kamen zum Vorschein. Er blickte prüfend auf seine Uhr und befahl seinen Männern, sich zu beeilen. Dann verschränkte er seine Arme und summte eine alte Walzerweise vor sich hin. Schließlich war es doch noch ein guter Tag geworden. Von nun an würde es nur noch gute Tage geben, dachte Kapitän Bela.

Das klagende Geräusch einer Bootsmannspfeife klang durch den friedlichen Morgen auf dem Mittelmeer. Es war das Still-Signal, der traditionelle Achtung-Befehl für die Seeleute, und diese eine durchdringende Note brachte die im Halbkreis auf dem Achterdeck der ›Magt‹ stehenden Überlebenden sofort zum andächtigen Schweigen. Der ernst blickende Seemann, der die Pfeife geblasen hatte, nahm sie von den Lippen, und Klaas begann, aus einem kleinen Gebetbuch vorzulesen. »Ich bin die Auferstehung und das Licht . . .«
So hatte es kommen müssen, dachte Jason. Hinter ihnen erschienenen Meer und Himmel im gewohnten, gestaltlosen Blau. In den ersten Minuten nach ihrer Rückkehr zur ›Magt‹ hatten sie alle nur an ihre Sicherheit gedacht. Die alten Schiffsmaschinen waren wieder zum Leben erwacht, und der alte Frachter, vom Bug bis zum Heck zitternd, begann sich seinen Weg durch das Meer zu bahnen. Klaas hatte gespürt, daß Jason sich Sorgen machte, und war ein-

verstanden mit einer Veränderung des Standorts. Der schnell organisierte Gottesdienst zeigte, daß Klaas es verstand, diszipliniert zu arbeiten. Er fand die richtige Stelle in dem alten Gebetbuch, und er wußte auch, daß einer seiner Männer noch eine Bootsmannspfeife hatte.

Er hatte alles unauffällig vorbereitet, während Jason an Deck stand und zu der Szene hinüberblickte, die ihm viel trauriges Erleben und wenige Minuten eines stürmischen Glücks gebracht hatte. Zunächst konnte Jason noch beobachten, wie Belas Männer die Goldkisten in die Pinasse hinabließen. Allmählich vergrößerte sich die Entfernung, als die ›Magt‹ weiterfuhr. Doch jetzt lagen die Maschinen still. Nur die Stimme von Klaas war zu hören. Bald, dachte Jason, wird alles vorüber sein.

Vier Seeleute, die hinter der Gruppe standen, gingen bis zur Reling vor und knieten nieder. Sie hatten einen Lukendeckel auf ihren Schultern getragen. Auf ihm lag Hely, in ein reines weißes Laken genäht. Klaas entschuldigte sich bei Jason: Er hatte keine französische Flagge an Bord. Die beiden hinten stehenden Männer waren dabei, das Ende des Deckels anzuheben, doch Jason trat dazwischen. Er blickte zu Klaas hinüber, der ihm zunickte, und ließ seine Arme unter die leblose Gestalt gleiten, so wie er es getan hatte, als er sie von der ›Poseidon‹ fortbrachte. »Wir übergeben somit ihren Leib der See . . .« Die beschwerte Leiche glitt fast ohne Spritzer in das Wasser und versank augenblicklich. Klaas fuhr fort, die Beisetzungsformel zu sprechen. Jason sah, daß die Wasseroberfläche wieder glatt war. Sie gehörte mehr dem Wasser als dem Land, dachte er. Er mochte keine Marmorkreuze und Blumen. Jetzt würde jede Welle ein Denkmal für sie sein. Es war wirklich so, wie es sein sollte: Die tröstenden Worte und die See, die alles vergab. ». . . und die Liebe Gottes und die Gemeinschaft des Heiligen Geistes sei mit uns allen. Amen.«

Die Bootsmannspfeife war wieder zu hören, zuerst eine hohe, dann eine tiefe Note. Es war der Befehl zum Weitermachen. Klaas ließ das kleine Buch zuschnappen, die Schiffsmaschinen begannen

wieder zu arbeiten. Die Feier war vorüber. Jason wollte gerade Klaas seinen Dank aussprechen, als er Cobys Aufschrei hörte: »Sehen Sie, dort drüben! Um Himmels willen!«
Die ›Poseidon‹ hob sich aus dem Wasser. Das Heck des Schiffes zitterte wie ein großes, sterbendes Tier, das noch einmal aufrecht zu stehen versucht. Das Meer schien zu kochen, Wasserfontänen spritzten hoch. Plötzlich wurde die ›Poseidon‹ in die Luft geschleudert. Wie gebannt verfolgten die Menschen auf der ›Magt‹ den schaurigen Vorgang.
Eine riesige Masse schwarzer Lava war vom Meeresgrund emporgedrückt worden. Das Einundachtzigtausend-Tonnen-Schiff lag wie ein gestrandetes Kinderspielzeug auf dieser Masse. Eine Insel wurde geboren. Die tief in der Erde schlummernden Urkräfte, die in der Nacht zuvor die Flutwelle verursacht hatten, trieben nun Millionen Tonnen von Lava durch das Wasser nach oben. Die See kochte und dampfte um diesen Vulkanausbruch, und ein heftiges Dröhnen und dumpfes Krachen erfüllte die Luft.
Trotz des Dampfes hatten sie einige Sekunden lang dieses Bild klar vor sich. Dann ertönte ein ohrenbetäubendes Getöse: der Vulkan sprengte eine Säule von Flammen und Rauch hoch in den Himmel. Riesengroße Felsbrocken segelten durch die Luft. Der Himmel wurde dunkel, die Sonne verschleierte sich, und ein Regen von Asche und Schlacke ging nieder.
Explosion folgte auf Explosion. Die Säule aus weißen, gelblichen und rötlichen Farbtönen, verbunden mit großen Dampfwolken, zog nach oben. Dann sanken die Flammen zurück wie ein verlöschendes Feuerwerk, und sie sahen, daß an der Oberkante des emporgewuchteten Berges eine riesige Höhle klaffte. Wie eine furchtbare Wunde glühte sie blutrot, und an ihren schwarzen Hängen flossen langsam rötlich schimmernde Ströme herab.
Von der ›Poseidon‹ war nichts mehr zu sehen. Sie war gänzlich verschwunden. Von den Kräften des Feuers in Stücke zersprengt, von verheerender Hitze verbrannt, war sie in den Schlund der Erde hineingesaugt worden. Das Geisterschiff mit seinen Leichen, seinen Plünderern und seinem Gold war völlig vernichtet.

Die Luft schien vom Übermaß an Hitze und Licht zu schimmern, und die Zuschauer auf der ›Magt‹ beschirmten ihre Augen. »Es ist schrecklich«, flüsterte Coby und warf sich zitternd in die Arme ihres Vaters.
»Als ob man in den Rachen der Hölle blickt«, murmelte Jason.
Sie waren von dem Anblick so gefesselt, daß sie die Gefahr erst erkannten, als das Unglück schon über sie hereinbrach. Gerade noch rechtzeitig konnte Klaas »Vorsicht!« rufen. Eine sechs Meter hohe Welle wälzte sich über das Meer. Sie traf das Heck der ›Magt‹ und schäumte wild über die Aufbauten des Schiffes. Sie starrten in Schaum, dann wieder in Himmelsfetzen, während die ›Magt‹ hilflos hin- und herschlingerte. Eine Zeitlang sah es aus, als ob der Gott des Meeres, der sich die ›Poseidon‹ geholt hatte, auch sie in die Tiefe ziehen würde, während eine Welle nach der anderen den Frachter umherschleuderte. Doch dann beruhigte sich das dröhnende Meer, und als sie wieder auf die Füße kamen, sahen sie neuentstandenes Land.
Der Aschenregen hatte sich auf dem Meer verteilt, das jetzt eine stumpfe Bleifärbung aufwies. Der Himmel hatte sich aufgeklärt. Sonnenschein lag über dem Wasser. Die neue Insel war klar erkennbar, gekrönt von Gas- und Rauchwolken, die sich in der windstillen Luft kräuselten. Das Meer klatschte an das Ufer, und blutrote Ströme liefen weiter an den Hängen herab. Doch der Tumult der Geburt war vorüber. Von der ›Komarevo‹ war keine Spur geblieben. Auch sie war mit in die Tiefe gesunken.

Das Bier schäumte im Zinnbecher, während Jason es aus der Dose ausschenkte. »Meine Damen und Herren«, sagte er lächelnd zu der kleinen Gruppe, die sich um den Kajütentisch versammelt hatte, »ich meine, daß es an der Zeit ist, jetzt einen Toast auszubringen. Auf den lebendigsten Leichnam der Welt!«
Inmitten des Gelächters stießen die verschiedenartigen Becher und Gläser aneinander. Mike Rogo quittierte die Ehrung mit einem griesgrämigen Ausdruck. »Ich verstehe nicht, was dabei so

verdammt komisch ist.« Dann brach er in ein dröhnendes Lachen aus und trank ein Glas Bier auf einen Zug leer. »Erzählen Sie es noch einmal, Jason«, rief er. »Meine Bosse werden wissen wollen, was geschehen ist, während ich dort unten geschlafen habe.«
Jason setzte sich und legte die Hände auf den Tisch. Sie alle hatten den furchtbaren Streß überwunden. Sie hatten geschlafen, sich gewaschen und bekleidet in eine Vielzahl verschiedener Pullover und Hosen, die Klaas zum Vorschein gebracht hatte. Von der köstlichen Suppe, die Coby gekocht hatte, war nichts übriggeblieben. Nun saßen sie gemütlich zusammen. Eine blasse Lampe beschien den Tisch, und die alten Möbel schimmerten. Sie genossen die Wärme, die sich nach der unerträglichen Spannung eingestellt hatte.
»Typisch Polizei, Rogo, den letzten Akt zu verschlafen.« Jason neckte den Polizisten beständig wegen der Art, in der er von der ›Poseidon‹ fortgetragen worden war, doch Rogo nahm es gutmütig hin.
»Okay, also so war es«, fuhr Jason fort. »Nämlich ganz einfach. Ich verpaßte Ihnen einen Kinnhaken, schmierte das Blut von meinem Arm an Ihren Kopf, und die Krankenschwester erklärte Sie amtlich für tot.«
Rogo massierte nachdenklich die bläuliche Schramme an seinem Kinn. »Da haben Sie aber kräftig zugeschlagen, Freundchen«, sagte er. »Doch wie konnten Sie den Schwindel Bela schmackhaft machen?«
Kichernd schaltete sich Coby ein. »Es war alles so komisch. Jason meinte, niemand brauche einen toten Polizisten, und gab vor, daß er Sie zurücklassen wolle.«
Jason fuhr in seinem Bericht fort. »Dann kam der Augenblick, der Ihnen gefallen hätte. Unser Mr. Martin hier müßte einen Oscar dafür bekommen. Der Aufschrei, der anzeigen sollte, daß Sie getroffen waren, stammte von ihm. Himmel, er schrie so laut, daß ich fast zu Tode erschrak. Und was sagten Sie dann zu Bela, Martin?«

James Martin legte seinen verletzten Fuß, der jetzt sauber verbunden war, auf einen Stuhl. Sein Gesicht war noch immer blaß, doch wirkte er schon wieder lebhaft, als er sein Kinn aus dem zu großen Pullover hervorstreckte, den ihm Klaas gegeben hatte. »Nun, ich sagte einfach, daß Sie mein Freund sind, und . . .« Er machte eine Pause und sah prüfend den Polizisten an. ». . . und daß ich und Mike zusammen Urlaub machten.« Er machte wieder eine Pause und fügte dann hinzu: »Mr. Rogo.«

»Das hört sich schon besser an. Ich muß um etwas Respekt bitten«, sagte Rogo, konnte sich aber ein Grinsen nicht verkneifen. »Da machen sich also alle über mich lustig, und ich habe noch dazu eine Beule am Kinn. Sagen Sie, Jason, Sie haben doch Verstand genug. Warum haben Sie mir nicht gleich die Wahrheit gesagt?«

»Das wäre unmöglich gewesen, Rogo! Zunächst einmal hätten Sie Ihr wertvolles Gold um keinen Preis im Stich gelassen. Und dann hätten Sie nie eine solche Geschichte geglaubt. Nicht von . . . nicht von Hely jedenfalls.«

Einige Augenblicke lang schwiegen alle, und das fröhliche Geplänkel versiegte. Sie dachten an die außergewöhnliche Frau, die ihr Leben geopfert hatte, um sie zu retten.

»Okay, ihr Herumtreiber!« Rogo stand auf und hob sein neugefülltes Glas. »Jetzt möchte ich einen Toast ausbringen, und diesmal meine ich es ernst. Laßt uns trinken auf die mutigste Frau, die uns je begegnet ist. Sie war absolut einmalig.« Alle erhoben sich und tranken.

Als sich dann alle geräuschvoll unterhielten, wandte sich Coby leise an Jason. Sie berührte seine Hand auf dem Tisch. »Ich hoffe inständig, daß eines Tages jemand mich so sehr lieben wird, wie Hely Sie geliebt hat«, sagte sie flüsternd.

Er drückte ihre Hand. »Viele junge Männer würden gern ein Mädchen lieb haben, das so hübsch ist wie Sie, Coby«, sagte er, und sie errötete schamhaft.

Die verzweifelte Stimmung, die Jason nach der Rückkehr auf die ›Magt‹ anfänglich bedrückt hatte, war nach der Bestattung und nach dem Sinken der ›Poseidon‹ vergangen. Er blickte auf, als die Krankenschwester eine Frage an Mr. Martin stellte. »Was wollen Sie nun machen, Mr. Martin, ich meine, wenn Ihr Fuß wieder heil ist?«

»Vielleicht Marinesoldat werden, nicht wahr, Mr. Martin?« mischte sich Rogo ein.

James Martin wand sich in geschmeichelter Verlegenheit. »Das wohl nicht, Mr. Rogo. Ich glaube, mehr Aufregungen würde ich nicht vertragen. Ich werde wohl an meinen Ladentisch in Anaheim zurückkehren. Und Sie, Mr. Rogo?«

»Ich?« Der Polizist lehnte sich zurück und streckte die Beine aus. »Wichtig ist nicht, was ich tun werde, sondern was ich nicht tun werde. Und ich sage Ihnen, was das ist. Niemand bekommt mich je wieder auf ein verdammtes Boot – nicht einmal für eine Ruderfahrt im Park. Keiner kann mich dazu bringen, daß diese Füße jemals wieder festes Land verlassen. Doch jetzt möchte ich hören, was Jason vorhat. Was meinen Sie, Cowboy?«

Jason blickte zur Decke empor. »Ich meine, ich kann nicht mehr daran glauben, daß sich die Welt verbessern läßt.«

»Du lieber Himmel!« unterbrach ihn Rogo. »Jetzt fängt er damit an.«

»Hören Sie, Rogo, ich versuche nur, Sie zu erziehen«, sagte Jason grinsend. Dann wurde er wieder ernst. »Nein, ich will damit nur sagen, daß die Sünden der Welt nicht unbedingt mit meinen Fehlern zusammenhängen müssen. Ich glaube, ich werde mich bemühen, ein durchschnittlicher, anständiger, viel umherreisender Bursche zu werden. Weitergehende Pläne habe ich zur Zeit nicht.«

»Haben Sie das gehört?« sagte Rogo. »Robin Hood fängt an zu streiken.«

Die Tür flog auf, und Klaas brachte eine Brise kalter Luft mit, als er eintrat. Er warf die Tür hinter sich zu und schwenkte einen Bogen Papier. »Weitere Meldungen«, sagte er. Er blickte Rogo an. »Die amerikanische Botschaft schickt einen Vertreter, um mit

Mr. Rogo und der ganzen Gruppe zusammenzutreffen, und wir sollen mit niemandem sprechen, bis wir diesen Herrn kennengelernt haben. Es wird betont, daß dies besonders wichtig ist.«
Rogo schnaufte. »Kann mir schon denken, daß einer von der Botschaft kommt. So etwas kann ich leiden! Ein junger Kerl von der CIA mit Sonnenbrille und Judoausbildung. Ich fürchte, man wird uns ganz schön in die Enge treiben.«
Martin nickte. »Dies ist doch ganz natürlich. Sie wollen nicht, daß man darüber spricht, was wirklich auf der ›Poseidon‹ geschehen ist.«
»Darauf können Sie sich verlassen«, antwortete der Polizist.
»Und noch etwas.« Klaas blinzelte zu Jason, während er ihn ansprach. »Wir werden sehr bald in Athen sein. Vielleicht haben Sie schon daran gedacht, uns in Kürze zu verlassen, obwohl uns Ihre Gesellschaft sehr angenehm ist.«
Lachend stand der junge Amerikaner auf und schlug Klaas auf die Schulter. »Sie wollen mich loswerden, Sie alter Gauner. Ich glaube, es ist am besten, wenn ich mich bei Nacht und Nebel verdrücke, wie man so sagt. Wenn ich nach Athen komme, will man dort vielleicht meinen Ausweis sehen. Um Komplikationen zu vermeiden, werde ich einfach verschwinden.«
»Da wir gerade von Komplikationen sprechen«, sagte Rogo, »ich habe zwei, die mir Sorgen machen. Einmal die verdammte Damenpistole, die man mir gegeben hat. Sie ist mit dem Schiff untergegangen.«
»Lohnt es sich, daß Sie sich darüber Gedanken machen?« fragte die Krankenschwester.
»Aber sicher«, betonte er, und blickte die anderen – Zustimmung suchend – an. »Wenn ich zurückkomme, muß ich eine Unmenge blödsinnige Formulare ausfüllen, um den Verlust zu erklären. Diese verdammten Federfuchser im Polizeipräsidium brauchen dann einen Monat, um die Sache zu bearbeiten.«
Alle lachten über seine ›Sorgen‹!
»Und das zweite Problem?« fragte Martin.

»Zweitens wird mir niemand glauben, daß ich versucht habe, dieses Gold zu bewachen. Ich kann nicht einmal beweisen, daß es vorhanden gewesen ist. Ich stehe dann da als ausgemachter Dummkopf von einem Polizisten.«
Vater und Tochter tauschten vielsagende Blicke. »Ich glaube, daß die Zeit für dein kleines Präsent gekommen ist, Coby«, sagte Klaas.
Sie zog eine Schublade unter dem Tisch heraus. Im Lampenschein sah man, daß sie schelmisch lächelte. Sie sprach Rogo in förmlichem Tonfall an. »Im Namen all derer, die Ihre schlimmen Ausdrücke und Ihre schlechte Laune über sich ergehen lassen mußten, habe ich das Vergnügen, Ihnen dies zu überreichen!«
Sie schlug ihre Hand auf den Tisch, und als sie sie wieder wegzog, kam ein Goldbarren zum Vorschein. Keiner sagte etwas. Auf dem dunklen Mahagoni schien der Barren sein eigenes Licht auszustrahlen.
»Allmächtiger!« Rogo brachte eine ganze Minute lang kein weiteres Wort hervor. Coby freute sich spitzbübisch über seine Verblüffung. Schließlich fragte er: »Woher zum Donnerwetter haben Sie denn das?«
»Es lag auf einer Stahlplatte in der Nähe der Strickleiter. Wie es dort hingekommen ist, weiß ich nicht. Doch ich wollte mindestens so schlau sein wie der schreckliche Bela, und darum dachte ich daran, den Barren für Sie mitzunehmen. Ich erzählte Papa davon, und er meinte, Ihre Regierung würde sich sicher freuen, ein klein wenig von ihrem Gold zurückzubekommen.«
»Ja, ist denn so etwas möglich!« Rogo sah sich verdutzt um und grinste dann übers ganze Gesicht. »Das ist ein Souvenir, das sich mitzunehmen lohnt!«
Der kleine James Martin brachte schließlich die Unterhaltung zum krönenden Abschluß. Er machte ein ernstes Gesicht, lehnte sich über den Tisch und berührte die Hand des Polizisten. »Schade, daß wir das Tigerfell vergessen haben.« Rogo lachte schallend, und alle fielen in sein dröhnendes Gelächter ein, das vom stillen Wasser zurückschallte.

Der Mond war vor dem schwarzen Samt des Nachthimmels kalt und klar wie Stahl. Die tuckernden Maschinen trieben die ›Magt‹ weiter dem Land entgegen, und die Wellen, die gegen den Bug schlugen, zeigten an, daß das Meer seine unnatürliche Ruhe verloren hatte. Jason war im Begriff, seine Ausrüstung in das auf Deck liegende Gummiboot zu packen, als er einen Schatten neben sich auftauchen sah.
»Hallo, Rogo. Frische Luft schnappen?«
»Ja. Bevor diese Geier von der CIA mit ihren Klauen zupacken.« Rogo lehnte sich mit den Ellbogen an die Reling und sah zu, wie Jason alles säuberlich verstaute. »Was wollen Sie nun wirklich beginnen, Jason?«
Der junge Mann setzte seine Arbeit fort, während er antwortete. »Ich dachte daran, eine Segelschule aufzumachen. Zu Hause, in den Staaten. Ich befasse mich recht gern mit Booten, und das ist so ungefähr das einzige, was ich beherrsche. Aber ich habe meine Jacht in dem Sturm verloren, so daß ich nicht weiß, wie ich das Geld aufbringen soll. Doch darüber werde ich mir erst später Gedanken machen.«
Rogo brummte etwas. Dann schwiegen beide eine Weile, und jeder hing seinen Gedanken nach.
Schließlich trat Jason an die Reling, die er mit beiden Händen ergriff. Er blickte auf das Meer hinaus, in dem sich das Mondlicht spiegelte, und dann sprach er mit leiser Stimme.
»Sie müssen mir etwas sagen, Rogo. Sie sind Polizist, Sie haben viele Menschen erlebt. Sagen Sie mir, was Sie über Hely denken. Wie konnte sie zur gleichen Zeit so gut und so schlecht sein? Ich begreife das nicht.«
Rogo verschränkte die Arme vor seiner kräftigen Brust und überlegte einen Moment, bevor er antwortete. »Sie wissen doch, daß meine Frau in diesem Kahn umgekommen ist? Ja, Linda . . . sie war alles, was ich im Leben hatte. Ich habe sie angebetet. Wissen Sie auch, wie ich sie kennenlernte? Sie war eine der Frauen, die es verstehen, sich zahlungskräftige Männer zu angeln . . . Aber sie war ein großartiges Weib.«

Er sprach jetzt fast nur zu sich selbst. »Ich? Ja, ich bin Polizist. Ebenso hätte ich ein Gangster werden können. Dort, wo ich aufgewachsen bin, muß man sich durchboxen. Ich wurde in einen Boxverein gesteckt, und dann wurde ich Polizist. Es hängt vom Zufall ab, auf welcher Seite des Gesetzes man landet. Wenn man ein gutes Zuhause und eine richtige Schulausbildung hat, weiß man nicht, wie es im Armenviertel der Stadt aussieht. Da geht es nur ums Überleben. Und Hely? Ich kannte das Mädchen auch vorher nicht. Aber ich weiß, wie sich so etwas entwickelt. Vielleicht hatte sie im Leben keine Chancen, vielleicht mußte sie sich ihr Leben lang durchschlagen, so wie Linda. Ich muß das Gesetz hüten, stimmt's? Aber ich weiß, daß das Gesetz für Leute wie Sie seine guten Seiten hat, für Menschen, die in komfortablen Häusern leben. Das sieht ganz anders aus, wenn man einen leeren Magen hat. Ich muß Ihnen das sagen, Jason. Man muß Mut haben, wenn man sich gegen die Welt stellen will. Man braucht Mut, wenn man eine Waffe zieht oder eine Bank ausraubt. Aber denken Sie auch daran, daß es der Mut dieser Frau war, der uns alle schließlich gerettet hat.«

Er machte eine Pause. Er dachte an Helys unerwartetes Anerbieten, als er zum ersten Mal versucht hatte, ihre Tasche zu durchsuchen. »Glauben Sie mir, Jason, diese Frau hätte für Sie alles getan. Die meisten Menschen machen in ihrem ganzen Leben keine solche Erfahrung. Sie hatten ein paar schöne Stunden. Sie können sagen, daß Sie Glück hatten.«

Lange Zeit sagte keiner von beiden ein Wort, und jeder dachte an die Frau, die er verloren hatte. Schließlich wandte sich Jason zu dem Polizisten um und sagte: »Danke, Mike. Ich suchte nach einem Weg, um an diese Frau glauben zu können. Sie haben ihn mir gezeigt.«

16 Eine annehmbare Geschichte

Der junge Mann, der angeblich die amerikanische Regierung vertrat, ohne dabei seine Amtsbezeichnung zu nennen, hatte eine gepflegte Ausdrucksweise, sonnengebräunte Haut und einen besorgten Gesichtsausdruck. Er hatte klare Anweisungen, und bisher war alles nach Plan verlaufen. Sofort nach dem Anlegen der ›Magt‹ in Athen war er an Bord gegangen, zusammen mit Beamten von der holländischen Botschaft und von der griechischen Regierung.

Sehr viel wurde über Sicherheit geredet, nationale Sicherheit und Sicherheit der Nato. Sehr viel war die Rede von internationalen Zwischenfällen und von Spionageaffären. Martin und die Krankenschwester erschienen dem Amerikaner vertrauenswürdig, ebenfalls Klaas und seine Tochter, deren Aussage von dem holländischen Beamten bekräftigt wurde. Er war von ihrer Antwort begeistert und äußerst angetan von ihrer Zustimmung, sich auf eine für die Welt annehmbare Geschichte zu einigen.

Dagegen machte er sich Sorgen um den New Yorker Polizisten. Rogo hatte sich kaum bemüht, die Tatsache zu verbergen, daß er ihn nicht leiden konnte. Er brummte immer wieder etwas über die »Affen« von der CIA und trug eine säuerliche Widerspenstigkeit zur Schau. Und jetzt war die unvermeidliche Pressekonferenz anberaumt, und der junge Mann war sich nicht einmal sicher gewesen, ob Rogo daran teilnehmen wollte. Und Rogo, der als Mittelpunkt der Gruppe hinter einem polierten Mahagonitisch saß, sollten die meisten Fragen gestellt werden.

Unter den hellen Lampen der Fernsehteams nahm die Geschichte langsam Gestalt an. Mindestens siebzig Journalisten hörten interessiert zu. Rogo habe den Auftrag gehabt, Unterlagen der amerikanischen Regierung nach Athen zu überbringen. Nein, entscheidend wichtige Dokumente waren es nicht. Nur wichtig genug, um

Routine-Sicherheitsmaßnahmen einzuhalten. Nein, er hatte keine Kenntnis von dem Inhalt. Die Papiere waren in einem kleinen Behälter vor dem Maschinenraum verstaut. Er hatte das Schiff verlassen, als es sicher schien, daß die ›Poseidon‹ sinken würde. Er war zurückgekehrt, als er hörte, daß sie noch stundenlang auf dem Wasser treiben könne. Ach ja, und er bedauerte, seine Waffe auf den französischen Hubschrauberpiloten gerichtet zu haben. Damals hatte er keine andere Wahl. Ja, er hatte die Dokumente geborgen und sie waren sicher ausgeliefert worden.
Dann war Klaas an der Reihe. Er war an Bord des gekenterten Schiffes gegangen, um nachzusehen, ob Überlebende seine Hilfe benötigten. Das andere Schiff, erklärte er, sei die ›Komarevo‹ gewesen, ein Bergungsschiff unter dem Kommando eines Kapitäns Bela. Dieser sei an Bord der ›Poseidon‹ geblieben, um Bergungsrechte geltend zu machen. Ja, gab er zu, es war eine tragische Fehleinschätzung. Und das dritte, am Schauplatz befindliche Schiff, sagte er, sei eine Vergnügungsjacht gewesen mit einer neugierigen Besatzung.
Eine Frage nach der anderen wurde zufriedenstellend beantwortet. Der junge Mann war erleichtert, denn alles verlief nach Plan. Rogo erklärte, was Manny Rosen zugestoßen war. Der bedauernswerte Mann war ins Wasser gerutscht, als sich das Schiff neigte, und ertrunken. Martin hatte seinen Fuß durch zusammenstürzende Maschinenteile verletzt. Martin stellte bereitwillig seinen sauber verbundenen Fuß auf den Tisch, damit die Fotografen Aufnahmen machen konnten, und sagte, es sei nicht weiter schlimm. Dann kam er etwas in Bedrängnis: Warum er mit Lieutenant Rogo zurückgekehrt sei. Er stotterte. »Nun, ich weiß nicht . . . Ich nehme an . . . Wir saßen beide zusammen am Eßtisch.« Ungläubiges Schweigen breitete sich aus.
»Sie gingen also zurück, weil sie am gleichen Tisch gesessen hatten?« fragte schließlich jemand.
Rogo nahm die Frage auf. Er beugte sich vor, blickte den Reporter fest an und sagte: »Ich bat Rosen und Martin, mir zu helfen. Es

war schwierig genug. Ein Streifenwagen war nicht zur Stelle. Er kam mit, weil er Mut hatte, und er ist zu bescheiden, dies zuzugeben. Okay?« Das genügte. Rogos Autorität und die Chance, einen rührseligen Aspekt in die Geschichte zu bringen, befriedigten die Reporter völlig.

Der junge Mann entspannte sich und revidierte seine Meinung über die New Yorker Polizisten.

Die restlichen Fragen wurden schnell abgewickelt. »Lieutenant, was werden Sie als erstes unternehmen, wenn Sie nach Hause zurückkehren?«

»Nachsehen, was ihr Burschen geschrieben habt«, war die Antwort, und belustigtes Murmeln ging durch die Reihen.

»Meinen Sie, daß Sie als Held gefeiert werden?«

Rogo schüttelte den Kopf. »Der einzige Held«, sagte er, »ist der Bursche, der zu Hause für mich eingesprungen ist.«

Die Scheinwerfer erloschen, und alle drängten zum Ausgang, Stifte und Notizbücher wurden eingesteckt. »Lieutenant, ich möchte Ihnen danken«, sagte der junge Mann. »Sie sollten am Broadway sein.«

»Das bin ich auch«, sagte Rogo, den anderen finster anblickend. »Nur mein Name erscheint nicht in Leuchtschrift. Und darf ich Ihnen einen Tip geben, junger Mann? Einen Rat von einem alten, dummen Polizisten? Tragen Sie nicht diese verdammte Sonnenbrille – schon ein Zehnjähriger wüßte, weshalb Sie das machen.«

Der Mann wurde rot.

Dann stellte einer der Reporter eine letzte Frage. »Sagen Sie, Lieutenant, noch etwas. Bei der Fernsehberichterstattung erschien ein Bild, wo es so aussah, als ob ein Bursche in Jeans bei Ihnen gewesen wäre. Stimmt das? Und wenn, wer war dieser Mensch?«

Alle blickten Rogo an. Ihn schien die Frage zu faszinieren. »Ein Bursche in Jeans? Das hätte ich doch merken müssen. Vielleicht war es Batman.« Das Interview endete in allgemeinem Gelächter.

Als Rogo allein war, mußte er über seinen eigenen Witz grinsen. Der hätte auch Jason gefallen. Vielleicht würde er irgendwo in einer Zeitung darüber lesen.

Er stand auf und schlenderte zum Fenster hinüber. Ein seltsamer Bursche, dachte er. Aber irgendwie war er einem doch ans Herz gewachsen. Wo er wohl jetzt steckte? Er dachte an die Abschiedsszene, bevor sie sich trennten. Sie waren alle an Deck gekommen, um ihm Lebewohl zu wünschen. Die bevorstehende Trennung erschien ihnen seltsam nach dem engen Zusammensein auf der ›Poseidon‹. Irgendwie geriet das Ganze ins Feierliche. Das Händeschütteln und Worte wie »Alles Gute für die Zukunft« und Cobys Tränen, als er sie auf die Wange küßte. Und dann der Augenblick, als er Rogo ansah und sagte: »Ich hätte nie gedacht, von einem dummen Polizisten einen Rat zu brauchen, aber dennoch vielen Dank, Rogo.« Er selbst hatte ein paar verlegene Worte gemurmelt. Dann kam der Moment, als Jason mit seinem Boot ablegen wollte. Rogo genoß die Erinnerung an diese Szene.
»He, Jason«, hatte er ihm zugerufen. »Sehen Sie in Ihrer Brotbüchse nach.«
Jason griff nach der Büchse, die Coby zuvor mit Proviant gefüllt hatte. Er nahm den Deckel ab, und im Mondlicht schimmerte der Barren.
Jason stieß einen Pfiff aus. »Ich dachte, Ihre Regierung wollte das Gold wiederhaben?«
»Welches Gold? Ist doch alles versunken, Sie wissen doch! Aber wollten Sie sich nicht ein neues Boot kaufen?«
Dann war Jasons Gestalt, von den Schatten des Meeres eingehüllt, nicht mehr zu erkennen, und nur noch seine Antwort war zu hören: »Okay. Und ich werde das Boot ›Dummer Polizist‹ taufen.«
Das Gelächter klang von beiden Seiten über das Wasser. Dann kehrte wieder die große Stille ein. Alles in allem, dachte Rogo, war es eine verdammt seltsame Art, ein neues Jahr zu beginnen.

Es gibt einen Punkt, wo die Politik des Geschäfts und das Geschäft der Politik ineinander übergehen. Und es gibt Zeiten, wo die Gesichter in den Sitzungssälen fast gleich aussehen. Die Worte der Teilnehmer, in griechischer oder englischer Sprache, klingen un-

schuldig und rein geschäftlich, doch sie können, wie Ozeanschiffe, unbemerkt eine tödliche Ladung in sich tragen.
So könnte es Haven oder Stasiris gewesen sein, der mit wohlwollender Miene wieder den Sessel des Vorsitzenden einnahm.
»Meine Herren«, sagte Stasiris, oder vielleicht war es Haven, »ich kann erfreulicherweise berichten, daß die Operation zu einem durchaus zufriedenstellenden Abschluß gekommen ist.«
Die Teilnehmer atmeten erleichtert auf.
»Die Tatsachen«, fuhr der Grieche oder Amerikaner fort, »liegen wie folgt. Die seismographische Station auf Malta meldet, daß ein Unterwasser-Vulkan, der auch die ursprüngliche Flutwelle verursacht hatte, heute früh ausgebrochen ist und die ›Poseidon‹ zerschmettert hat. An der Stelle, wo das Schiff gelegen hatte, befindet sich jetzt eine neue Insel im Meer.«
Er machte eine Pause, um den Augenblick der Überraschung zu genießen. Dann fügte Stasiris hinzu: »Sie werden mit mir betrauern, daß der tapfere Kapitän Bela, der in unserem Auftrag die Operation leitete, bei dieser Explosion umgekommen ist. Leider ist niemand von seiner Besatzung am Leben geblieben.«
Er legte wiederum eine Pause ein. »Jedoch sind Michael Rogo, der Polizist, und weitere Überlebende gerettet worden . . .« Er hob die Hand, als einige Herren aufgeregt zu flüstern begannen. »Und meine Freunde, Mr. Rogo ist in Athen mit einem Vertreter der amerikanischen Regierung zusammengekommen, der ihm völlige Diskretion in dieser Angelegenheit nahegelegt hat. Wie es sich für einen guten Polizisten gehört, hat er seinen Willen zur Zusammenarbeit bekundet. Die Weltpresse hat den Zwischenfall in annehmbarer Weise dargestellt, so daß auf keiner Seite Schwierigkeiten entstehen. Die Türkei hat keinen Anlaß, sich angegriffen zu fühlen. Unsere Freunde, die griechischen Zyprioten, müssen vielleicht noch etwas warten. Wenn die amerikanische Regierung den Versuch wiederholen will, einem Verbündeten mit einer Art Anleihe zu helfen, dann wird sie in Zukunft zweifellos vorsichtiger verfahren.«

Die Gesichter am Tisch hellten sich auf und blickten ihn erfreut an, als er seine Rede beendete.
»Und, was das Wichtigste ist, die Ladung wurde völlig vernichtet. Nicht ein Barren . . . Entschuldigen Sie, meine Herren. Nicht ein Stück der Ladung überstand die Explosion.«
Es lohnte sich, das Wort zu wiederholen. »Nicht ein Stück.«

Roman

Als Band mit der Bestellnummer 11 177 erschien:

Benjamin Rochefort

FANFAN DER HUSAR

Prall voller Leben, voller Spaß, volkstümlicher Komik und erotischem Charme ist dieser turbulente Schelmen- und Abenteuerroman.
Fanfan, illegitimer Sohn des Herzogs von Orleans und der Madame Dubarry, ist Charmeur, Soldat und Spion. In den Elendsvierteln Londons und in den Hafenstädten Frankreichs bewegt er sich ebenso sicher wie am glanzvollen Hof von Versailles. Er spielt die Spiele der Liebe und die der Spione und entrinnt den haarsträubendsten Situationen immer nur um Degenlänge.
Von Abenteuer zu Abenteuer, von Eroberung zu Eroberung flattert Fanfan. Bis ihm Europa zu eng wird und er zu neuen Taten in die Neue Welt aufbricht.